圖說 Classic 經典 18

水滸傳

六 捨身成仁

原著
施耐庵
編撰
張鵬高

好讀出版

水滸傳 六

捨身成仁

目錄

如何閱讀本書

閱讀性高的原典：

將一百二十回原典分爲六大分冊，版面美觀流暢、閱讀性強

詳細注釋：

解釋艱難字詞，隨文直書於奇數頁最左側，並於文中以※記號標號，以供對照

列出各回回目
便於索引翻閱

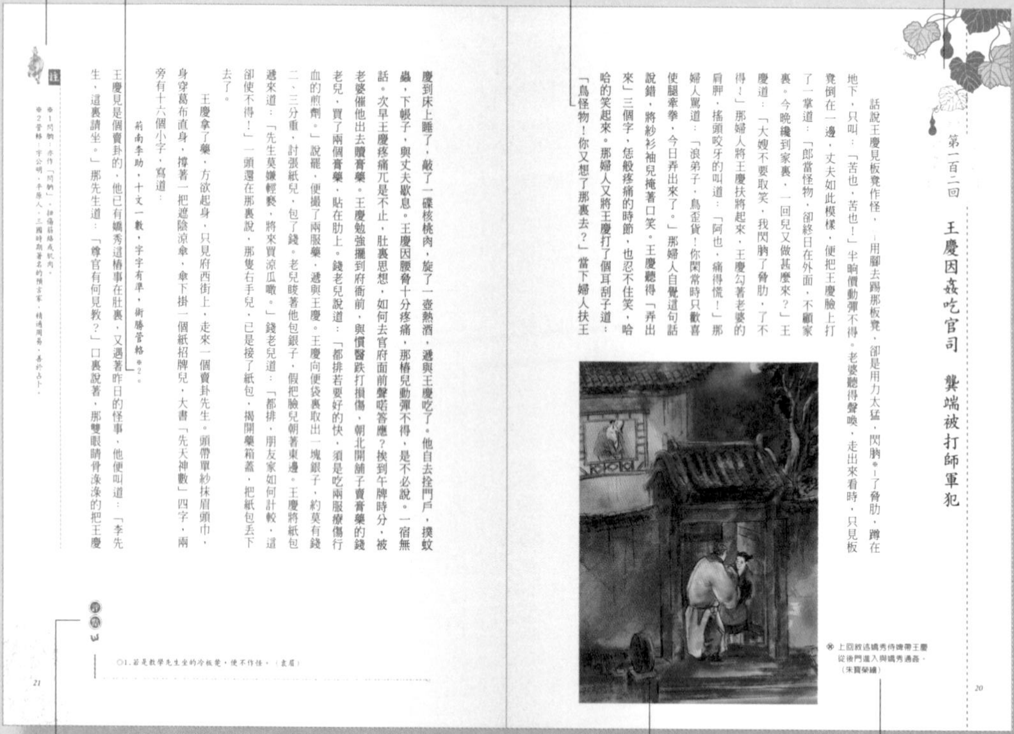

第一百二回　王慶因姦吃官司　龔端被打師軍犯

話說王慶見板凳作怪，用腳去踢那板凳，卻是用力太猛，閃肭※1了脅肋，蹲在地下，只叫：「苦也，苦也！」半晌價動彈不得。老婆聽得聲喚，走出來看時，只見板凳倒在一邊，丈夫如此模樣，便把王慶臉上打了一掌道：「郎當怪物，卻終日在外面，不顧家裏。今晚纔到家裏，一回兒又做甚麼來？」王慶道：「大嫂不要取笑，我閃肭了脅肋，了不得！」那婦人將王慶扶將起來，王慶勾著老婆的肩胛，搖頭咬牙的叫道：「阿也，痛得慌！」那婦人罵道：「浪弟子，鳥歪貨！你閑常時只歡喜使腿牽拳，今日弄出來了。」那婦人自覺這句話說錯，將紗衫袖兒掩著口笑。王慶聽得「弄出來」三個字，恁般疼痛的時節，也忍不住笑，哈哈的笑起來。那婦人又將王慶打了個耳刮子道：「鳥怪物！你又想了那裏去？」當下婦人扶王

※上回敘述嬌秀侍婢帶王慶從後門進入與嬌秀過姦。（朱寶榮繪）

20

慶到床上睡了，敲了一碟核桃肉，旋了一壺熱酒，遞與王慶吃了。他自去拴門戶，摸蚊蟲，下帳子，與丈夫歇息。王慶因腰脅十分疼痛，那椿兒動彈不得，是不必說。一宿無話。次早王慶疼痛兀是不止，肚裏思想，如何去官府面前聲喏答應？挨到午牌時分，被老婆催他去贖膏藥。王慶勉強攞到府衙前，與慣醫跌打損傷，朝北開鋪子賣膏藥的錢老兒，買了兩個膏藥，貼在肋上。錢老兒說道：「都排若要好的快，須是吃兩服療傷行血的煎劑。」說罷，便撮了兩服藥，遞與王慶。王慶向便袋裏取出一塊銀子，約莫有錢二、三分重，討張紙兒，包了錢。老兒睃著他包銀子，假把臉兒朝著東邊。王慶將紙包遞來道：「先生莫嫌輕褻，將來買涼瓜噉。」錢老兒道：「都排，朋友家如何計較，這卻使不得！」一頭還在那裏說，那隻右手兒，已是接了紙包，揭開藥箱蓋，把紙包丟下去了。◎1

王慶拿了藥，方欲起身，只見府西街上，走來一個賣卦先生。頭帶單紗抹眉頭巾，身穿葛布直身，撐著一把遮陰涼傘，傘下掛一個紙招牌兒，大書「先天神數」四字，兩旁有十六個小字，寫道：

荊南李助，十文一數，字字有準，術勝管輅※2。

王慶見是個賣卦的，他已有嬌秀這椿事在肚裏，又遇著昨日的怪事，他便叫道：「李先生，這裏請坐。」那先生道：「尊官有何見教？」口裏說著，那雙眼睛骨渌渌的把王慶

註
※1閃肭：亦作「閃朒」，扭傷筋絡或肌肉。
※2管輅：字公明，平原人，三國時期著名的預言家，精通周易，善於占卜。

◎1.若是數學先生坐的冷板凳，便不作怪。（袁眉）

21

名家評點：

選收不同名家之評點，隨文橫書於頁面的下方欄位，並於文中以◎記號標號，以供對照

詳細圖說：

說明性和評點性的圖說，提供讓讀者理解

精緻彩圖：

名家繪圖、相關照片等精緻彩圖，使讀者融入小說情境

導讀

俗至絢爛成大雅

主编　張鵬高

常話說少不讀《水滸》，怕草莽氣熏壞了少年郎。少時偶然得到金聖歎批評《水滸傳》一套，正逢書渴，便顧不得那麼多了。沒想到一看就剎不住車，不但文字純樸質感，金聖歎的評語更令人叫絕。記得第一回「張天師祈禳瘟疫洪太尉誤走妖魔」中，洪太尉爬龍虎山一段，太尉大人爬山辛苦，不免心內產生想法。原文如此寫道：

「這洪太尉獨自一個行了一回，盤坡轉徑，攬葛攀藤。約莫走過了數個山頭，三、二里多路，看看腳酸腿軟，正走不動，口裏不說，肚裏躊躇，心中想道：『我是朝廷貴官，』……

金聖歎在此突然評了一句「醜話」。如果沒有這句評語，這段文字可能就會輕輕放過，但這兩字評語卻會讓人從此開始思考判斷。更重要處，金聖歎的評語嬉笑怒罵生冷不忌，讓習慣了應試教育的少年一下感受到語言的活潑與可愛。其時正值暑假，暑熱中麻辣的文字似乎有種解暑的作用。時過多年，想起

《水滸傳》，總有種暑熱中涼爽的感覺。

因受金聖歎影響過大，一度覺得金的批語比原文更出色。然而後來多看幾遍原文之後，慢慢體味到，金文過於淋漓的文字，終難免灑狗血的嫌疑。一回文字中，有兩三處「好貨」之類的唾罵，確實讓人盪氣迴腸，如果有十幾處「絕妙」、「奇絕」之類的誇獎，自然有些過火。

金聖歎過高評價《水滸》，有當時具體的考量。明代小說是沒有地位的俗文字，金聖歎將之評價爲天下才子必讀書之一，與《孟子》並列，矯枉過正自然無可厚非。隱去華麗的批評詞藻，《水滸》正文自有一種獨特的韻味：寫實處細緻周詳，絲毫不惜筆墨，作者對各種民俗掌故、九流三教乃至居家裝飾都了然於心，往往會不厭其詳地一一介紹。因此，《水滸傳》雖然距離眞實歷史很遙遠，卻經常予人一種極度寫實的印象。

第二回高俅進身一段，描畫了「一對兒羊脂玉碾成的鎮紙獅子」，作爲高俅進身的小道具，作者都在色彩、質感方面盡量填充。這裏要是換成「一對鎮紙獅子」，感染力便會下降不少。此外，第三十二回「武行者醉打孔亮」一節，描寫孔亮喝酒，爲了渲染酒肉對武松的吸引力，不惜四次點出「青花甕酒」來刺激武松和讀者。這種用重複來強調的技巧，到了二十世紀，米蘭．昆德拉（捷克作家《生命中不能承受之輕》作者）才提了出來，猶然以爲新創不久。《水滸傳》的技巧往往掩藏在自然的筆墨之下，不詳細品味，雖然能感覺到其甘甜，卻難以發覺其原因。

就《水滸》而言，這些還不是最重要的，《水滸》最出色的地方，在於其入俗脫俗之處：《水滸》入俗深，沒讀過的人都知道一百單八將；同時又能超脫世俗，在歷史的長河中刻下難以磨滅的烙印。優秀作品與經典作品的差別就在這裏。

《水滸傳》描寫一百單八將，是迎合世俗、方便傳播的寫法，這種技巧在當時歷史演義的大潮中十分普遍，《水滸》進步的地方在於用了天罡地煞的外衣來包裝。這些只能算作優秀，眞正讓《水滸》進身百年經典的地方，則在於維繫作品中對仁、義等傳統美德的思考、描寫以及宣揚。如果說一百單八將是作品的框架，那麼仁義則是經脈，此外，才有各種細節作爲骨肉而存在，以上均具備，才有作品的靈性和血脈的流轉。

小說不同於哲學，小說的偉大不需要說明，只能用情節、故事來感染。因此閱讀小說與學習哲學、科技知識完全不同。經典的小說未必適合每一個人，一本好的小說，也未必需要完全通讀。興趣永遠是第一位。《水滸傳》這樣的經典也同樣，只要內心某處被突然打動，必然會主動細細閱讀全文。現代的讀者全然可以漫不經心地翻看經典，無論原文、評論或者插圖，先從自己感興趣、吸引自己的地方入手。所以一部收集所有經典評論、適當注釋並且總攬所有插圖、繁衍作品的典藏版本，自然是最佳的選擇。

基於這樣的原因，本套《水滸傳》並沒有選擇影響力最大的金聖歎的七十回版本，儘管金聖歎的刪改十分高明，完全可以自圓其說，但畢竟是不完整

的。《水滸傳》在傳播的過程中，大家早已經認可了更完整的版本。而且選擇其他版本，依然可以完全容納金聖歎版的精華。

同樣的原因，儘管一百回版是公認的最早的完整版，後加的征田虎的二十回故事很明顯是添筆之作，小說內的時間也表明了這一點。但是考慮到征討田虎在流傳過程中的影響力，一套經典的版本自然應該是最完整的版本，因此底本選擇了一百二十回版。

當然，後二十回與前百回相比，確實有比較明顯的差距。前百回中的戰爭描寫，固然也有兒戲部分，比如收服關勝、凌振等人的時候，作爲朝廷命官的關勝，輕易投降山賊，無論從情理還是邏輯上都難以說通，而且大型戰爭場面猶如兒戲，確實暴露了《水滸傳》作者民間立場對軍事知識的不足。但小說的本質是虛構的，《水滸傳》中「仁義」大於朝廷命令、大於邏輯關係，因此這些都不算大的缺點，況且作者在寫戰爭的時候，往往側重於計策、心理等活動，因此顯得靈氣十足。

而後二十回對戰陣等的發揮，確實有點暴露短處。難怪李卓吾評價說：「水滸傳文字不好處只在說夢、說怪、說陣處；其妙處都在人情物理上，人亦知之否？」甚至進一步指出「文字至此，都是強弩之末了，妙處還在前半截」。

儘管如此，後二十回作爲整體的一部分，也有許多優點，只從田虎事蹟對比梁山泊的發展過程這一點來看，就很有意義，至於招安，則與小說「仁義」

的內在邏輯有關。

最後，姜玉女士幫助查找了不少資料，在此一併表示感謝。

本書彙輯的《水滸傳》評語，輯自以下評本：

（一）《第五才子施耐庵水滸傳》，七十回，金聖歎評，簡稱《金本》。有回前總評、雙行夾批和眉批。

（二）《李卓吾先生批評忠義水滸傳》，一百回，明萬曆容與堂刻本，簡稱《容本》。有眉批、行間夾批和回末總評。

（三）《出像評點忠義水滸全傳》，一百二十回，題李卓吾評，明萬曆袁無涯刻本，簡稱《袁本》。有眉批、行間夾批和回末總評，內容與容本不盡相同。

（四）《忠義水滸傳》，一百回，亦題李卓吾評，清芥子園刻本，簡稱《芥本》。有眉批、行間夾批，基本與袁本相同，本書僅輯錄較袁本多出之評語。

（五）《京本增補校正全像水滸志傳評林》，余象斗評，明萬曆雙峰堂刻本，簡稱《余本》。

本書收錄以上各本眉批、行間夾批和評點，而以「金批」、「容眉」、「容夾」、「袁眉」、「袁夾」、「芥眉」、「芥夾」和「余評」表示。

第一百一回　謀墳地陰險產逆　蹈春陽妖艷生奸

話說蔡京在武學中查問那不聽他談兵，仰視屋角的這個官員，姓羅名戩，祖貫雲南軍達州人，現做武學諭※1。當下蔡京怒氣塡胸，正欲發作，因天子駕到報來，蔡京遂放下此事，率領百官，迎接聖駕進學，拜舞山呼。道君皇帝講武已畢，當有武學諭羅戩，不等蔡京開口，上前俯服，先啓奏道：「武學諭小臣羅戩，冒萬死，謹將淮西強賊王慶造反情形，上達聖聰。王慶作亂淮西，五年於茲，官軍不能抵敵。童貫、蔡攸，奉旨往淮西征討，全軍覆沒。懼罪隱匿，欺誑陛下，說軍士水土不服，權且罷兵，以致養成大患。王慶勢愈猖獗，前月又將臣鄉雲安軍攻破，擄掠淫殺，慘毒不忍言說，通共佔據八座軍州，八十六個州縣。蔡京經體贊元※2，其子蔡攸，如是覆軍殺將，辱國喪師，今日聖駕未臨時，猶儼然上坐談兵，大言不慚，病狂喪心！乞陛下速誅蔡京等誤國賊臣，選將發兵，速行征剿，救生民於塗炭，保社稷以無疆，臣民幸甚！天下幸甚！」道君皇帝聞奏大怒，深責蔡京等隱匿之罪。◎1當被蔡京等巧言宛奏天子，不即加罪，起駕還宮。次日，又有亳州太守侯蒙到京聽調，上書直言童貫、蔡攸喪師辱國之罪。並薦舉：「宋江等才略過人，屢建奇功，征遼回來，又定河北，今已奏凱班師。目今王慶猖獗，乞陛下降敕，將宋江等先行褒賞，即著這支軍馬，征討淮西，必成大功。」徽宗皇帝准奏，

評點

◎1.好皇帝。（袁夾）

隨即降旨下省院，議封宋江等官爵。省院官同蔡京等商議，回奏：「王慶打破宛州※3，昨有禹州、載州、萊縣三處申文告急。那三處是東京所屬州縣，鄰近神京，乞陛下敕陳瓘、宋江等，不必班師回京，著他統領軍馬，星夜馳援禹州等處。臣等保舉侯蒙爲行軍參謀。羅戩素有韜略，著他同侯蒙到陳瓘軍前聽用。宋江等正在征剿，未便升受，待淮西奏凱，另行酌議封賞。」原來蔡京知王慶那裏兵強將猛，與童貫、楊戩、高俅計議，故意將侯蒙、羅戩送到陳瓘那裏，只等宋江等敗績，侯蒙、羅戩怕他走上天去！那時卻不是一網打盡。話不絮煩。卻說那四個賊臣的條議，道君皇帝一一准奏，降旨寫敕，就著侯蒙、羅戩，齎捧詔敕，及領賞賜金銀、緞匹、袍服、衣甲、馬匹、御酒等物，即日起行，馳往河北，宣諭宋江等。又敕該部將河北新復各府州縣所缺正佐官員，速行推補，勒限星馳赴任。道君皇帝剖斷政事已畢，復被王黼、蔡攸二人，勸帝到艮嶽※4娛樂去了，不題。

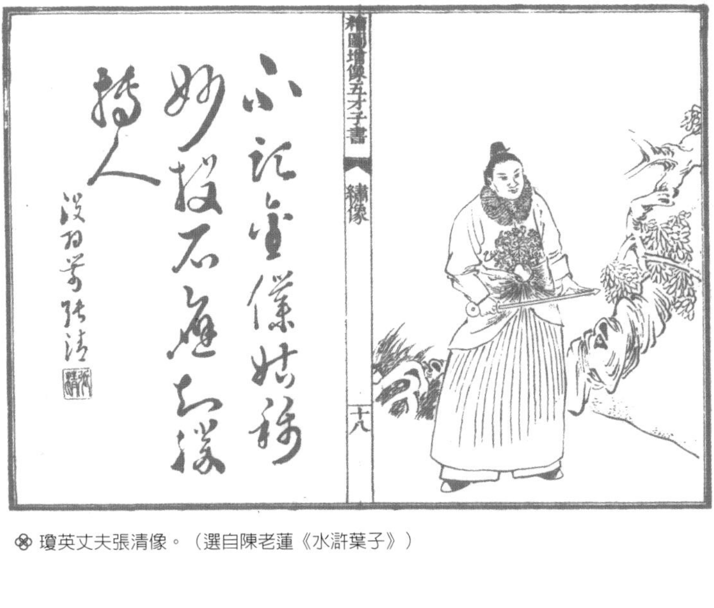

瓊英丈夫張清像。（選自陳老蓮《水滸葉子》）

註

※1 武學諭：諭，明白、理解。武學諭，軍事部門的教官。
※2 經體贊元：贊襄元首，治理國家。
※3 宛州：古縣名，在今天河南省南陽市。
※4 艮嶽：山名。在今河南開封城內東北隅。宋徽宗政和七年於汴梁東北作萬歲山，宣和四年徽宗自爲《艮嶽記》，以此山在國都之艮位，故名艮嶽。宣和六年，改名壽峰。詳見《宋史·地理志一》及宋張淏《艮嶽記》。

且說侯蒙齎領詔敕及賞賜將士等物，滿滿的裝載三十五車，離了東京，望河北進發。於路無話，不則一日，過了壺關山、昭德府，來到威勝州，離城尚有二十餘里，遇著宋兵押解賊首到來。卻是宋江先接了班師詔敕，恰遇瓊英葬母回來。宋江將瓊英母子及葉清貞孝節義的事，擒元凶賊首的功，並喬道清、孫安等降順天朝，有功員役，都備細寫表，申奏朝廷，就差張清、瓊英、葉清，領兵押解賊首先行。當下張清上前，與侯參謀、羅戩相見已畢。張清得了這個消息，差人馳往陳安撫、宋先鋒處報聞。陳瓘、宋江率領諸將，出郭迎接，侯蒙等捧齎聖旨入城，擺列龍亭香案。陳安撫及宋江以下諸將，整整齊齊，朝北跪著，裴宣喝拜，拜罷，侯蒙面南，立於龍亭之左，將詔書宣讀道：

制曰：朕以敬天法祖，纘紹洪基，惟賴傑宏股肱，贊勷※5大業。◎2邇來邊庭多儆※6，國祚※7少寧，爾先鋒使宋江等，跋履山川，踰越險阻，先成平虜之功，次奏靜寇之績，朕實嘉賴。今特差參謀侯蒙，齎捧詔書，給賜安撫陳瓘，及宋江、盧俊義等金銀、袍緞、名馬、衣甲、御酒等物，用彰爾功。茲者又因強賊王慶，作亂淮西，傾覆我城池，芟夷※8我人民，虔劉※9我邊陲，蕩搖我西京，仍敕陳瓘爲安撫，宋江爲平西都先鋒，盧俊義爲平西副先鋒，侯蒙爲行軍參謀。詔

開封汴繡《清明上河圖》局部。拍攝時間2007年10月22日。（聶鳴／fotoe提供）

書到日，即統領軍馬，星馳先救宛州。爾等將士，協力盡忠，功奏蕩平，定行封賞。其三軍頭目，如欽賞未敷※10，著陳瓘就於河北州縣內豐盈庫藏中挪撮※11給賞，造冊奏聞。爾其欽哉！特諭。

宣和五年四月　日

侯蒙讀罷丹詔，陳瓘及宋江等山呼萬歲，再拜謝恩已畢。侯蒙取過金銀、緞匹等項，依次照名給散：陳安撫及宋江、盧俊義，各黃金五百兩、錦緞十表裏、錦袍一套、名馬一匹、御酒一瓶；吳用等三十四員，各賞白金二百兩、彩緞四表裏、御酒一瓶；朱武等七十二員，各賜白金一百兩、御酒一瓶；餘下金銀，陳安撫設處湊足，俵散軍兵已畢。宋江復令張清、瓊英、葉清，押解田虎、田豹、田彪，到京師

註

※5贊勷：勷，通「襄」，協助之意。
※6儆：音景，通「警」。
※7國祚：國運。
※8芟夷：芟，音山。殺戮之意。
※9虔劉：劫掠，殺戮。
※10敷：足夠。
※11挪撮：挪移拼湊。

鐵人，山西太原晉祠金人臺（蓮花臺）。所謂金人就是鐵人和鐵漢。北宋紹聖四年（西元1097年）所鑄，被稱為宋朝的「不鏽鋼」，造型獨特，威武雄壯。（劉兆明／fotoe提供）

評點

◎2.反言之，妙妙。（袁眉）

獻俘去了。公孫勝來稟，乞兄長修五龍山龍神廟中五條龍像。宋江依允，差匠修塑。宋江差戴宗、馬靈往諭各路守城將士，一等新官到來，即行交代，勒兵前來，征剿王慶。宋江又料理了數日，各處新官皆到，諸路守城將佐，統領軍兵，陸續到來。宋江將欽賞銀兩，俵散已畢，宋江令蕭讓、金大堅鐫勒碑石，記敘其事。正值五月五日天中節，宋江教宋清大排筵席，慶賀太平，請陳安撫上坐，新任太守及侯蒙、羅戩，並本州佐貳等官次之；宋江以下，除張清晉京外，其一百單七人，及河北降將喬道清、孫安、卞祥等一十七員，整整齊齊，排坐兩邊。當下席間，陳瓘、侯蒙、羅戩稱贊宋江等功勛，宋江、吳用等感激三位知己，或論朝事，或訴衷曲，觥籌交錯，燈燭輝煌，直飲至夜半方散。次日，宋江與吳用計議，整點兵馬，辭別州官，離了威勝，同陳瓘等衆，望南進發。所過地方，秋毫無犯。百姓香花燈燭，絡繹道路，拜謝宋江等剪除賊寇，我們百姓，得再見天日之恩。

不說宋江等望南征進，再說沒羽箭張清同瓊英、葉清，將陷車囚解田虎等，已到東京，先將宋江書札呈達宿太尉，並送金珠珍玩。◎3宿太尉轉達上皇，天子大嘉瓊英母子貞孝，降敕特贈瓊英母宋氏爲介休貞節縣君※12，著彼處有司，建造坊祠，表揚貞節，春秋享祀。封瓊英爲貞孝宜人，◎4葉清爲正排軍，欽賞白銀五十兩，表揚其義。張清復還舊日原職。仍著三人協助宋江，征討淮西，功成升賞。道君皇帝敕下法司，將反賊田虎、田豹、田彪，押赴市曹，凌遲碎剮。當下瓊英帶得父母小像，稟過監斬官，將仇申、宋氏小像懸掛法場中，像前擺張桌子，等到午時三刻，田虎開刀碎剮後，瓊英將田虎首級擺在桌上，滴血祭奠父母，放聲大哭。◎5此時瓊英這段事，東京已傳遍了，當日觀者如垛，見瓊英哭得悲慟，無不感泣。瓊英祭奠已畢，同張清、葉清望闕謝恩。三人離了東京，逕望宛州進發，來助宋江，征討王慶，不在話下。

看官牢記話頭，仔細聽著，且把王慶自幼至長的事，表白出來。那王慶原來是東京開封府內一個副排軍。他父親王砉※13，是東京大富戶，專一打點衙門，攛唆結訟，放刁把濫，排陷良善，因此人都讓他些個。他聽信了一個風水先生，看中了一塊陰地，當出大貴之子。這塊地，就是王砉親戚人家葬過的，王砉與風水先生設計陷害。◎6王砉出尖※14，把那家告紙謊狀，官司累年，家產蕩盡，那家敵王砉不過，離了東京，遠方居住。後來王慶造反，三族皆夷，獨此家在遠方，官府查出是王砉被害，獨得保全。◎7王砉奪了那塊墳地，葬過父母，妻子懷孕彌月。王砉夢虎入室，蹲踞堂西，忽被獅獸突入，將虎銜去。王砉覺來，老婆便產王慶。那王慶從小浮浪，到十六、七歲，生得身雄力大，不去讀書，專好鬥雞走馬，使槍掄棒。那王砉夫妻兩口兒，單單養得王慶一個，十分愛恤，自來護短，凭他慣了，到得長大，如何拘管得下。◎8王慶賭的是錢兒，宿的是娼兒，吃的是酒兒。王砉夫婦也有時訓誨他，王慶逆性發作，將父母詈罵。◎9王砉無可奈

註

※12 縣君：古代婦人封號。晉已有此稱。唐制，五品母妻爲「縣君」。宋庶子、少卿監、司業、郎中、京府少尹、赤縣令等官之妻封「縣君」。元制與唐制同。明代郡王曾孫女稱「縣君」。

※13 砉：音虛。

※14 出尖：帶頭、出面。

評點

◎3.要緊的。（袁夾）
◎4.事事如此剖斷，何妨娛樂。（袁眉）
◎5.鬚眉男子所不及。（袁眉）
◎6.堪輿家可畏如此。（袁眉）
◎7.禍福伏倚，如漆暗使，一帆風順的誰肯轉念。（袁眉）
◎8.有子的切莫護短。（袁眉）
◎9.風水有准。（袁夾）

何，只索由他。過了六、七年，把個家產費得罄盡，單靠著一身本事，在本府充做個副排軍。一有錢鈔在手，三兄四弟，終日大酒大肉價同吃。◎10若是有些不如意時節，拽出拳頭便打。所以衆人又懼怕他，又喜歡他。

一日，王慶五更入衙畫卯，幹辦完了執事，閑步出城南，到玉津圃遊頑。此時是徽宗政和六年，仲春天氣，游人如蟻，軍馬如雲，正是：

上苑花開堤柳眠，游人隊裏雜嬋娟。
金勒馬嘶芳草地，玉樓人醉杏花天。

王慶獨自閑耍了一回，向那圃中一棵傍池的垂楊上，將肩胛斜倚著，◎11欲等個相識到來，同去酒肆中吃三杯進城。無移時，只見池北邊十來個幹辦、虞候、伴當、養娘人等，簇著一乘轎子，轎子裏面，如花似朵的一個年少女子。那女子要看景致，不用竹簾。◎12那王慶好的是女色，見了這般標致的女子，把個魂靈都吊下來。認得那夥幹辦、虞候，是樞密童貫府中人。當下王慶遠遠地跟著轎子，隨了那夥人，來到艮嶽。那艮嶽在京城東北隅，即道君皇帝所築，奇峰怪石，古木珍禽，亭榭池館，不可勝數。外面朱垣緋戶，如禁門一般，有內相、禁軍看守，等閑人

瓊英在法場殺田虎祭奠父母。
（朱寶榮繪）

河南開封宋都御街俯瞰。（李江樹／fotoe提供）

腳指頭兒也不敢踅到門前。那簇人歇下轎，養娘扶女子出了轎，逕望艮嶽門內，裊裊娜娜、妖妖嬈嬈走進去。那看門禁軍內侍，都讓開條路，讓他走進去了。原來那女子是童貫之弟童貰※15之女，楊戩的外孫。童貫撫養爲己女，許配蔡攸之子，卻是蔡京的孫兒媳婦了，小名叫做嬌秀，年方二八。他稟過童貫，乘天子兩日在李師師家娛樂，欲到艮嶽遊頑。童貫預先分付了禁軍人役，因此不敢攔阻。那嬌秀進去了兩個時辰，兀是不見出來。王慶那廝，呆呆地在外面守著，肚裏飢餓，踅到東街酒店裏，買些酒肉，忙忙地吃了六、七杯，恐怕那女子去了，連帳也不算，向便袋裏摸出一塊二錢重的銀子，丟與店小二道：「少停便來算帳。」王慶再踅到艮嶽前，又停了一回，只見那女子同了養娘，輕移蓮步，走出艮嶽來，且不上轎，看那艮嶽外面的景致。王慶踅

註

※15貰：音是。

評點

◎10.無賴本等。（袁眉）
◎11.像個浮浪。（袁夾）
◎12.便詫異。（袁夾）

上前去看那女子時，眞個標致。有混江龍詞爲證：

丰資毓秀，那裏個金屋堪收？點櫻桃小口，橫秋水雙眸。若不是昨夜晴開新月皎，怎能得今朝腸斷小梁州。芳芬綽約蕙蘭儔※16，香飄雅麗芙蓉袖，兩下裏心猿都被月引花鉤。

王慶看到好處，不覺心頭撞鹿，骨軟筋麻，好便似雪獅子向火，霎時間酥了半邊。那嬌秀在人叢裏，睃見王慶的相貌：

鳳眼濃眉如畫，微鬚白面紅顏。頂平額闊滿天倉，七尺身材壯健。善會偷香竊玉，慣的賣俏行奸。凝眸呆想立人前，俊俏風流無限。

那嬌秀一眼睃著王慶風流，也看上了他。當有幹辦、虞候，喝開衆人，養娘扶嬌秀上轎，衆人簇擁著，轉東過西，卻到酸棗門外嶽廟裏來燒香。王慶又跟隨到嶽廟裏，人山人海的，挨擠不開，衆人見是童樞密處虞候、幹辦，都讓開條路。那嬌秀下轎進香，王慶挨踅上前，卻是不能近身，又恐隨從人等叱咤，假意與廟祝廝熟，幫他點燭燒香，一雙眼不住的溜那嬌秀，嬌秀也把眼來頻睃。原來蔡攸的兒子，生

嬌秀出遊，被王慶窺見。（日版畫，出自《新編水滸畫傳》，葛飾戴斗繪）

來是憨呆的。◎13那嬌秀在家，聽得幾次媒婆傳說是眞，日夜叫屈怨恨。◎14今日見了王慶風流俊俏，那小鬼頭兒春心也動了。當下童府中一個董虞候，早已瞧科，認得排軍王慶。董虞候把王慶劈臉一掌打去，喝道：「這個是甚麼人家的宅眷！你是開封府一個軍健，你好大膽，如何也在這裏挨挨擠擠。待俺對相公說了，教你這顆驢頭，安不牢在頸上！」王慶那敢做聲，抱頭鼠竄，奔出廟門來，噀一口唾，叫聲道：「碎！我直恁這般呆！癩蝦蟆怎想吃天鵝肉！」當晚忍氣吞聲，慚愧回家。誰知那嬌秀回府，倒是日夜思想，厚賄侍婢，反去問那董虞候，教他說王慶的詳細。侍婢與一個薛婆子相熟，同他做了馬泊六，悄地勾引王慶從後門進來，人不知，鬼不覺，與嬌秀勾搭。王慶那廝，喜出望外，終日飲酒。◎15光陰荏苒，過了三月，正是樂極生悲。王慶一日吃得爛醉如泥，在府正排軍張斌面前，露出馬腳，遂將此事彰揚開去，不免吹在童貫耳朵裏。童貫大怒，思想要尋罪過擺撥他，不在話下。

且說王慶因此事發覺，不敢再進童府去了。一日在家閑坐，此時已是五月下旬，天氣炎熱，王慶掇條板凳，放在天井中乘涼，方起身入屋裏去拿扇子，只見那條板凳四腳搬動，從天井中走將入來。王慶喝聲道：「奇怪！」飛起右腳，向板凳只一腳踢去。王慶叫聲道：「阿也，苦也！」不踢時，萬事皆休，一踢時，迍邅※17立至。正是：天有不測風雲，人有旦夕禍福。畢竟王慶踢這板凳，爲何叫苦起來？且聽下回分解。◎16

註

※16儕：音愁。同輩、伴侶。
※17迍邅：音諄沾。處境不利，不順遂。

評點

◎13.祖父忒聰明了。（袁夾）
◎14.若不怨恨，也是呆的了。（袁眉）
◎15.蔡攸勸徽宗娛樂，媳婦便勸王慶娛樂，不知王黼媳婦又是如何？（袁眉）
◎16.王漢忤逆，嬌秀偷漢，作者用心獨苦，看者也要著眼。徽宗在李師師家娛樂，童貫侄女便與王慶娛樂，徽宗德之流行速於置郵而傳命。（袁評）

第一百二回

王慶因姦吃官司　龔端被打師軍犯

話說王慶見板凳作怪，◎1用腳去踢那板凳，卻是用力太猛，閃朒※1了脅肋，蹲在地下，只叫：「苦也，苦也！」半晌價動彈不得。老婆聽得聲喚，走出來看時，只見板凳倒在一邊，丈夫如此模樣，便把王慶臉上打了一掌道：「郎當怪物，卻終日在外面，不顧家裏。今晚纔到家裏，一回兒又做甚麼來？」王慶道：「大嫂不要取笑，我閃朒了脅肋，了不得！」那婦人將王慶扶將起來，王慶勾著老婆的肩胛，搖頭咬牙的叫道：「阿也，痛得慌！」那婦人罵道：「浪弟子，鳥歪貨！你閑常時只歡喜使腿牽拳，今日弄出來了。」那婦人自覺這句話說錯，將紗衫袖兒掩著口笑。王慶聽得「弄出來」三個字，恁般疼痛的時節，也忍不住笑，哈哈的笑起來。那婦人又將王慶打了個耳刮子道：「鳥怪物！你又想了那裏去？」當下婦人扶王

上回敘述嬌秀侍婢帶王慶從後門進入與嬌秀通姦。（朱寶榮繪）

慶到床上睡了，敲了一碟核桃肉，旋了一壺熱酒，遞與王慶吃了。他自去拴門戶，撲蚊蟲，下帳子，與丈夫歇息。王慶因腰脅十分疼痛，那椿兒動彈不得，是不必說。一宿無話。次早王慶疼痛兀是不止，肚裏思想，如何去官府面前聲喏答應？挨到午牌時分，被老婆催他出去贖膏藥。王慶勉強擺到府衙前，與慣醫跌打損傷，朝北開舖子賣膏藥的錢老兒，買了兩個膏藥，貼在肋上。錢老兒說道：「都排若要好的快，須是吃兩服療傷行血的煎劑。」說罷，便撮了兩服藥，遞與王慶。王慶向便袋裏取出一塊銀子，約莫有錢二、三分重，討張紙兒，包了錢。老兒睃著他包銀子，假把臉兒朝著東邊。王慶將紙包遞來道：「先生莫嫌輕褻，將來買涼瓜喫。」錢老兒道：「都排，朋友家如何計較，這卻使不得！」一頭還在那裏說，那隻右手兒，已是接了紙包，揭開藥箱蓋，把紙包丟下去了。

王慶拿了藥，方欲起身，只見府西街上，走來一個賣卦先生。頭帶單紗抹眉頭巾，身穿葛布直身，撐著一把遮陰涼傘，傘下掛一個紙招牌兒，大書「先天神數」四字，兩旁有十六個小字，寫道：

荊南李助，十文一數，字字有準，術勝管輅※2。

王慶見是個賣卦的，他已有嬌秀這椿事在肚裏，又遇著昨日的怪事，他便叫道：「李先生，這裏請坐。」那先生道：「尊官有何見教？」口裏說著，那雙眼睛骨渌渌的把王慶

註

※1閃朒：亦作「閃肭」。扭傷筋絡或肌肉。

※2管輅：字公明，平原人。三國時期著名的預言家，精通周易，善於占卜。

評點

◎1.若是教學先生坐的冷板凳，便不作怪。（袁眉）

從頭上直看至腳下。王慶道：「在下欲卜一數。」李助下了傘，走進膏藥鋪中，對錢老兒拱手道：「攪擾！」便向單葛布衣袖裏摸出個紫檀課筒兒，開了筒蓋，取出一個大定銅錢，遞與王慶道：「尊官那邊去對天默默地禱告。」王慶接了卦錢，對著炎炎的那輪紅日，彎腰唱喏。卻是疼痛，彎腰不下，好似那八、九十歲老兒，硬著腰，半揖半拱的兜了一兜，仰面立著禱告。那邊李助看了，悄地對錢老兒猜說道：「用了先生膏藥，一定好的快，想是打傷的。」錢老道：「他見甚麼板凳作怪，踢閃了腰肋。適纔走來，說話也是氣喘，貼了我兩個膏藥，如今腰也彎得下了。」李助道：「我說是個閃朒的模樣。」◎2王慶禱告已畢，將錢遞與李助。那李助問了王慶姓名，將課筒搖著，口中念道：

日吉辰良，天地開張。聖人作易，幽贊神明。包羅萬象，道合乾坤。與天地合其德，與日月合其明，與四時合其序，與鬼神合其吉凶。今有東京開封府王姓君子，對天買卦。甲寅旬中，乙卯日，奉請周易文王先師※3、鬼谷先師※4、袁天綱※5先師，至神至聖，至福至靈，指示疑迷，明彰報應。

李助將課筒發了兩次，疊成一卦，道是水雷屯卦※6，看了六爻※7動靜，便問：「尊官所占何事？」王慶道：「問家宅。」李助搖著頭道：「尊官莫怪小子直言，屯者，難也，你的災難方興哩！有幾句斷詞，尊官須記著。」李助搖著一把竹骨折疊油紙扇兒，念道：

家宅亂縱橫，百怪生災家未寧。非古廟，即危橋。白虎※8沖凶官病遭。有頭無尾何曾濟，見貴凶驚訟獄交。人口不安遭跌蹼※9，四肢無力拐兒撬※10。從改換，是非消。逢著虎龍雞犬日，許多煩惱禍星招。

當下王慶對著李助坐地，當不得那油紙扇兒的柿漆臭，把皂羅衫袖兒掩著鼻聽他。李助念罷，對王慶道：「小子據理直言，家中還有作怪的事哩！須改過遷居，方保無事。明日是丙辰日，要仔細哩！」王慶見他說得凶險，也沒了主意，取錢酬謝了李助。李助出了藥舖，撐著傘，望東去了。當有府中五、六個公人衙役，見了王慶，便道：「如何在這裏閑話？」王慶把見怪閃朒的事說了，眾人都笑。王慶道：「列位，若府尹相公問時，須與做兄弟的周全則個！」眾人都道：「這個理會得。」說罷，各自散去。

王慶回到家中，教老婆煎藥。王慶要病好，不止兩個時辰，把兩服藥都吃了；又要

註

※3 周易文王先師：周文王，姓姬名昌，生卒年不詳。商紂時爲西伯，建國於岐山之下，積善行仁，政化大行，因崇侯虎向紂王進讒言，而被囚於羑里，後得釋歸。益行仁政，天下諸侯多歸從，子武王有天下後，追尊爲文王。傳說他在被囚禁的時候寫了《周易》。

※4 鬼谷先師：鬼谷子，姓王名詡，春秋時人。常入雲夢山採藥修道。因隱居清溪之鬼谷，故自稱鬼谷先生。鬼谷子爲縱橫家之鼻祖，蘇秦與張儀爲其最傑出的兩個弟子。

※5 袁天綱：益州成都人，隋唐時期著名的相士。

※6 屯卦：屯，音諄。八卦中坎卦（水）與震卦（雷）重疊而來的卦象，代表困難坎坷。

※7 六爻：爻，音搖。《易》卦之畫曰爻。六十四卦中，每卦六畫，故稱六爻。爻分陰陽，「一」爲陽爻，稱九；「--」爲陰爻，稱六。每卦六爻，自下而上數：陽爻稱初九、九二、九三、九四、九五、上九；陰爻稱初六、六二、六三、六四、六五、上六。《易・繫辭上》：「六爻之動，三極之道也。」孔穎達疏：「言六爻遞相推動而生變化，是天、地、人三才至極之道。」後因以指占卜。

※8 白虎：特指迷信傳說中的凶神。

※9 跌蹼：喻指挫折和災難。

※10 拐兒撬：依靠拐杖走路。

評點

◎2.醫卜說嘴討口氣，如是如是。（袁眉）

藥行，多飲了幾杯酒。不知那去傷行血的藥性，都是熱的，當晚歇息，被老婆在身邊挨挨摸摸，動了火，只是礙著腰痛，動彈不得。怎禁那婦人因王慶勾搭了嬌秀，日夜不回，把他寡曠得久了，慾心似火般熾焰起來，怎饒得過他，便去爬在王慶身上，做了個掀翻細柳營。兩個直睡到次日辰牌時分，◎3方纔起身，梳洗畢，王慶因腹中空虛，暖些酒吃了。正在吃早飯，兀是未完，只聽得外面叫道：「都排在家麼？」婦人向板壁縫看了道：「是兩個府中人。」王慶聽了這句話，便呆了一呆，只得放下飯碗，抹抹嘴，走將出來，拱拱手問道：「二位光降，有何見教？」那兩個公人道：「都排眞個受用！清早兒臉上好春色！太爺今早點名，因都排不到，大怒起來。我們兄弟輩替你稟說見怪閃朒的事，他那裏肯信？便起了一枝籤，差我們兩個來請你回話。」把籤與王慶看了。王慶道：「如今紅了臉，怎好去參見？略停一會兒纔好。」那兩個公人道：「不干我們的事，太爺立等回話。去遲了，須帶累我們吃打。快走！快走！」

❀ 河南開封府前牌坊。拍攝時間2003年10月28日。（聶鳴提供）

❀古代杭州街頭的相面先生。（fotoe提供）

兩個扶著王慶便走。王慶的老婆慌忙走出來問時，丈夫已是出門去了。兩個公人扶著王慶進了開封府，府尹正坐在堂中虎皮交椅上。兩個公人帶王慶上前稟道：「奉老爺鈞旨，王慶拿到。」王慶勉強朝上磕了四個頭。府尹喝道：「王慶，你是個軍健，如何怠玩，不來伺候？」王慶又把那見怪閃肭的事，細稟一遍道：「實是腰肋疼痛，坐臥不寧，行走不動，非敢怠玩，望相公方便。」府尹聽罷，又見王慶臉紅，大怒喝道：「你這廝專一酗酒為非，幹那不公不法的事，◎4今日又捏妖言，欺誑上官！」喝教扯下去打。王慶那裏分說得開？當下把王慶打得皮開肉綻，要他招認捏造妖書，煽惑愚民，謀為不軌的罪。王慶昨夜被老婆剋剝，今日被官府拷打，眞是雙斧伐木，死去再醒。吃打不過，只得屈招。府尹錄了王慶口詞，叫禁子把王慶將刑具枷杻來釘了，押下死囚牢裏，要問他個捏造妖書、謀為不軌的死罪。禁子將王慶扛擡入牢去了。

評點

◎3.是個排軍老婆。（袁眉）
◎4.還有個教導他幹的。（袁眉）

原來童貫密使人分付了府尹，正要尋罪過擺撥他，可可的撞出這節怪事來。那時府中上下人等，誰不知道嬌秀這件勾當，都紛紛揚揚的說開去：「王慶爲這節事得罪，如今一定不能個活了。」那時蔡京、蔡攸耳朵裏頗覺不好聽，◎5父子商議，若將王慶性命結果，此事愈眞，醜聲一發播傳。於是密挽心腹官員，與府尹相知的，教他速將王慶刺配遠惡軍州，以滅其跡。蔡京、蔡攸擇日迎娶嬌秀成親，一來遮掩了童貫之羞，二來滅了衆人議論。且說開封府尹遵奉蔡太師處心腹密話，隨即升廳。◎6那日正是辛酉日，叫牢中提出王慶，除了長枷，斷了二十脊杖，喚個文筆匠，刺了面頰，量地方遠近，該配西京管下陝州※11牢城。當廳打一面十斤半團頭鐵葉護身枷釘了，貼上封皮，押了一道牒文，差兩個防送公人，叫做孫琳、賀吉，監押前去。三人出開封府來，只見王慶的丈人牛大戶接著，同王慶、孫琳、賀吉到衙前南街酒店裏坐定。牛大戶叫酒保搬取酒肉，吃了三杯兩盞，牛大戶向身邊取出一包散碎銀兩，遞與王慶道：「白銀三十兩，把與你路途中使用。」王慶用手去接道：「生受泰山！」牛大戶推著王慶的手道：「這等容易！我等閑也不把銀兩與你。你如今配去陝州，一千餘里，路遠山遙，知道你幾時回來？你調戲了別人家女兒，卻不耽誤了自己的妻子！老婆誰人替你養？又無一男半女、田地家產可以守你。你須立紙休書，自你去後，任從改嫁，日後並無爭執。如此，方把銀子與你。」王慶平日會花費，思想：「我囊中又無十兩半斤銀兩，這陝西如何去得？」左思右算，要那銀兩使用，嘆了兩口氣道：「罷！罷！只得寫紙休書。」牛大戶一手接紙，

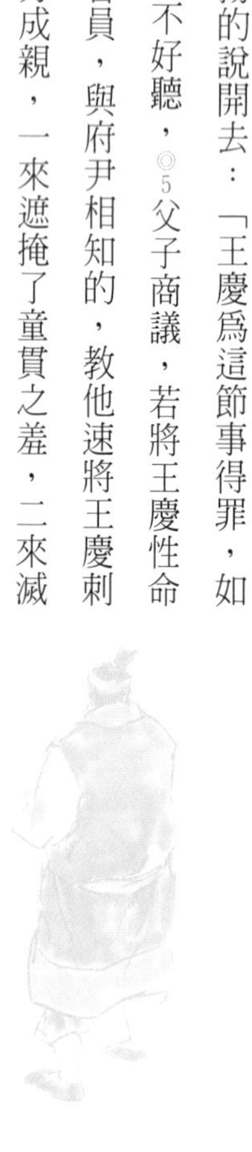

一手交銀，自回去了。

王慶同了兩個公人到家中來，收拾行囊包裹，老婆已被牛大戶接到家中去了，把個門兒鎖著。王慶向鄰舍人家借了斧鑿，打開門戶，到裏面看時，凡老婆身上穿著的、頭上插戴的，都將去了。王慶又惱怒，又淒慘。央間壁一個周老婆子，到家備了些酒食，把與公人吃了，將銀十兩，送與孫琳、賀吉道：「小人棒瘡疼痛，行走不動，欲將息幾日，方好上路。」孫琳、賀吉得了錢，也是應允，怎奈蔡攸處挽心腹催促公人起身。王慶將家伙什物，胡亂變賣了，交還了胡員外家賃房。此時王慶的父親王砉，已被兒子氣瞎了兩眼，◎7另居一處，兒子上門，不打便罵。今日聞得兒子遭官司刺配，不覺心痛，教個小廝扶著，走到王慶屋裏，叫道：「兒子呀，你不聽我的訓誨，以致如此。」說罷，那雙盲昏眼內，吊下淚來。王慶從小不曾叫王砉一聲爺的，今值此家破人離的時節，心中也酸楚起來，叫聲道：「爺，兒子今日遭恁般屈官司，叵耐牛老兒無禮，逼我寫了休妻的狀兒，纔把銀子與我。」◎8王砉道：「你平日是愛妻子、孝丈人的，今日他如何這等待你？」◎9王慶聽了這兩句搶白的話，便氣憤憤的不來睬著爺，◎10逕同兩個公人收拾出城去了。王砉頓足捶胸道：「是我不該來看那逆種！」復扶了小廝自回，不題。

卻說王慶同了孫琳、賀吉離了東京，賃個僻靜所在，調治十餘日，棒瘡稍癒，

註

※11陝州：古州名，在今天河南省陝縣。

評點

◎5.只恐此輩連不好聽三字也少在胸中。（袁眉）
◎6.眞傀儡。（袁眉）
◎7.不孝的看到此處，不知作何光景。（袁眉）
◎8.慕少艾、慕妻子的看到此處，也不知作何光景。（袁眉）
◎9.醒世語。（袁夾）
◎10.逆性不改，磔剮已形。（袁夾）

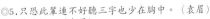

公人催促上路，迤邐而行，望陝州投奔。此時正是六月初旬，天氣炎熱，一日止行得四、五十里，在路上免不得睡死人床，吃不滾湯。三個人行了十五、六日，過了嵩山。一日正在行走，孫琳用手向西指著遠遠的山峰說道：「這座山叫做北邙山※12，屬西京管下。」三人說著話，趁早涼，行了二十餘里。望見北邙山東有個市鎮，只見四面村農，紛紛的投市中去。那市東人家稀少處，丁字兒列著三株大柏樹。樹下陰蔭，只見一簇人亞肩疊背的圍著一個漢子，赤著上身，在那陰涼樹下，吆吆喝喝地使棒。三人走到樹下歇涼。王慶走得汗雨淋琳，滿身蒸濕，帶著護身枷，挨入人叢中，踮起腳看那漢使棒。◎11看了一歇兒，王慶不覺失口笑道：「那漢子使的是花棒。」那漢正使到熱鬧處，聽了這句話，收了棒看時，卻是個配軍。那漢大怒，便罵：「賊配軍！俺的槍棒遠近聞名，你敢開了那鳥口，輕慢我的棒，放出這個屁來！」丟下棒，提起拳頭，劈臉就打。只見人叢中走出兩個少年漢子來攔住道：「休要動手！」便問王慶道：「足下必是高手。」王慶道：「亂道這一句，惹了那漢子的怒。小人槍棒也略曉得些兒。」那邊使棒的漢子怒罵道：「賊配軍！你敢與我比試罷？」那兩個人對王慶道：「你敢與那漢子使合棒，若贏了他，便將這掠下的兩貫錢，都送與你。」王慶笑道：「這也使得。」分開眾人，向賀吉取了桿棒，脫下汗衫，拽扎起裙子，掣棒在手。眾人都道：「你項上帶著個枷兒，卻如何掄棒？」王慶道：「只這節兒稀罕。帶著行枷贏了他，纔算手段。」眾人齊聲道：「你若帶枷贏了，這兩貫錢一定與你。」便讓開路，放王慶入去。那使棒的漢，

評點

◎11.終是個浮浪。（袁眉）

也掣棒在手，使個旗鼓，喝道：「來，來，來！」王慶道：「列位恩官，休要笑話。」那邊漢子明欺王慶有護身枷礙著，吐個門戶，喚做蟒蛇吞象勢。王慶也吐個勢，喚做蜻蜓點水勢。那漢喝一聲，便使棒蓋將入來。王慶望後一退，那漢趕入一步，提起棒，向王慶頂門，又復一棒打下來。王慶將身向左一閃，那漢的棒打個空，收棒不迭。王慶就那一閃裏，向那漢右手一棒劈去，正打著右手腕，把這條

王慶教授龔端弟兄武藝。（朱寶榮繪）

註

※12 北邙山：邙，音忙。邙山位於河南省洛陽市北，黃河南岸，是秦嶺山脈的餘脈，崤山支脈。廣義的邙山起自洛陽市北，沿黃河南岸綿延至鄭州市北的廣武山，長度一百多公里。狹義的邙山僅指洛陽市以北的黃河與其支流洛河的分水嶺。

棒打落下來。幸得棒下留情，不然把個手腕打斷。衆人大笑。王慶上前執著那漢的手道：「衝撞休怪！」那漢右手疼痛，便將左手去取那兩貫錢。衆人一齊嚷將起來道：「那廝本事低醜，適纔講過，這錢應是贏棒的拿！」只見在先出尖上前的兩個漢子，劈手奪了那漢兩貫錢，把與王慶道：「足下到敝莊一敘。」那使棒的拗衆人不過，只得收拾了行仗，望鎮上去了。衆人都散。

兩個漢子邀了王慶，同兩個公人，都戴個涼笠子，望南抹過兩、三座林子，轉到一個村坊。林子裏有所大莊院，一周遭都是土墻，墻外有二、三百株大柳樹。莊外新蟬噪柳，莊內乳燕啼梁。兩個漢子邀王慶等三人進了莊院，入到草堂，敘禮罷，各人脫下汗衫麻鞋，分賓主坐下。莊主問道：「列位都像東京口氣。」王慶道了姓名，並說被府尹陷害的事。說罷，請問二位高姓大名。二人大喜。那上面坐的說道：「小可姓龔，單名個端字，這個是舍弟，單名個正字。舍下祖居在此，因此，這裏叫做龔家村。這裏屬西京新安縣※13管下。」說罷，叫莊客替三位瀚濯※14那濕透的汗衫，先汲涼水來解了暑渴，引三人到上房中洗了澡，草堂內擺上桌子，先吃了現成點心，然後殺雞宰鴨、煮豆摘桃的置酒管待。莊客重新擺設，先搬出一碟剝光的蒜頭，一碟切斷的壯蔥，然後搬出菜蔬、果品、魚肉、雞鴨之類。龔端請王慶上面坐了，兩個公人一代兒坐下，龔端和兄弟在下面備席，莊客篩酒。王慶稱謝道：「小人是個犯罪囚人，感蒙二位錯愛，無端相擾，卻是不當。」龔端道：「說那裏話！誰人保得沒事？那個帶著酒食走的？」當下猜枚行令，酒至半酣，龔端開口道：「這個敝村，前後左右，也有二百餘家，都推愚弟兄做個主兒。小可弟兄兩個，也好使些拳棒，壓服衆人。今春二月，東村賽神會，搭臺演戲，小可弟兄到那邊耍子，與彼村一個人，喚做黃達，因賭錢鬥口，被那廝痛打一頓，俺弟兄兩個，也贏不得他。黃達那廝，在人面前誇口稱強，俺兩個奈何不得他，只得忍氣呑聲。適纔見都排棒法十分整密，俺二人願拜都排爲師父，求師父點撥愚弟兄，必當重重酬謝。」王慶聽罷，大喜，謙讓了一回。龔端同弟，隨即拜王慶爲師。當晚直飲至盡醉方休，趁涼歇息。次日天明，王慶乘著早涼，在打麥場上，點撥龔端拽拳使腿，只見外面一個人，背叉著手，踱將進來，喝道：「那裏配軍，敢到這裏賣弄本事？」只因走進這個人來，有分教：王慶重種大禍胎，龔端又結深仇怨。眞是：禍從浮浪起，辱因賭博招。畢竟走進龔端莊裏這個人是誰？且聽下回分解。◎12

註

※13 新安縣：古縣名，在今河南省西北部。

※14 澣濯：澣，音緩。澣同「浣」，漿洗的意思。

評點

◎12.宋江父子，林沖夫婦，比王慶父子、夫婦如何？不省義，方刑於之義者，宜熟讀此回。（袁評）

第一百三回 張管營因妾弟喪身 范節級為表兄醫臉

話說王慶在龔家村龔端莊院內，乘著那杲日※1初升，清風徐來的涼晨，在打麥場上柳陰下，點撥龔端兄弟，使拳拽腿，忽的有個大漢子，禿著頭，不帶巾幘，綰個丫髻，穿一領雷州細葛布※2短敞衫，繫一條單紗裙子，拖一雙草涼鞋兒，捏著一把三角細蒲扇，仰昂著臉，背叉著手，擺進來，◎1見是個配軍在那裏點撥。他昨日已知道邙東鎮上有個配軍，贏了使槍棒的，恐龔端兄弟學了觔節※3，開口對王慶罵道：「你是個罪人，如何在路上挨脫※4，在這裏哄騙人家子弟？」王慶只道是龔氏親戚，不敢回答。原來這個人正是東村黃達，他也乘早涼，欲到龔家村西盡頭柳大郎處討賭帳，聽得龔端村裏吆吆喝喝，他平日欺慣了龔家弟兄，因此逕自闖將進來。龔端見是黃達，心頭一把無明火，高舉三千丈，按捺不住，大罵道：「驢牛射出來的賊亡八！前日賴了我賭錢，今日又上門欺負人！」黃達大怒罵道：「搗你娘的

平遙縣衙二堂，山西平遙古城。二堂是知縣的日常辦公場所。拍攝時間2006年8月8日。（劉兆明提供）

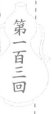

北京一家藥舖的門面，清人彩繪。（fotoe提供）

腸子！」丟了蒲扇，提了拳頭，搶上前，望龔端劈臉便打。王慶聽他兩個出言吐氣，也猜著是黃達了，假意上前來勸，只一枷，望黃達膀上打去。黃達撲通的攧個腳梢天，掙扎不迭，被龔端、龔正並兩個莊客，一齊上前按住，拳頭腳尖，將黃達脊背、胸脯、肩胛、脅肋、膀子、臉頰、頭額、四肢，無處不著拳腳，只空得個舌尖兒。當下眾人將黃達踢打一個沒算數，把那葛敝衫、紗裙子，扯得粉碎。黃達口裏只叫道：「打得好！打得好！」赤條條的一毫絲線兒也沒有在身上。當有防送公人孫琳、賀吉，再三來勸，龔端等方纔住手。黃達被他們打壞了，只在地上喘氣，那裏掙扎得起？龔端叫三、四個莊

註

※1杲日：杲，音搞。明亮的太陽。

※2雷州細葛布：中國向有「北有姑絨，南有女葛」之說，「南有女葛」指的是廣東雷州婦女織的葛布。這種葛布從漢代起就是進貢皇帝的主要物品。雷州葛布「百錢一尺，盛行天下」，布質精細，光滑耐用，顏色像褐色象牙。

※3觔節：觔，音金。訣竅關節。

※4挨脱：拖延。

評點

◎1.是個無賴。（袁眉）

客，把黃達扛到東村半路上草地裏撇下，赤日中曬了半日。黃達那邊的鄰舍莊家出來芸草，遇見了，扶他到家，臥床將息，央人寫了狀詞，去新安縣投遞報辜，不在話下。

卻說龔端等鬧了一個早起，叫莊客搬出酒食，請王慶等吃早膳。王慶道：「那廝日後必來報仇廝鬧。」龔端道：「這賊亡八窮出鳥來，家裏只有一個老婆。左右鄰里，只礙他的膂力，今日見那賊亡八打壞了，必不肯替他出力氣。若是死了，拼個莊客，償他的命，便吃官司，也說不得；若是不死，只是個互相廝打的官司。今日全賴師父報了仇，師父且喝杯酒，放心在此，一發把槍棒教導了愚弟兄，必當補報。」龔端取出兩錠銀，各重五兩，送與兩個公人，求他再寬幾日。孫琳、賀吉得了錢，只得應允。自此一連住了十餘日，把槍棒觔節，盡傳與龔端、龔正。因公人催促起身，又聽得黃達央人到縣裏告准，龔端取出五十兩白銀，送與王慶，到陝州使用。起個半夜，收拾行囊包裹，天未明時，離了本莊。龔端叫兄弟帶了若干銀兩，又來護送。於路無話，不則一日，來到陝州。孫琳、賀吉帶了王慶到州衙，當廳投下了開封府文牒。州尹看驗明白，收了王慶，押了回文，與兩個公人回去，不在話下。州尹隨即把王慶帖發本處牢城營來，公人討收管回話，又不必說。當下龔正尋個相識，將些銀兩，替王慶到管營差撥處買上囑下的使用了。那個管營姓張，雙名世開，得了龔正賄賂，將王慶除了行枷，也不打甚麼殺威棒，也不來差他做生活，發下單身房內，由他自在出入。

不覺的過了兩個月，時遇秋深天氣。忽一日，王慶正在單身房裏閑坐，只見一個軍漢走來說道：「管營相公喚你。」王慶隨了軍漢，來到點視廳上磕了頭。管營張世開說道：「你來這裏許多時，不曾差遣你做甚麼。我要買一張陳州※5來的好角弓。那陳州是東京管下，你是東京人，必知價値眞假。」說罷，便向袖中摸出一個紙包兒，親手遞與王慶道：「紋銀二兩，你去買了來回話。」王慶道：「小的理會得。」接了銀子，來到單身房裏，拆開紙包，看那銀子果是雪丟※6，將等子※7稱時，反重三、四分。王慶出了本營，到府北街市上弓箭舖中，止用得一兩七錢銀子，買了一張眞陳州角弓，將回來，張管營已不在廳上了。王慶將弓交與內宅親隨伴當送進去，喜得落了他三錢銀子。

明日張世開又喚王慶到點視廳上說道：「你卻幹得事來，昨日買的角弓甚好。」王慶道：「相公須教把火來放在弓廂裏，不住的焙，方好。」張世開道：「這個曉得。」從此張世開日日差王慶買辦食用供應，卻是不比前日發出現銀來，給了一本帳簿，教王慶將日逐買的，都登記在簿上。那行舖人家，那個肯賒半文。王慶只得取出己財，買了送進衙門內去。張世開嫌好道歉，非打即罵。及至過了十日，將簿呈遞，稟支價銀，那裏有毫忽兒發出來。如是月餘，被張管營或五棒，或十棒，或二十，或三十，前前後後，總計打了三百餘棒，將兩腿都打爛了。把龔端送的五十兩銀子，賠費得罄盡。一日，王慶到營西武功牌坊東側首，一個修合丸散、賣飲片、兼內外科、撮熟藥，又賣杖瘡膏藥

註

※5陳州：古州名，在今天河南淮陽。
※6雪丟：雪花銀。丟，音督。點，斑點之意。
※7等子：稱小量東西的衡器。

的張醫士舖裏，買了幾張膏藥，貼療杖瘡。張醫士一頭與王慶貼膏藥，一頭口裏說道：「張管營的舅爺龐大郎，前日也在這裏取膏藥，貼治右手腕。他說在邙東鎮上跌壞的，咱看他手腕，像個打壞的。」王慶聽了這句話，忙問道：「小人在營中，如何從不曾見面？」張醫士道：「他是張管營小夫人的同胞兄弟，單諱個元字兒。那龐夫人是張管營最得意的。那龐大郎好的是賭錢，又要使槍棒耍子。虧了這個姐姐，常照顧他。」王慶聽了這一段話，九分猜是：「前日在柏樹下被俺打的那廝，一定是龐元了，怪道張世開尋罪過擺佈俺。」王慶別了張醫士，回到營中，密地與管營的一個親隨小廝，買酒、買肉的請他，又把錢與他，慢慢的密問龐元詳細。那小廝的說話，與前面張醫士一般，更有兩句備細的話，說道：「那龐元前日在邙東鎮上，被你打壞了，常在管營相公面前恨你。你的毒棒，只恐兀是※8不能免哩！」正是：

好勝誇強是禍胎，謙和守分自無災。
只因一棒成仇隙，如今加利奉還來。

當下王慶問了小廝備細，回到單身房裏，嘆口氣道：「不怕官，只怕管。前日偶爾失口，說了那廝，贏了他棒，卻不知道是管營心上人的兄弟。他若擺佈得我要緊，只索逃走他處，再作道理。」便悄地到街坊，買了一把解手尖刀，藏在身邊，以防不測。如此又過十數日，幸得管營不來呼喚，棒瘡也覺好了些。

宋軍軍營——20世紀80年代在原址上修建於重慶合川釣魚城遺址。拍攝時間2005年2月。（魏德智提供）

忽一日，張管營又叫他買兩匹緞子。王慶有事在心，不敢怠惰，急急的到舖中買了回營。張管營正坐在點視廳上，王慶上前回話。張世開嫌那緞子顏色不好，尺頭又短，花樣又是舊的，當下把王慶大罵道：「大膽的奴才！你是個囚徒，本該差你挑水搬石，或鎖禁在大鏈子上。今日差遣你奔走，是十分擡舉你。你這賊骨頭，卻是不知好歹！」罵得王慶頓口無言，插燭也似磕頭求方便。張世開喝道：「權且寄著一頓棒，速將緞匹換上好的來。限你今晚回話，若稍遲延，你須仔細著那條賊性命！」王慶只得脫出身上衣服，向解庫中典了兩貫錢，添錢買換上好的緞子，抱回營來。跋涉久了，已是上燈後了，只見營門閉著。當直軍漢說：「黑夜裏誰肯擔這干係，放你進去？」王慶分說道：「蒙管營相公遣差的。」那當直軍漢那裏肯聽。王慶身邊尚有剩下的錢，送與當直的，方纔放他進去，卻是又被他纏了一回。捧了兩匹緞子，來到內宅門外。那守內宅門的說道：「管營相公和大奶奶廝鬧，在後面小奶奶房裏去了。大奶奶卻是利害得

平遙縣衙督捕廳，為清代的司法綜合機構。山西平遙古城。拍攝時間2006年8月8日。（劉兆明提供）

註

※8 兀是：還是。

緊，誰敢與你傳話，惹是招非？」王慶思想道：「他限著今晚回話，如何又恁般阻拒我？卻不是故意要害我，明日那頓惡棒怎脫得過？這條性命，一定送在那賊亡八手裏，俺被他打了三百餘棒，報答那一棒的仇恨也夠了。前又受了龔正許多銀兩，今日直恁如此翻臉擺佈俺！」那王慶從小惡逆，生身父母也再不來觸犯他的。當下逆性一起，道是「恨小非君子，無毒不丈夫」，一不做，二不休，挨到更餘，營中人及衆囚徒都睡了，悄地踅到內宅後邊，爬過墻去，輕輕的拔了後門的栓兒，藏過一邊。那星光之下，照見墻垣內東邊有個馬廄，西邊小小一間屋，看時，乃是個坑廁。王慶掇那馬廄裏一扇木柵，豎在二重門的墻邊，從木柵爬上墻去，從墻上抽起木柵，豎在裏面，輕輕溜將下去。先拔了二重門栓，藏過木柵，裏面又是墻垣。只聽得墻裏邊笑語喧嘩。王慶踅到墻邊，伏著側耳細聽，認得是張世開的聲音，一個婦人聲音，又是一個男子聲音，卻在那裏喝酒閑話。王慶竊聽多時，忽聽得張世開說道：「舅子，那廝明日來回話，那條性命，只在棒下。」又聽得那個男子說道：「我算那廝身邊東西，也七、八分了。姐夫須決意與我下手，出這口鳥氣！」張世開答道：「只在明後日教你快活罷了！」那婦人道：「也夠了！你們也索罷休！」◎2那男子道：「姐姐說那裏話？你莫管！」王慶在墻外聽他們三個一遞一句，說得明白，心中大怒，那一把無明業火，高舉三千丈，按捺不住，恨不得有金剛般神力，推倒那粉墻，搶進去殺了那廝們。正是：

爽口物多終作病，快心事過必爲殃。

金風※9未動蟬先覺，無常※10暗送怎提防！

當下王慶正在按捺不住，只聽得張世開高叫道：「小廝，點燈照我往後面去登東廁。」王慶聽了這句，連忙掣出那把解手尖刀，將身一堆兒蹲在那株梅樹後，只聽得呀的一聲，那裏面兩扇門兒開了。王慶在黑地裏觀看，卻是日逐透遞消息的那個小廝，提個行燈※11，後面張世開擺將出來。不知暗裏有人，望著前，只顧走，◎3到了那二重門邊，罵道：「那些奴才們，一個也不小心，如何這早晚不將這栓兒拴了？」那小廝開了門，照張世開。方纔出得二重門，王慶悄悄的挨將上來。張世開聽得後面腳步響，回轉頭來，只見王慶右手掣刀，左手叉開五指，搶上前來。張世開把那心肝五臟，都提在九霄雲外，叫聲道：「有賊！」說時遲，那時快，被王慶早落一刀，把張世開齊耳根連脖子砍著，撲地便倒。那小廝雖是平日與王慶廝熟，今日見王慶拿了明晃晃一把刀，在那裏行凶，怎地不怕？卻待要走，兩隻腳一似釘住了的，再要叫時，口裏又似啞了的，喊不出來，端的驚得呆了。張世開正在掙命，王慶趕上，照後心又刺一刀，結果了性命。龐元正在姐姐房中吃酒，聽得外面隱隱的聲喚，點燈不迭，急跑出來看視。王慶見裏面有人出來，把那提燈的小廝只一腳，那小廝連身帶燈跌去，燈火也滅了。龐元只道張世開打小廝，他便叫道：「姐夫，如何打那小廝？」卻待上前來勸，被王慶飛搶上前，

註

※9金風：秋風。
※10無常：舊稱勾魂之鬼。
※11行燈：夜行照明的燈。

評點

◎2.轉念間便免慘禍，生死兩途，自是判然。（袁眉）
◎3.望前行的仔細。（袁眉）

暗地裏望著龐元一刀刺去，正中脅肋。龐元殺豬也似喊了一聲，攧翻在地。王慶揪住了頭髮，一刀割下頭來。龐氏聽得外面喊聲凶險，急叫婭嬛點燈，一同出來照看。王慶看見龐氏出來，也要上前來殺。你道有恁般怪事！說也不信。王慶那時轉眼間，便見龐氏背後有十數個親隨伴當，都執器械，趕喊出來。王慶慌了手腳，搶出外去，開了後門，越過營中後墻，脫下血污衣服，揩淨解手刀，藏在身邊。聽得更鼓，已是三更，王慶乘那街坊人靜，踅到城邊。那陝州是座土城，城垣不甚高，濠塹不甚深，當夜被王慶越城去了。

且不說王慶越城，再說張世開的妾龐氏，只同得兩個婭嬛，點燈出來照看，原無甚麼伴當同他出來。他先看見了兄弟龐元血淥淥的頭在一邊，體在一邊，唬得龐氏與婭嬛都面面廝覷，正如分開八片頂陽骨，傾下半桶冰雪水，半晌價說不出話。當下龐氏三個，連跌帶滾，戰戰兢兢的跑進去，聲張起來，叫起裏面親隨，外面當值的軍牢，打著火把，執著器械，都到後面照看。只見二重門外，又殺死張管營，那小廝跌倒在地，尚在掙命，口中吐血，眼見得不能夠活了。◎4眾人見後門開了，都道是賊在後面來的，一擁到門外照看，火光下照見兩匹彩緞，拋在地下，眾人齊聲道是王慶。連忙查點各囚徒，只有王

《漁村小雪圖》局部，宋代，王詵繪，卷畫，絹本設色，原圖寬44.5公分，長219.7公分，藏於故宮博物院。此圖描繪郊外雪後初晴的山川景色。（fotoe提供）

本回回末敘述范全為表弟王慶治療臉上的金印。（朱寶榮繪）

慶不在。當下鬧動了一營，及左右前後鄰舍眾人，在營後墻外，照著血污衣服，細細檢認，件件都是王慶的。眾人都商議，趁著未開城門，去報知州尹，急差人搜捉。此時已是五更時分了。州尹聞報大驚，火速差縣尉檢驗殺死人數，及行凶人出沒去處，一面差人教將陝州四門閉緊，點起軍兵，並緝捕人員，城中坊廂里正，逐一排門搜捉凶人王慶。閉門鬧了兩日，◎5家至戶到，逐一挨查，並無影跡。州尹押了文書，委官下該管地方各處鄉保都村，排家搜捉，緝捕凶首。寫了王慶鄉貫、年甲、貌相、模樣，畫影圖形，出一千貫信賞錢。「如有人知得王慶下落，赴州告報，隨文給賞；如有人藏匿犯人在家食宿者，事發到官，與犯人同罪。」遍行鄰近州縣，一同緝捕。

且說王慶當夜越出陝州城，抓扎起衣服，從城濠淺處，去過對岸，

評點

◎4.貪嘴不忠之報。（袁夾）
◎5.妙官府。（袁夾）

心中思想道：「雖是逃脫了性命，卻往那裏去躲避好？」此時是仲冬將近，葉落草枯，星光下看得出路徑。王慶當夜轉過了三、四條小路，方纔有條大路。急忙忙的奔走，到紅日東升，約行了六、七十里，卻是望著南方行走，望見前有人家稠密去處。王慶思想身邊尚有一貫錢，且到那裏買些酒食吃了，再算計投那裏去。不多時，走到市裏，天氣尚早，酒肉店尚未開哩。只有朝東一家屋檐下，掛個安歇客商的破燈籠兒，是那家昨晚不曾收得，門兒兀是半開半掩。王慶上前，呀的一聲推進門去，只見一個人兀未梳洗，從裏面走將出來。王慶看時，認得：「這個乃是我母姨表兄院長范全。他從小隨父親在房州經紀得利，因此就充做本州兩院押牢節級。今春三月中，到東京公幹，也在我家住過幾日。」當下王慶叫道：「哥哥別來無恙！」范全也道：「是像王慶兄弟。」見他這般模樣，臉上又刺了兩行金印，正在疑慮，未及回答。那邊王慶見左右無人，托地跪下道：「哥哥救兄弟則個！」范全慌忙扶起道：「你果是王慶兄弟麼？」王慶搖手道：「禁聲！」范全會意，一把挽住王慶袖子，扯他到客房中，卻好范全昨晚揀賃的是獨宿房兒。范全悄地忙問：「兄弟何故如此模樣？」王慶附耳低言的，將那吃官司刺配陝州的事，述了一遍。次後說張世開報仇忒狠毒，昨夜已是如此如此。◎6范全聽罷大驚，躊躇了一回，急急的梳洗吃飯，算還了房錢、飯錢，商議教王慶只做軍牢跟隨的人，離了飯店，投奔房州※12來。王慶於路上問范全爲何到此，范全說道：「蒙本處州尹，差往陝州州尹處投遞書札，昨日方討得回書，隨即離了陝州，因天晚在此歇宿。卻不知兄弟正

在陝州，又做出恁般的事來。」范全同了王慶，夜止曉行，潛逃到房州。纔過得兩日，陝州行文挨捕凶人王慶。范全捏了兩把汗，回家與王慶說知：「城中必不可安身。城外定山堡東，我有幾間草房，又有二十餘畝田地，是前年買下的。如今發幾個莊客在那裏耕種，我兄弟到那裏躲避幾日，卻再算計。」范全到黑夜裏，引王慶出城，到定山堡東，草房內藏匿。卻把王慶改姓改名，叫做李德。范全思想王慶臉上金印不穩。幸得昔年到建康，聞得神醫安道全的名，用厚幣交結他，學得個療金印的法兒，卻將毒藥與王慶點去了，後用好藥調治，起了紅疤，再將金玉細末，塗搽調治，二月有餘，那疤痕也消磨了。

光陰荏苒，過了百餘日，卻是宣和元年的仲春了。官府挨捕的事，已是虎頭蛇尾，前緊後慢。王慶臉上沒了金印，也漸漸的闖將出來，衣服鞋襪，都是范全周濟他。一日，王慶在草房內悶坐，忽聽得遠遠地有喧嘩廝鬧的聲，王慶便來問：「莊客，何處恁般熱鬧？」莊客道：「李大官不知，這裏西去一里有餘，乃是定山堡內段家莊。段氏兄弟向本州接得個粉頭，搭戲臺，說唱諸般品調。那粉頭是西京來新打踅的行院，色藝雙絕，賺得人山人海價看。大官人何不到那裏睃一睃？」王慶聽了這話，那裏耐得腳住？一逕來到定山堡。只因王慶走到這個所在，有分教：配軍村婦諧姻眷，地虎民殃毒一方。畢竟王慶到那裏觀看，真個有粉頭說唱也不？且聽下回分解。◎7

註

※12 房州：古州名，在今天湖北房縣。

評點

◎6. 殺人勾當如此說得自在，是個魔君。（袁眉）

◎7. 黃達、王慶吃打，張世開、龐元被害，孽由自做，禍是己求。龐氏良心才萌，即免大禍，天道報施，如響應聲，如影隨形。又評：天道虧盈，地道變盈，鬼神害盈，人道惡盈，此回堪作「盈」字直解。（袁評）

第一百四回　段家莊重招新女婿　房山寨雙併舊強人

話說當下王慶闖到定山堡，那裏有五、六百人家，那戲臺卻在堡東麥地上。那時粉頭還未上臺，臺下四面，有三、四十隻桌子，都有人圍擠著在那裏擲骰賭錢。那擲色※1的名兒，非止一端，乃是：

六鳳兒　五么子　火燎毛　朱窩兒

又有那攧錢※2的，蹲踞在地上，共有二十餘簇人。那攧錢的名兒，也不止一端，乃是：

渾純兒　三背間　八叉兒

那些擲色的，在那裏呼么喝六，攧錢的在那裏喚字叫背，或夾笑帶罵，或認眞廝打。那輸了的，脫衣典裳，褫巾剝襪，也要去翻本，廢事業，忘寢食，到底是個輸字。那贏的，意氣揚揚，東擺西搖，南闖北踅的尋酒頭兒再做，身邊便袋裏、搭膊裏、衣袖裏，都是銀錢。到後捉本算帳，原來贏不多，贏的都被把梢※3的、放囊※4的拈了頭兒去。◎1不說賭博光景，更有村姑農婦，

六博圖，魏晉畫像磚，嘉峪關新城魏晉墓三號墓前室南壁。六博是西晉時十分流行的博戲。（fotoe提供）

丟了鋤麥，撇了灌菜，也是三三兩兩，成群作隊，仰著黑泥般臉，露著黃金般齒，呆呆地立著，等那粉頭出來。看他一般是爹娘養的，他便如何恁般標致，有若干人看他。當下不但鄰近村坊人，城中人也趕出來睃看，把那青青的麥地，踏光了十數畝。

話休絮煩。當下王慶閑看了一回，看得技癢，見那戲臺裏邊，人叢裏，有個彪形大漢，兩手靠著桌子，在杌子上坐地。那漢生的圓眼大臉，闊肩細腰，桌上堆著五貫錢、一個色盆、六隻骰子，卻無主顧與他賭。王慶思想道：「俺自從吃官司到今日，有十數個月，不曾弄這個道兒了。前日范全哥哥把與我買柴薪的一錠銀在此，將來做個梢兒，與那廝擲幾擲，贏幾貫錢回去，買果兒吃。」當下王慶取出銀子，望桌上一丟，對那漢道：「胡亂擲一回。」那漢一眼瞅著王慶說道：「要擲便來。」說還未畢，早有一個人，向那前面桌子邊人叢裏挨出來，貌相長大，與那坐下的大漢，彷彿相似，對王慶說道：「禿禿，他這錠銀怎好出主？將銀來，我有錢在此。你贏了，每貫只要加利二十文。」王慶道：「最好！」與那人打了兩貫

西元1107年，宋朝「大觀通寶」，鑄文是宋徽宗的手書。（fotoe提供）

註

※1擲色：擲骰。

※2攧錢：博戲名。把銅錢丟在硬地上，看出的字和背以定輸贏。

※3把梢：梢，現錢，賭本。把梢，開賭場的莊家。

※4放囊：指在賭場上放債。

評點

◎1.是一篇通俗衍義博弈論。（袁眉）

錢，那人已是每貫先除去二十文。王慶道：「也罷！」隨即與那漢講過擲朱窩兒。方擲得兩、三盆，隨有一人挨下來，出主等擲。那王慶是東京積賭慣家，他信得盆口眞，又會躲閃打浪，又狡猾奸詐，下捵主作弊。那放囊的乘鬧裏踅過那邊桌上去了，那挨下來的，說王慶擲得凶，收了去，只替那漢拈頭兒。王慶一口氣擲贏了兩貫錢，得了采，越擲得出，三紅、四聚，只管撒出來。那漢性急翻本，擲下便是絕，塌腳、小四不脫手。王慶擲了九點，那漢偏調出倒八來。無一個時辰，把五貫錢輸個罄盡。王慶贏了錢，用繩穿過兩貫，放在一邊，待尋那漢贖梢。又將那三貫穿縛停當，方欲將肩來負錢，那輸的漢子喝道：「你待將錢往那裏去？只怕是纔出爐的，熱的熬炙了手。」王慶怒道：「你輸與我的，卻放那鳥屁？」那漢睜圓怪眼罵道：「狗弟子孩兒，你敢傷你老爺！」王慶罵道：「村撮鳥！俺便怕你把拳打在俺肚裏拔不出來，不將錢去！」那漢提起雙拳，望王慶劈臉打來。王慶側身一閃，就勢接住那漢的手，將右肘向那漢胸脯只一搪，右腳應手，將那漢左腳一勾。那漢是蠻力，那裏解得這跌法，撲通的望後攧翻，面孔朝天，背脊著地。那立攏來看的人，都笑起來。那漢卻待掙扎，被王慶上前按住，照實落處只顧打。那在先放囊的走來，也不解勸，也不幫助，只將桌上的錢，都搶去了。王慶大怒，棄了地上漢子，大踏步趕去。只見人叢裏閃出一個女子來，大喝道：「那廝不得無禮！有我在此！」王慶看那女子，生得如何：

眼大露凶光，眉粗橫殺氣。腰肢坌蠢※5，全無裊娜風情；面皮玩厚，惟賴粉脂鋪翳。異樣釵鐶插一頭，時興釧鐲露雙臂。頻搬石臼，笑他人氣喘急促；常掇井欄，誇自己膂力不費。針線不知如何拈，拽腿牽拳是長技。

那女子有二十四、五年紀。他脫了外面衫子，捲做一團，丟在一個桌上，裏面是箭桿小袖緊身，鸚哥綠短襖，下穿一條大襠紫夾綢褲兒，踏步上前，提起拳頭，望王慶打來。王慶見他是女子，又見他起拳便有破綻，有意耍他，故意不用快跌，也拽雙拳吐個門戶，擺開解數，與那女子相撲。但見：

拽開大四平，踢起雙飛腳。仙人指路，老子騎鶴。拗鸞肘出近前心，當頭炮勢侵額角。翹跟淬地龍，扭腕擎天橐。這邊女子，使個蓋頂撒花；這裏男兒，耍個繞腰貫索。兩個似迎風貼扇兒，無移時急雨催花落。

那時粉頭已上臺做笑樂院本，衆人見這邊男女相撲，一齊走攏來，把兩人圍在圈子中看。那女子見王慶只辦得架隔遮攔，沒本事鑽進來，他便覷個空，使個黑虎偷心勢，一拳望王慶劈心打來。王慶將身一側，那女子打個空，收拳不迭。被王慶就勢扭捽定，只一交，把女子攧翻，剛剛著地，順手兒又抱起來。這個勢，叫做虎抱頭。王慶道：「莫污了衣服。休怪俺衝撞，你自來尋俺。」那女子毫無羞怒之色，倒把王慶讚道：「嘖嘖，好拳腿！果是觔節！」那邊輸錢吃打的，與那放囊搶錢的兩個漢子，分開衆人，一齊上前喝道：「驢牛射的狗弟子孩兒，恁般膽大！怎敢跌我妹子？」王慶喝罵

註

※5 坌蠢：坌，音笨。粗笨的意思。

⊗ 王慶在賭場打倒了段三娘。（朱寶榮繪）

宋代開封是國際化大都市。圖為河南開封翰園碑林建築群遠眺。拍攝時間2003年10月27日。（聶鳴提供）

道：「輸敗腌臢村烏龜子，搶了俺的錢，反出穢言！」搶上前，拽拳便打。只見一個人從人叢裏搶出來，橫身隔住了一雙半人、六個拳頭，口裏高叫道：「李大郎，不得無禮！段二哥、段五哥，也休要動手！都是一塊土上人，有話便好好地說！」王慶看時，卻是范全。三人眞個住了手。范全連忙向那女子道：「三娘拜揖。」那女子也道了萬福，便問：「李大郎是院長親戚麼？」范全道：「是在下表弟。」那女子道：「出色的好拳腳！」王慶對范全道：「叵耐那廝自己輸了錢，反教同夥兒搶去了。」范全笑道：「這個是二哥、五哥的買賣，你如何來鬧他？」那邊段二、段五四隻眼瞅著看妹子。那女子說道：「看范院長面皮，不必和他爭鬧了。拿那錠銀子來！」段五見妹子勸他，又見妹子奢遮※6，「是我也是輸了」，只得取出那錠原銀，遞與妹子三娘。那三娘把與范全道：「原銀在此，將了去！」說罷，便扯著段二、段五，分開衆人去了。范全也扯了王慶，一逕回到草莊內。范全埋怨王慶道：「俺爲娘面上，擔著血海般膽，留哥哥在此。◎2倘遇恩赦，再與哥哥營謀。你卻怎般沒坐性！那段二、段五，最刁潑的。那妹子段三娘，更是滲瀨※7，人起他個綽號兒，喚他做大蟲窩。良家子弟，不知被他誘扎※8了多少。他十五歲時，便嫁個老公。那老公果是坌蠢，不上一年，被他炙煿※9殺了。他恃了膂力，和段二、段五專一在外尋趁廝鬧，賺那惡心錢兒。鄰近村坊，那一處不怕他的？他們接這粉頭，專爲勾引人來賭博。那一張桌子，不是他圈套裏？哥哥，你卻到那裏惹是招非！倘或露出馬腳來，你吾這場禍害，卻是不小。」王慶被范全說得頓口無言。范全起身對王慶道：「我要州裏去當直，明日再來看你。」

不說范全進房州城去，且說當日王慶，天晚歇息，一宿無話。次日，梳洗方畢，只見莊客報道：「段太公來看大郎。」王慶只得到外面迎接，卻是皺面銀鬚一個老叟。敘禮罷，分賓主坐定。段太公將王慶從頭上直看至腳下，口裏說道：「果是魁偉！」便問王慶：「那裏人氏？因何到此？范院長是足下甚麼親戚？曾娶妻也不？」王慶聽他問得蹺蹊，便捏一派假話，支吾說道：「在下西京人氏，父母雙亡，妻子也死過了，◎3與范節級是中表兄弟。因舊年范節級有公幹到西京，見在下獨自一身，沒人照顧，特接在下到此。在下頗知些拳棒，待後覷個方便，就在本州討個出身。」段太公聽罷大喜，便問了王慶的年庚八字，辭別去了。又過多樣時，王慶正在疑慮，又有一個人推扉進來，問道：「范院長可在麼？這位就是李大郎麼？」二人都面面廝覷，錯愕相顧，都想道：「曾會過來。」敘禮纔罷，正欲動問，恰好范全也到。三人坐定，范全道：「李先生爲何到此？」王慶聽了這句，猛可的想著道：「他是賣卦的李助。」那李助也想起來道：「他是東京人，姓王，曾與我問卜。」李助對范全道：「院長，小子一向不曾來親近得。敢問有個令親李大郎麼？」范全指王慶道：「只這個便是我兄弟李大郎。」王慶接過口來道：「在下本姓是李，那個王，是外公姓。」李助拍手笑道：「小子好記分。我說是姓王，曾在東京開封府前相會來。」王慶見他說出備細，低頭不語。李助對王慶道：「自從別後，回到荊南，遇異人，授與劍術，及看子平的妙訣，因此叫小子做金劍先生。近日在房州，聞此處熱鬧，特到此趕節做生理。段氏兄弟知小子有劍術，要小子教導他擊刺，所以留小子在家。適纔段太公回來，把貴造與小子推算，那裏有這樣好八字？日後貴不可言。目下紅鸞照臨，應有喜慶之事。段三娘與段太公大喜，欲招贅大郎爲婿。小子乘著吉日，特到此爲月老。三娘的八字，十分旺夫。適纔曾合過來，銅盆鐵帚，正是一對兒夫妻。作成小子吃杯喜酒！」范全聽了這一席話，沉吟了一回，心下思

註

※6 奢遮：猶言了不起，出色。
※7 滲瀨：醜陋，使人可怕的樣子。
※8 誘扎：引誘坑害。
※9 炙煿：熏烤。亦比喻折磨。

評點

◎2.熱腸固是美德，然明哲保身，雖至親亦須看事做起。（袁眉）
◎3.是可忍，孰不可忍！（袁夾）

河南開封清明上河園仿宋歷史故事表演。拍攝時間2004年7月29日。（仝江提供）

想道：「那段氏刁頑，如或不允這頭親事，設或有個破綻，爲害不淺。只得將機就機罷！」便對李助道：「原來如此！承段太公、三娘美意。只是這個兄弟粗蠢，怎好做嬌客？」李助道：「阿也！院長不必太謙了。那邊三娘，不住口的稱贊大郎哩！」范全道：「如此極妙的了！在下便可替他主婚。」身邊取出五兩重的一錠銀，送與李助道：「村莊沒甚東西相待，這些薄意，準個茶果，事成另當重謝。」李助道：「這怎麼使得！」范全道：「惶恐！惶恐！只有一句話，先生不必說他有兩姓，凡事都望周全。」李助是個星卜家，得了銀子，千恩萬謝的辭了范全、王慶，來到段家莊回覆，那裏管甚麼一姓兩姓、好人歹人，一味撮合山，騙酒食，賺銅錢。更兼段三娘自己看中意了對頭兒，平日一家都怕他的，雖是段太公，也不敢拗他，所以這件事一說就成。

李助兩邊往來說合，指望多說些聘金，月老方纔旺相。范全恐怕行聘播揚惹事，講過兩家一概都省。那段太公是做家的，更是喜歡，一逕擇日成親。擇了本月二十二日，宰羊殺豬，網魚捕蛙，只辦得大碗酒、大盤肉，請些男親女戚吃喜酒。其笙簫鼓吹，洞房花燭，一概都省。范全替王慶做了一身新衣服，送到段家莊上。范全因官府有事，先辭別去了。王慶與段三娘交拜合巹等項，也是草草完事。段太公擺酒在草堂上，同二十餘個親戚，及自家兒子、新女婿，與媒人李助，在草堂吃了一日酒，至暮方散。眾親戚路近的，都辭謝去了。留下路遠走不迭的，乃是姑丈方翰夫婦、表弟丘翔老小、段二的舅子施俊男女。三個男人在外邊東廂歇息。那三個女眷，通是不老成的，搬些酒食與王

安徽省古代婚宴場面模型。拍攝時間1994年3月。（香港中國旅遊出版社提供）

慶、段三娘暖房，嘻嘻哈哈，又喝了一回酒，◎4方纔收拾歇息。當有丫頭老媽，到新房中鋪床疊被，請新官人和姐姐安置，丫頭從外面拽上了房門，自各知趣去了。段三娘從小出頭露面，況是過來人，慣家兒，也不害甚麼羞恥，一逕卸釵鐶，脫衫子。王慶是個浮浪子弟，他自從吃官司後，也寡了十數個月。段三娘雖粗眉大眼，不比嬌秀、牛氏妖嬈窈窕。只見他在燈前敞出胸膛，解下紅主腰兒，露出白淨淨肉奶奶乳兒，不覺淫心蕩漾，便來摟那婦人。段三娘把王慶一掌打個耳刮子道：「莫要歪纏，恁般要緊！」兩個摟抱上床，鑽入被窩裏，共枕歡娛。正是：

一個是失節村姑，一個是行凶軍犯。臉皮都是三尺厚，腳板一般十寸長。這個認眞氣喘聲嘶，卻似牛齁柳影；那個假做言嬌語澀，渾如鶯囀花間。不穿羅襪，肩膊上露兩隻赤腳；倒溜金釵，枕頭邊堆一朵烏雲。未解誓海盟山，也搏弄得千般旖旎；並無羞雲怯雨，亦揉搓的萬種妖嬈。

當夜新房外，又有嘴也笑得歪的一樁事兒。那方翰、丘翔、施俊的老婆，通是少年，都吃得臉兒紅紅地，且不去睡，扯了段二、段五的兩個老婆，悄地到新房外，隔板側耳竊聽房中聲息，被他們件件都聽得仔細。那王慶是個浮浪子，頗知房中術，他見老婆來得，竭力奉承。外面這夥婦人，聽到濃深處，不覺羅裩※10兒也濕透了。

衆婦人正在那裏嘲笑打諢，你綽我捏，只見段二搶進來大叫道：「怎麼好！怎麼好！你們也不知利害，兀是在此笑耍！」衆婦人都捏了兩把汗，卻沒理會處。段二又喊

道：「妹子，三娘，快起來！你床上招了個禍胎也！」段三娘正在得意處，反嗔怪段二，◎5便在床上答道：「夜晚間有甚事，恁般大驚小怪？」段二又喊道：「火燎烏毛了！你們兀是不知死活！」王慶心中本是有事的人，教老婆穿衣服，一同出房來問，衆婦人都跑散了。王慶方出房門，被段二一手扯住，來到前面草堂上，卻是范全在那裏叫苦叫屈，如熱鏊上螞蟻，沒走一頭處，隨後段太公、段五、段三娘都到。卻是新安縣龔家村東的黃達，調治好了打傷的病，被他訪知王慶蹤跡實落處，昨晚到房州報知州尹。州尹張顧行，押了公文，便差都頭，領著士兵，來捉凶人王慶，及窩藏人犯范全並段氏人衆。范全因與本州當案薛孔目交好，密地裏先透了個消息。范全棄了老小，一溜煙走來這裏，「頃刻便有官兵來也！衆人個個都要吃官司哩！」衆人跌腳捶胸，好似掀翻了抱雞窠，弄出許多慌來，卻去罵王慶，羞三娘。◎6正在鬧吵，只見草堂外東廂裏走出算命的金劍先生李助，上前說道：「列位若要免禍，須聽小子一言！」衆人一齊上前擁著來問。李助道：「事已如此，三十六策，走爲上策！」衆人道：「走到那裏去？」李助道：「只這裏西去二十里外，有座房山。」衆人道：「那裏是強人出沒去處。」李助笑道：「列位恁般呆！你們如今還想要做好人？」◎7衆人道：「卻是怎麼？」李助道：「房山寨主廖立，與小子頗是相識。他手下有五、六百名嘍囉，官兵不能收捕。事不宜遲，快收拾細軟等物，都到那裏入夥，方避得大禍。」方翰等六個男女，恐怕日後捉親

註

※10羅裩：內褲。裩，音昆，古同「褌」。

評點

◎4.成甚規矩！（袁夾）
◎5.悍潑淫三段俱全，段三娘之名在此。（袁眉）
◎6.何益？（袁夾）
◎7.星相輩可畏。（袁眉）

屬連累，又被王慶、段三娘十分攛掇，衆人無可如何，只得都上了這條路。把莊裏有的沒的細軟等物，即便收拾，盡教打疊起了，一壁點起三、四十個火把。王慶、段三娘、段二、段五、方翰、丘翔、施俊、李助、范全九個人，都結束齊整，各人跨了腰刀，槍架上拿了朴刀，喚集莊客，願去的共是四十餘個，俱拽扎拴縛停當。王慶、李助、范全當頭，方翰、丘翔、施俊保護女子在中。幸得那五個女子，都是鋤頭般的腳，卻與男子一般的會走。段三娘、段二、段五在後，把莊上前後都放把火，發聲喊，衆人都執器械，一哄望西而走。鄰舍及近村人家，平日畏段家人物如虎，今日見他們明火執仗，又不知他們備細，都閉著門，那裏有一個敢來攔當。

王慶等方行得四、五里，早遇著都頭士兵，同了黃達，跟同來捉人。都頭上前，早被王慶手起刀落，把一個斬爲兩段。李助、段三娘等，一擁上前，殺散士兵，黃達也被王慶殺了。王慶等一行人來到房山寨下，已是五更時分。李助計議，欲先自上山，訴求廖立，方好領衆人上山入夥。寨內巡視的小嘍囉，見山下火把亂明，即去報知寨主。那廖立疑是官兵，他平日欺慣了官兵沒用，連忙起身，披掛綽槍，開了柵寨，點起小嘍囉，下山拒敵。王慶見山上火起，又有許多人下來，先做準備。當下廖立直到山下，看見許多男女，料道不是官兵。廖立挺槍喝道：「你這夥鳥男女，如何來驚動我山寨，在太歲頭上動土？」李助上前躬身道：「大王，是劣弟李助。」隨即把王慶犯罪，及殺管營、殺官兵的事，略述一遍。廖立聽李助說得王慶恁般了得，更有段家兄弟幫助，「我只一身，恐日後受他們氣。」翻著臉對李助道：「我這個小去處，卻容不得你們。」◎8王慶聽了這句，心下思想：「山寨中只有這個主兒，先除了此人，小嘍囉何足為慮？」便挺朴刀，直搶廖立。那廖立大怒，拈槍來迎。段三娘恐王慶有失，挺朴刀來相助。三個人鬥了十數合，三個人裏倒了一個。正是：瓦罐不離井上破，強人必在鎗前亡。畢竟三人中倒了那一個？且聽下回分解。◎9

評點

◎8.不但強人會翻臉，會翻臉的便與強人一般。（袁眉）
◎9.《易》曰：「蒙以養正，聖功也。」王、段失義方壼範之教，到底如何如？（袁評）

第一百五回 宋公明避暑療軍兵　喬道清回風燒賊寇

話說王慶、段三娘與廖立鬥不過六、七合，廖立被王慶覷個破綻，一朴刀搠翻，段三娘趕上，復一刀結果了性命。廖立做了半世強人，到此一場春夢。王慶提朴刀喝道：「如有不願順者，廖立爲樣！」衆嘍囉見殺了廖立，誰敢抗拒，都投戈拜服。王慶領衆上山，來到寨中，此時已是東方發白。那山四面，都是生成的石室，如房屋一般，因此叫做房山，屬房州管下。當日王慶安頓了各人老小，計點嘍囉，盤查寨中糧草、金銀、珍寶、錦帛、布匹等項，殺牛宰馬，大賞嘍囉，置酒與衆人賀慶。衆人遂推王慶爲寨主，一面打造軍器，一面訓練嘍囉，準備迎敵官兵，不在話下。

且說當夜房州差來擒捉王慶的一行都頭、土兵、人役，被王慶等殺散，有逃奔得脫的，回州報知州尹張顧行說：「王慶等預先知覺，拒敵官兵，都頭及報人黃達都被殺害。那夥凶人，投奔西去。」張顧行大驚，次早計點土兵，殺死三十餘名，傷者四十餘人。

王慶派人在房山寨各處，立起了招軍旗號。（選自《水滸傳版刻圖錄》，江蘇廣陵古籍刻印社）

張顧行即日與本州鎮守軍官計議，添差捕盜官軍及營兵，前去追捕。因強人凶狠，官兵又損折了若干。房山寨嘍囉日衆，王慶等下山來打家劫舍。張顧行見賊勢猖獗，一面行下文書，仰屬縣知會守禦本境，撥兵前來，協力收捕；一面再與本州守禦兵馬都監胡有爲計議剿捕。胡有爲整點營中軍兵，擇日起兵前去剿捕。兩營軍忽然鼓噪起來，卻是爲兩個月無錢米關給※1，今日癟著肚皮，如何去殺賊？張顧行聞變，只得先將一個月錢米給散。只因這番給散，越激怒了軍士，卻是爲何？當事的，平日不將軍士撫恤節制，直到鼓噪，方纔給發請受，已是驕縱了軍心。更有一樁可笑處，今日有事，那扣頭常例，又與平日一般剋剝。他們平日受的剋剝氣多了，今日一總發泄出來。軍情洶洶，一時發作，把那胡有爲殺死。張顧行見勢頭不好，只護著印信，預先躲避。城中無主，又有本處無賴，附和了叛軍，遂將良民焚劫。那強賊王慶，見城中變起，乘勢領衆多嘍囉來打房州。那些叛軍及烏合奸徒，反隨順了強人。因此王慶得志，遂被那廝佔據了房州爲巢穴。那張顧行到底躲避不脫，也被殺害。

王慶劫擄房州倉庫錢糧，遣李助、段二、段五，分頭於房山寨及各處，立豎招軍旗號，買馬招軍，積草屯糧，遠近村鎮，都被劫掠。那些遊手無賴，及惡逆犯罪的人，紛紛歸附。那時龔端、龔正向被黃達訐告※2，家產蕩盡，聞王慶招軍，也來入了夥。鄰近州縣，只好保守城池，誰人敢將軍馬剿捕？被強人兩月之內，便集聚了二萬餘人，打

註

※1 關給：給，音己。領取或者發放給養。

※2 訐告：揭發控告。

破鄰近上津縣、竹山縣、鄖鄉縣三個城池。鄰近州縣，申報朝廷，朝廷命就彼處發兵剿捕。宋朝官兵，多因糧餉不足，兵失操練，兵不畏將，將不知兵。一聞賊警，先是聲張得十分凶猛，使士卒寒心，百姓喪膽。及至臨陣對敵，將軍怯懦，軍士餒弱，怎禁得王慶等賊衆，都是拚著性命殺來，官軍無不披靡※3。因此，被王慶越弄得大了，又打破了南豐府。到後東京調來將士，非賄蔡京、童貫，即賂楊戩、高俅，他們得了賄賂，那管甚麼庸懦。那將士費了本錢，弄得權柄上手，恣意剋剝軍糧，殺良冒功，縱兵擄掠，騷擾地方，反將赤子※4迫逼從賊。自此賊勢漸大，縱兵南下。李助獻計，因他是荊南人，仍扮做星相入城，密糾惡少奸棍，裏應外合，襲破荊南城池。遂拜李助爲軍師，自稱楚王。遂有江洋大盜，山寨強人，都來附和。三、四年間，佔據了宋朝六座軍州。王慶遂於南豐城中，建造寶殿、內苑、宮闕，僭號改元。也學宋朝，僞設文武職臺、省院官僚、內相外將。封李助爲軍師都丞相，方翰爲樞密，段二爲護國統軍大將，段五爲輔國統軍都督，范全爲殿帥，龔端爲宣撫使，龔正爲轉運

王慶殺了山大王廖立。
（朱寶榮繪）

使——專管支納出入、考算錢糧，丘翔爲御營使，僞立段氏爲妃。自宣和元年作亂以來，至宣和五年春，那時宋江等正在河北征討田虎，於壺關相拒之日，那邊淮西王慶又打破了雲安軍及宛州，一總被他佔了八座軍州。那八座乃是：

南豐　荊南　山南　雲安
安德　東川　宛州　西京

那八處所屬州縣，共八十六處。王慶又於雲安建造行宮，令施俊爲留守官，鎮守雲安軍。

初時，王慶令劉敏等侵奪宛州時，那宛州鄰近東京，蔡京等瞞不過天子，奏過道君皇帝，敕蔡攸、童貫征討王慶，來救宛州。蔡攸、童貫兵無節制，暴虐士卒，軍心離散，因此，被劉敏等殺得大敗虧輸，所以陷了宛州，東京震恐。蔡攸、童貫懼罪，只瞞著天子一個。賊將劉敏、魯成等，勝了蔡攸、童貫，遂將魯州、襄州圍困。卻得宋江等平定河北班師，復奉詔征討淮西。眞是席不暇暖，馬不停蹄，統領大兵二十餘萬，向南進發。纔渡黃河，省院又行文來催

註

※3披靡：草木隨風倒伏。比喻軍隊潰敗。
※4赤子：這裏是良民的意思。

陝西安康市白河縣，漢江風光。拍攝時間2006年2月22日。（稅曉潔提供）

促陳安撫、宋江等兵馬，星馳來救魯州、襄州。宋江等冒著暑熱，汗馬馳驅，由粟縣、汜水一路行來，所過秋毫無犯。大兵已到陽翟州界。賊人聞宋江兵到來，魯州、襄州二處，都解圍去了。那時張清、瓊英、葉清看剮了田虎，受了皇恩，奉詔協助宋江征討王慶。張清等離了東京，已到穎昌州半月餘了。聞宋先鋒兵到，三人到軍前迎接。參見畢，備述蒙恩褒封※5之事。宋江以下，稱贊不已。宋江命張清等在軍中聽用。宋江請陳安撫、侯參謀、羅武諭等駐扎陽翟城中，自己大軍，不便入城。宋江傳令，教大軍都屯扎於方城山※6樹林深密陰蔭處，以避暑熱。又因軍士跋涉千里，中暑疲困者甚多，教安道全置辦藥料，醫療軍士。再教軍士搭蓋涼廠，安頓馬匹，令皇甫端調治，刻剮鬃毛。吳用道：「大兵屯於叢林，恐敵人用火。」宋江道：「正要他用火。」宋江卻教軍士再去於本山高岡涼蔭樹下，用竹篷茅草，蓋一小小山棚。當有河北降將喬道清會意，來稟宋江道：「喬某感先鋒厚恩，今日願略效微勞。」宋江大喜，密授計於喬道清，往山棚中去了。宋江挑選軍士強健者三萬人，令張清、瓊英管領一萬兵馬，往東山麓埋伏；令孫安、卞祥也管領一萬人馬，往西山麓埋伏。「只聽我中軍轟天炮響，一齊

❀ 公孫勝、樊瑞兩道士。（選自《水滸傳版刻圖錄》，江蘇廣陵古籍刻印社）

殺出。」將糧草都堆積於山南平麓，教李應、柴進領五千軍士看守。

分撥甫定※7，忽見公孫勝說道：「兄長籌畫甚妙！但如此溽暑，軍士往來疲病，倘賊人以精銳突至，我兵雖十倍於衆，必不能取勝。待貧道略施小術，先除了衆人煩燥，軍馬涼爽，自然強健。」◎1說罷，便仗劍作法，腳踏魁罡二字，左手雷印，右手劍訣，凝神觀想，向巽方取了生氣一口，念咒一遍。須臾，涼風颯颯，陰雲冉冉，從本山嶺岫中噴薄出來，瀰漫了方城山一座，二十餘萬人馬，都在涼風爽氣之中。◎2除此山外，依舊是銷金鑠鐵般烈日，蜩蟬亂鳴，鳥雀藏匿。宋江以下衆人，十分歡喜，稱謝公孫勝神功道德。如是六、七日，又得安道全療人，皇甫端調馬，軍兵、馬匹漸漸強健，不在話下。

且說宛州守將劉敏，乃賊中頗有謀略者，賊人稱爲劉智伯。他探知宋江兵馬屯扎山林叢密處避暑。他道：「宋江這夥，終是水泊草寇，不知兵法，所以不能成大事。待俺略施小計，管教那二十萬軍馬，焦爛一半！」隨即傳令，挑選輕捷軍士五千人，各備火箭、火炮、火炬，再備戰車二千輛，裝載蘆葦乾柴，及硫黃焰硝引火之物。每車一輛，令四人推送。此時是七月中旬新秋天氣，劉敏引了魯成、鄭捷、寇猛、顧岑四員副將，及鐵騎一萬，人披軟戰，馬摘鑾鈴，在後接應。劉敏留下偏將韓喆、班澤等，鎮守

註

※5褒封：誇獎並封賞。
※6方城山：山名，在今天河南省葉縣內。
※7甫定：方纔安定。

評點

◎1.名下無虛士。（袁眉）
◎2.暑天看此傳，滿體俱覺涼生。（袁眉）

城池。劉敏等衆，薄暮離城，恰遇南風大作。劉敏大喜道：「宋江等這夥人合敗！」賊兵行至三更時分，纔到方城山南二里外，忽然霧氣瀰漫山谷。劉敏道：「天助俺成功！」教軍士在後擂鼓吶喊助威，令五千軍士只向山林深密處，只顧將火箭、火炮、火炬射打焚燒上去。教寇猛、畢勝，催趲推車軍士，將火車點著，向山麓下屯糧處燒來。衆人正奮勇上前，忽地都叫道：「苦也！苦也！」卻有恁般奇事，南風正猛，一霎時，卻怎麼就轉過北風！又聽得山上霹靂般一聲響亮，被喬道清使了回風返火的法，那些火箭、火炬都向南邊賊陣裏飛將來，卻似千萬條金蛇火龍，烈焰騰騰的向賊兵飛撲將來，賊兵躲避不迭，都燒得焦頭爛額。當下宋軍中有口號四句，單笑那劉敏，道是：

軍機固難測，賊人妄擘劃※8。
放火自燒軍，好個劉智伯！

❀ 張清、瓊英等衝殺賊人。
（朱寶榮繪）

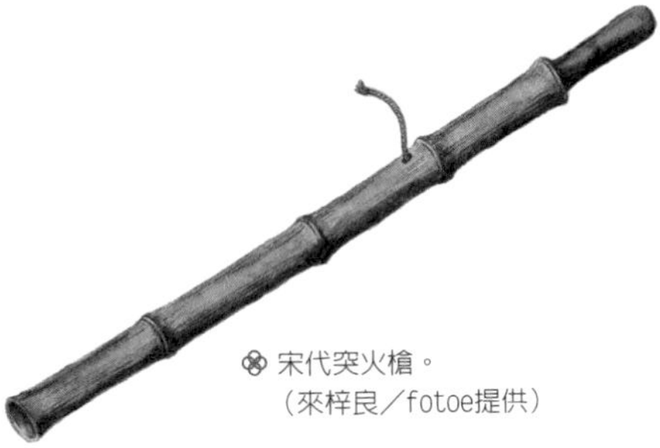

宋代突火槍。（來梓良／fotoe提供）

那時宋先鋒教凌振將號炮施放，那炮直飛起半天裏振響。東有張清、瓊英，西有孫安、卞祥，各領兵衝殺過來。賊兵大敗虧輸。魯成被孫安一劍，揮爲兩段，鄭捷被瓊英一石子，打下馬來。張清再一槍，結果了性命，顧岑被卞祥搠死，寇猛被亂兵所殺。二萬三千人馬，被火燒兵殺，折了一大半，其餘四散逃竄。二千輛車，燒個盡絕。只有劉敏同三、四百敗殘軍卒，向前逃奔，到宛州去了。宋軍不曾燒毀半莖柴草，也未嘗損折一個軍卒，奪獲馬匹、衣甲、金鼓甚多。張清、孫安等，得勝回到山寨獻功。孫安獻魯成首級，張清、瓊英獻鄭捷首級，卞祥獻顧岑首級。宋江各各賞勞，標寫喬道清頭功，及張清、瓊英、孫安、卞祥功次。吳用道：「兄長妙算，已喪賊膽，但宛州山水盤紆，丘原膏沃，地稱陸海，若賊人添撥兵將，以重兵守之，急切難克。目今金風卻暑，玉露生涼，軍馬都已強健，當乘我軍威大振，城中單弱，速往攻之，必克。然須別分兵南北屯扎，以防賊人救兵衝突。」宋江稱善，依計傳令，教關勝、秦明、楊志、黃信、孫立、宣贊、郝思文、陳達、楊春、周通，統領兵馬三萬，屯扎宛州之東，以防賊人南來救兵；林沖、呼延灼、董平、索超、韓滔、彭玘、單廷珪、魏定國、歐鵬、鄧飛，領兵三萬，屯扎宛州之西，以拒賊人北來兵馬。衆將遵令，整點軍馬去了。

註

※8 擘劃：擘，音播。計畫，謀劃。

當有河北降將孫安等一十七員，一齊來稟道：「某等蒙先鋒收錄，深感先鋒優禮。今某等願爲前部，前去攻城，少報厚恩。」宋江依允，遂令張清、瓊英統領孫安等十七員將佐，軍馬五萬爲前部。那十七員乃是：

孫安　馬靈　卞祥　山士奇　唐斌　文仲容

崔埜　金鼎　黃鉞　梅玉　金禎　畢勝

潘迅　楊芳　馮升　胡邁　葉清

當下張清遵令，統領將佐軍兵，望宛州征進去了。

宋江同盧俊義、吳用等，管領其餘將佐大兵，拔寨都起，離了方城山，望南進發，到宛州十里外扎寨。令李雲、湯隆、陶宗旺監造攻城器具，推送張清等軍前備用。張清等衆將領兵馬將宛州圍得水泄不通。城中守將劉敏，是那夜中了宋江之計，只逃脫得性命。到宛州，即差人往南豐王慶處申報，並行文鄰近州縣，求取救兵。今日被宋兵圍了城池，只令堅守城池，待救兵至，方可出擊。宋兵攻打城池，一連六、七日，城垣堅固，急切不能得下。宛州城北臨汝州，賊將張壽領救兵二萬前來，被林沖等殺其主將張壽，其餘偏牙將士及軍卒，都潰散去了。同日，又有宛州之南，安昌、義陽等縣救兵到來，被關勝等大敗賊兵，擒其將柏仁、張怡，送到宋江大寨正刑訖。二處斬獲甚多。此時李雲等已造就攻城器具。孫安、馬靈等同心協力，令軍士囊土，四面擁堆距堙※9，逼近城垣。又選勇敢輕捷之士，用飛橋轉關轆轤※10，越溝塹，渡池濠，軍士一齊奮勇

登城，遂克宛州，活擒守將劉敏，其餘偏牙將佐，殺死二十餘名，殺死軍士五千餘人，降者萬人。宋江等大兵入城，將劉敏正法梟示，出榜安民。標寫關勝、林沖、張清，並孫安等衆將功次。差人到陽翟州陳安撫處報捷，並請陳安撫等移鎮宛州。陳安撫聞報大喜，隨即同了侯參謀、羅武諭來到宛州。宋江等出郭迎接入城，陳安撫稱贊宋江等功勛，是不必得說。

宋江在宛州料理軍務，過了十餘日，此時已是八月初旬，暑氣漸退。宋江對吳用計議道：「如今當取那一處城池？」吳用道：「此處南去山南軍，南極湖湘，北控關洛，乃是楚蜀咽喉之會。當先取此城，以分賊勢。」宋江道：「軍師所言，正合我意。」遂留花榮、林沖、宣贊、郝思文、呂方、郭盛，輔助陳安撫等，管領兵馬五萬，鎮守宛州。陳安撫又留了聖手書生蕭讓，傳令水軍頭領李俊等八員，統駕水軍船隻，由泌水至山南城北漢江會集。宋江將陸兵分作三隊，辭別陳安撫，統領衆多將佐，並軍馬一十五萬，離了宛州，殺奔山南軍來。眞個是：萬馬奔馳天地怕，千軍踴躍鬼神愁。畢竟宋兵如何攻取山南？且聽下回分解。◎3

註

※9 距堙：靠近敵城所築的土丘。藉以觀察城內虛實，並可登城。堙同堙，音因。
※10 轆轤：機器上的絞盤。

評點

◎3.屯扎山林，一以休兵，一以誘敵，不拘古方，機變莫測。侯蒙上書，言宋江才必有過人者，誠不虛語。（袁評）

第一百六回 書生談笑卻強敵 水軍汨沒※1破堅城

話說宋江分撥人馬，水陸並進，船騎同行。陸路分作三隊，前隊衝鋒破敵驍將一十二員，管領兵馬一萬。那十二員：

董平 秦明 徐寧 索超 張清 瓊英

孫安 卞祥 馬靈 唐斌 文仲容 崔埜

後隊彪將一十四員，管領兵馬五萬爲合後。那十四員：

黃信 孫立 韓滔 彭玘 單廷珪

魏定國 歐鵬 鄧飛 燕順 馬麟

陳達 楊春 周通 楊林

中隊宋江、盧俊義，統領將佐九十餘員，軍馬十萬，殺奔山南軍來。前隊董平等兵馬已到隆中山※2北五里外扎寨，探馬報來說：「王慶聞知我兵到了，特於這隆中山北麓，新添設雄兵二萬，令勇將賀吉、縻貹※3、郭矸※4、陳贇※5統領兵馬，在那裏鎮守。」董平等聞報，隨即計議，教孫安、卞祥領兵五千伏於左，馬靈、唐斌領兵五千伏於右，「只聽我軍中炮響，一齊殺出。」

河南漯河楊再興墓園內石馬。拍攝時間2004年。（聶嗚提供）

這裏分撥纔定，那邊賊衆已是搖旗擂鼓，吶喊篩鑼，前來搦戰。兩軍相對，旗鼓相望，南北列成陣勢，各用強弓硬弩，射住陣腳。賊陣裏門旗開處，賊將縻貹出馬當先，頭頂鋼盔，身穿鐵鎧，弓彎鵲畫，箭插鵰翎，臉橫紫肉，眼睜銅鈴，擔一把長柄開山大斧，坐一匹高頭捲毛黃馬，高叫道：「你們這夥是水窪小寇，何故與宋朝無道昏君出力，來到這裏送死！」宋軍陣裏，鼉鼓喧天，急先鋒索超驟馬出陣，大喝道：「無端造反的強賊，敢出穢言！待俺劈你一百斧！」揮著金蘸斧，拍馬直搶縻貹。

❀ 董平、吳用古版畫形象。（選自《水滸傳版刻圖錄》，江蘇廣陵古籍刻印社）

註

※1汩沒：汩音古，埋沒的意思。
※2隆中山：山名，在今天河北省襄陽縣。
※3貹：音生。財富的意思。
※4矸：音干。
※5贇：音暈。

那縻貹也掄斧來迎。兩軍迭聲吶喊，二將搶到垓心，兩騎相交，雙斧並舉，鬥經五十餘合，勝敗未分。那賊將縻貹，果是勇猛。宋陣裏霹靂火秦明，見索超不能取勝，舞著狼牙棍，驟馬搶出陣來助戰，賊將陳贇舞戟來迎。四將在征塵影裏，殺氣叢中，正鬥到熱鬧處，只聽得一聲炮響，孫安、卞祥領兵從左邊殺來，賊將賀吉分兵接住廝殺；馬靈、唐斌領兵從右邊殺來，賊將郭矸分兵接住廝殺。宋陣裏瓊英驟馬出陣，暗拈石子，覷定陳贇，只一石子飛來，正打著鼻凹，陳贇翻身落馬。秦明趕上，照頂門一棍，連頭帶盔，打個粉碎。那左邊孫安與賀吉鬥到三十餘合，被孫安揮劍，斬於馬下。右邊唐斌也刺殺了郭矸。縻貹見眾人失利，架住了索超金蘸斧，撥馬便走。索超、孫安、馬靈等，驅兵追趕掩殺，賊兵大敗。眾將追趕縻貹，剛剛轉過山嘴，被賊人暗藏一萬兵馬，在山背後叢林裏，賊將耿文、薛贊，領兵搶出林來，與縻貹合兵一處，回身衝殺過來，縻貹當先。宋陣裏文仲容要幹功勛，挺槍拍馬，來鬥縻貹，戰鬥到十合之上，被縻貹揮斧，將文仲容砍為兩截。崔埜見砍了文仲容，十分惱怒，躍馬提刀，直搶縻貹。二將鬥過六、七合，唐斌拍馬來助。縻貹看見有人來助戰，大喝一聲，只一斧，將崔埜斬於馬下，搶來接住唐斌廝殺。這邊張清、瓊英見折了二將，夫婦兩個並馬雙出，張清拈取石子，望縻貹飛來。那縻貹眼明手快，將斧只一撥，一聲響亮，正打在斧上，火光爆散，將石子撥下地去了。瓊英見丈夫石子不中，忙取石子飛去。縻貹見第二個石子飛來，把頭一低，鐺的一聲，正打在銅盔上。宋陣裏徐寧、董平見二個石子都打不中，徐寧、董平雙馬並出，一齊併力殺來。縻貹見衆將都來，隔住唐斌的槍，撥馬便走。唐斌緊緊追趕，卻被賊將耿文、薛贊雙出接住，被縻貹那廝跑脫去了。衆將只殺了耿文、薛贊，殺散賊兵，奪獲馬匹、金鼓、衣甲甚多。董平教軍士收拾文仲容、崔埜二人屍首埋葬。唐斌見折了二人，放聲大哭，親與軍士殯殮二人。董平等九人已將兵馬屯扎在隆中山的南麓了。次日，宋江等兩隊大兵都到，與董平等合兵一處。宋江見折了二將，十分淒慘，用禮祭奠畢，與吳用商議攻城之策。吳用、朱武上雲梯，看了城池形勢，下來對宋江道：「這座城堅固，攻打無益，且揚※6示攻打之意，再看機會。」宋江傳令，教一面收拾攻城器械，一面差精細軍卒，四面偵探消息。

不說宋江等計議攻城，卻說縻貹那廝，只領得一、三百騎，逃到山南州城中。守城主將，卻是王慶的舅子段二。王慶聞宋朝遣宋江等兵馬到來，加封段二為平東大元帥，特教他到此鎮守城池。當下縻貹來參見了，訴說宋江等兵勇將猛，折了五將，全軍覆沒，特來懇告元帥，借兵報仇。原來縻貹等是王慶差出來的，因此說借兵。段二聽說大怒道：「你雖不屬我管，你的覆兵折將的罪，我卻殺得你！」喝叫軍士綁出，斬訖來報。只見帳下閃出一人來稟道：「元帥息怒，且留著這個人。」段二看時，卻是王慶撥來帳前參軍左謀。段二道：「卻如何饒他？」左謀道：「某聞縻貹十分驍勇，連斬宋軍中二將。宋江等真個兵強將勇，只可智取，不可力敵。」段二道：「怎麼叫做智取？」

註

※6 揚：通「佯」。

左謀道：「宋江等糧草輜重，都屯積宛州，從那邊運來。聞宛州兵馬單弱，元帥當密差的當人役，往均、鞏兩州守城將佐處，約定時日，教他兩路出兵，襲宛州之南，我這裏再挑選精兵，就著縻將軍統領，教他幹功贖罪，馳往襲宛州之北。宋江等聞知，恐宛州有失，必退兵去救宛州。乘其退走，我這裏再出精兵，兩路擊之，宋江可擒也。」◎[1]段二本是個村鹵漢，那曉得甚麼兵機，今日聽了左謀這段話，便依了他，連忙差人往均、鞏二州約會去了。隨即整點軍馬二萬，令縻貹、闕翥、翁飛三將統領，黑夜裏悄地出西門，掩旗息鼓，一齊投奔宛州去了。卻說宋江正在營中思算攻城之策，忽見水軍頭領李俊入寨來稟說：「水軍船隻，已都到城西北漢江、襄水兩處屯扎。小弟特來聽令。」宋江留李俊在帳中，略飲幾杯酒，有偵探軍卒來報，說城中如此如此，將兵馬去襲宛州了。宋江聽罷大驚，急與吳用商議。吳用道：「陳安撫及花將軍等，俱有膽略，宛州不必憂慮。只就這個機會，一

古代攻城器，甘肅敦煌陽關博物館。（楊興斌提供）

定要破他這座城池。」◎2便向宋江密語半晌。宋江大喜，即授密計與李俊及步軍頭領鮑旭等二十員，帶領步兵二千，至夜密隨李俊去了，不題。

再說賊將糜貹等引兵已到宛州，伏路小軍報入宛州來。陳安撫教花榮、林沖，領兵馬二萬，出城迎敵。二將領兵，方出得城，又有流星探馬報將來說：「糜貹等約會均州賊人，均州兵馬三萬，已到城北十里外了。」陳瓘再教呂方、郭盛，領兵馬二萬，出北門迎敵去了。未及一個時辰，又有飛報說道：「鞏州賊人季三思、倪慴等，統領兵馬三萬，殺奔到西門來。」眾人都相顧錯愕道：「城中只有宣贊、郝思文二將，兵馬雖有一萬，大半是老弱，如何守禦？」當有聖手書生蕭讓道：「安撫大人，不必憂慮，蕭某有一計。」便疊著兩個指頭，向眾人道：「如此如此，賊眾可破。」陳瓘以下眾人，都點頭稱善。陳瓘傳令，教宣贊、郝思文挑選強壯軍士五千，伏於西門內待

蕭讓使用空城計退敵。（朱寶榮繪）

評點

◎1.是算計。（袁眉）
◎2.果是智多。（袁眉）

賊退兵，方可出擊。二將領計去了。陳瓘再教那些老弱軍士，不必守城，都要將旗旛掩倒，只聽西門城樓上炮響，卻將旗幟一齊舉竪起來。只許在城內走動，不得出城。分撥已定，陳安撫叫軍士扛擡酒饌，到西門城樓上擺設。陳瓘、侯蒙、羅戩，隨即上城樓，笑談劇飲，叫軍士大開了城門，◎3等那賊兵到來。多樣時，那賊將季三思、倪儡，領著十餘員偏將，雄糾糾氣昂昂的殺奔到城下來。望見城門大開，三個官員、一個秀才，於城樓上花堆錦簇，大吹大擂的在那裏吃酒，◎4四面城垣上，旗旛影兒，也不見一個。季三思疑訝，不敢上前。倪儡道：「城中必有準備，我們當速退兵，勿中他詭計。」季三思急教退軍時，只聽得城樓上一聲炮響，喊聲振天，鼓聲振地，旌旗無數的在城垣內來往。賊兵聽了主將說話，已是驚疑，今見城中如此，不戰自亂。城內宣贊、郝思文領兵殺出城來，賊兵大敗，棄下金鼓、旗旛、兵戈、馬匹、衣甲無數，斬首萬餘。季三思、倪儡都被亂軍所殺，其餘軍士，四散亂竄逃生。宣贊、郝思文得勝，收兵回城，陳安撫等已到帥府去了。北路花榮、林沖已殺了闕翥、翁飛二將，殺散賊兵，單單只走了糜勝。收兵凱還，方欲進城，聽說又有兩路賊兵到來，西路兵已賴蕭讓妙計殺退了，南路呂方、郭盛，尚不知勝敗。花榮等得了這個消息，傳令教軍士疾馳到南路去。呂方、郭盛正與賊將鏖戰，林沖、花榮驅兵助戰，殺得賊兵星落雲散，七斷八續，斬獲甚多。

當日三路賊兵，死者三萬餘人，傷者無算。只見屍橫郊野，血滿田疇。林沖、花榮、呂方、郭盛都收兵入城，與宣贊、郝思文一同來到帥府獻捷。陳瓘、侯蒙、羅戩，俱各大喜，稱贊蕭讓之妙策、花榮等衆將之英雄。衆將喏喏連聲道：「不敢。」陳安撫教大排筵席，宴賞將士，犒勞三軍，標寫蕭讓、林沖等功勞，緊守城池，不在話下。

再說段二差糜胜等軍兵出城後，次夜，段二在城樓上眺望宋軍。此時正是八月中旬望前天氣，那輪幾望的明月，照耀得如白晝一般。段二看見宋軍中旗旛亂動，徐徐的向北退去。段二對左謀道：「想是宋江知道宛州危急，因此退兵。」左謀道：「一定是了！可急點鐵騎出城掩擊。」段二教錢儐、錢儀二將，整點兵馬二萬，出城追擊宋兵，二將遵令去了。段二向西望時，只見城外裏水，一派月色水光，潺潺溶溶，相映上下。那宋軍的三、五百隻糧船，也漸漸望北撐去。那段二平日擄掠慣了，◎5今夜看見許多糧船，又沒有甚麼水軍在上，每船只有六、七個水手，在那裏撐駕，便叫放開西城水門，令水軍總管諸能，統駕五百隻戰船，放出城來，搶劫糧船。宋軍船上望見，連忙將船泊攏岸來，那船上水手都跳上岸去。那邊諸能撐駕戰船上前，只聽得宋軍船幫裏，一棒鑼聲響，放出百十隻小漁艇來，每船上二人划槳，三、四人執著團牌標槍，朴刀短兵，飛也似殺將來。諸能叫水軍把火炮、火箭打射將來。那漁艇上人，抵敵不住，發聲喊，都跳下水裏去了。賊兵得勝，奪了糧船。諸能叫水手撐駕進城。剛放得一隻進城，城內傳出將令來，須逐隻搜看，方教撐進城來。諸能叫軍士先將那撐進來的那隻船搜看。十數個軍士一齊上船來，揭那艎板※7，卻似一塊木板做就的，莫想揭動分毫。諸能大驚

註

※7 艎板：船板。

評點

◎3.大學問。（袁夾）
◎4.落得快活。（袁夾）
　不會經濟的宜學此法。（袁眉）
◎5.強盜本等。（袁夾）

⊗ 李俊帶領水軍頭領騙開城門，駕船衝進城門。
（朱寶榮繪）

道：「必中了奸計！」忙教將斧鑿撬打開來看。「那些城外的船，且莫撐進來。」說還未畢，只見城外後面三、四隻糧船，無人撐駕，卻似順著潮水的，又似使透順風的，自蕩進來。諸能情知中計，急要上岸時，水底下鑽出十數個人來，都是口銜著一把蓼葉刀※8，正是李俊、二張、三阮、二童這八個英雄。賊兵急待要用兵器來搠時，那李俊一聲胡哨，那四、五隻糧船內暗藏的步軍頭領，從板下拔去梢子，推開艎板，大喊一聲，各執短兵搶出來。卻是鮑旭、項充、李袞、李逵、魯智深、武松、楊雄、石秀、解珍、解寶、龔旺、丁得孫、鄒淵、鄒潤、王定六、白勝、段景住、時遷、石勇、凌振等二十個頭領，並千餘步兵，一齊發作，奔搶上岸，砍殺賊人。賊兵不能攔當，亂竄奔逃。諸能被童威殺死，城裏城外，戰船上水軍，被李俊等殺死大半，河水通紅。李俊等奪了水門，當下鮑旭等那夥大蟲，護衛凌振施放轟天子母號炮，分頭去放火殺人。城中一時鼎沸起來，呼兄喚弟，覓子尋爺，號哭振天。段二聞變，急引兵來策應，正撞著武松、劉唐、楊雄、石秀、王定六這一夥。段二被王定六向腿上一朴刀搠翻，活捉住了。魯智深、李逵等十餘個頭領，搶至北門，殺散守門將士，開城門，放吊橋。

《販米船》紙本水彩畫，清代廣州外銷畫。描繪清代廣州的販米船。（fotoe提供）

註

※8 蓼葉刀：蓼，音瞭。一年生草本植物，葉呈披針形；蓼葉刀，形狀像蓼葉的刀子。

那時宋江兵馬，聽得城中轟天子母炮響，勒轉兵馬殺來，正撞著錢儐、錢儀兵馬，混殺一場。錢儐被卞祥殺死，錢儀被馬靈打翻，被人馬踏爲肉泥。三萬鐵騎，殺死大半。孫安、卞祥、馬靈等領兵在前，長驅直入，進了北門。衆將殺散賊兵，奪了城池，請宋先鋒大兵入城。

此時已是五更時分，宋江傳令，先教軍士救滅火焰，不許殺害百姓。天明出榜安民，衆將都將首級前來獻功。王定六將段二綁縛解來，宋江差軍士押解到陳安撫處發落。左謀被亂兵所殺。其餘偏牙將士，殺死的甚多，降伏軍士萬餘。宋江令殺牛宰馬，賞勞三軍將士，標寫李俊等諸將功次，差馬靈往陳安撫處報捷，並探問賊兵消息。馬靈遵令去了兩、三個時辰，便來回覆道：「陳安撫聞報，十分歡喜。隨自爲表，差人齎奏朝廷去了。」馬靈又說蕭讓卻敵一事，宋江驚道：「倘被賊人識破，奈何？終是秀才見識！」宋江發本處倉廩中米粟，賑濟被兵火的百姓，料理諸項軍務已畢，宋江正與吳用計議攻打荊南郡之策，忽接陳安撫處奉樞密院札文※9，轉行文來說：「西京賊寇縱橫，摽掠東京屬縣，著宋江等先蕩平西京，望後攻剿王慶巢穴。」陳安撫另有私書說樞密院可笑處。◎6宋江、吳用備悉來意，隨即計議分兵：一面攻打荊南，一面去打西京。當有副先鋒盧俊義及河北降將，俱願領兵到西京，攻取城池。宋江大喜，撥將佐二十四員，軍馬五萬，與盧俊義統領前去。那二十四員將佐：

副先鋒盧俊義

副軍師朱武

楊志　徐寧　索超　孫立　單廷珪

魏定國　陳達　楊春　燕青　解珍

解寶　鄒淵　鄒潤　薛永　李忠

穆春　施恩

河北降將

喬道清　馬靈　孫安　卞祥　山士奇　唐斌

盧俊義即日辭別了宋先鋒，統領將佐軍馬，望西京進征去了。宋江令史進、穆弘、歐鵬、鄧飛，統領兵馬二萬，鎮守山南城池。宋江對史進等說道：「倘有賊兵至，只宜堅守城池。」宋江統領衆多將佐，兵馬八萬，望荊南殺奔前來，但見那槍刀流水急，人馬撮風行。正是：旌旗紅展一天霞，刀劍白鋪千里雪。畢竟荊南又是如何攻打？且聽下回分解。◎7

註

※9札文：官府中上級給下級的公文。

評點

◎6.頭痛醫頭，腳痛醫腳，國家敗壞，都爲這個病痛。（袁眉）

◎7.或贊蕭讓脫盡頭巾氣，卓老曰：「未必。」或問故，卓老曰：「吾恐蕭讓只會笑談吃酒耳。」（袁評）

第一百七回 宋江大勝紀山※1軍 朱武打破六花陣

話說宋江統領將佐軍馬，殺奔荊南來，每日兵行六十里下寨，大軍所過地方，百姓秋毫無犯。戎馬已到紀山地方屯扎。那紀山在荊南之北，乃荊南重鎮，上有賊將李懷※2，管領兵馬三萬，在山上鎮守。那李懷是李助之侄，王慶封他做宣撫使，他聞知宋江等打破山南軍，段二被擒，差人星夜到南豐，飛報王慶、李助，知會說：「宋兵勢大，已被他破了兩個大郡。目今來打荊南，又分調盧俊義兵將，往取西京。」李助聞報大驚，隨即進宮來報王慶。內侍傳奏入內裏去，傳出旨意來說道：「教軍師俟候著，大王即刻出殿了。」李助等候了兩個時辰，內裏不見動靜。李助密問一個相好的近侍，說道：「大王與段娘娘正在廝打的熱鬧哩！」李助問道：「爲何大王與娘娘廝鬧？」近侍附李助的耳說道：「大王因段娘娘嘴臉那個，大王久不到段娘娘宮中了，段娘娘因此著惱。」李助又等了一回，有內侍出來說道：「大王有旨，問軍師還在此麼？」李助道：「在此鵠候※3！」內侍傳奏進去，少頃，只見若干內侍、宮娥，簇擁著那王慶，出到前殿升坐。李助俯伏拜舞畢，奏道：「小臣侄兒李懷，申報來說，宋江等將勇兵強，打破了宛州、山南兩座城池。目今宋江分撥兵馬，一路取西京，一路打荊南。伏乞大王發兵去救援。」王慶聽罷大怒道：「宋江這夥，是水窪草寇，如何恁般猖獗？」隨即降旨，令都督杜壆※4管領將佐十二員，兵馬二萬，到西京救援。又令統軍大將謝宇，統領將佐十二員，兵馬二萬，救援荊南。二將領了兵符令旨，挑選兵馬，整頓器械。那僞樞密院分撥將佐，僞轉運使龔正運糧草，接濟二將，辭了王慶，各統領兵將，分路來援二處，不在話下。

且說宋江等兵馬，到紀山北十里外扎寨屯兵，準備衝擊。軍人偵探賊人消息的實回報。宋江與吳用計議了，對衆將說道：「俺聞李懹手下，都是勇猛的將士。紀山乃荊南之重鎮。我這裏將士兵馬，雖倍於賊，賊人據險，我處山之陰下，

註

※1紀山：山名，在今湖北省江陵縣北。
※2懹：音讓。
※3鵠候：直立等候，恭候。
※4學：音學。

宋江帶領大軍在紀山建立軍營，站立的是宋江、吳用以及衆頭領。（朱寶榮繪）

爲敵所囚。那李懷狡猾詭譎，衆兄弟厮殺，須看個頭勢，不得尋常看視。」於是下令：「將軍入營，即閉門清道，有敢行者誅，有敢高言者誅。軍無二令，二令者誅。留令者誅。」◎1傳令方畢，軍中肅然。宋江教戴宗傳令水軍頭領李俊等，將糧食船隻，須謹慎提防，陸續運到軍前接濟。差人打戰書去，與李懷約定次日決戰。宋先鋒傳令，教秦明、董平、呼延灼、徐寧、張清、瓊英、金鼎、黃鉞，領兵馬二萬，前去厮殺。教焦挺、郁保四、段景住、石勇，率領步兵二千，斬伐林木，極廣吾道，以便戰所。分撥已定，宋江與其餘衆將，俱各守寨。次日五更造飯，軍士飽餐，馬食芻料※5，平明合戰。李懷統領偏將馬蹵※6、馬勁、袁朗、滕戣※7、滕戡，兵馬二萬，衝殺下來。這五個人，乃賊中最驍勇者，王慶封他做虎威將軍。當下賊兵與秦明等兩軍相對。賊兵排列在北麓平陽處，山上又有許多兵馬接應。當下兩陣裏旗號招展，兩邊列成陣勢，各用強弓硬弩，射住陣腳，鼉鼓喧天，彩旗迷目。賊陣裏門旗開處，賊將袁朗驟馬當先，頭頂熟銅盔，身穿團花繡羅袍，烏油對嵌鎧甲，騎一匹捲毛烏騅，赤臉黃鬚，九尺長短身材，手掿兩個水磨煉鋼撾，左手的重十五斤，右手的重十六斤，高叫道：「水窪草寇，那個敢上前來納命！」宋陣中河北降將金鼎、黃鉞，要幹頭功，兩騎馬一齊搶出陣來，喝罵道：「反國逆賊，何足爲道！」金鼎舞著一把潑風大刀，黃鉞拈渾鐵點鋼槍，驟馬直搶袁朗，那袁朗使著兩個鋼撾來迎，三騎馬丁字兒擺開厮殺。三將鬥過三十合，袁朗將撾一隔，撥轉馬便走。金鼎、黃鉞馳馬趕去，袁朗霍地回馬，金鼎的馬稍前。金鼎正

評點

◎1.傳會語都本孫吳。（袁眉）

掄刀砍來，袁朗左手將撾望上一迎，鐺的一聲，那把刀口砍缺。金鼎收刀不迭，早被袁朗右手一鋼撾，把金鼎連盔透頂，打得粉碎，撞下馬來。黃鉞馬到，那根槍早刺到袁朗前心。袁朗眼明手快，將身一閃，黃鉞那根槍刺空，從右軟脅下過去。袁朗將左臂抱了那把撾，右手順勢將槍桿挾住，望後一扯，黃鉞直跌入懷來。袁朗將右手攔腰抱住，捉過馬來，擲於地上。衆兵發聲喊，急搶出來，捉入陣去了。那匹馬直跑回本陣來。宋陣裏霹靂火秦明，見折了二將，心中大怒，

❀ 韓滔，彭玘版畫形象。（選自《水滸傳版刻圖錄》，江蘇廣陵古籍刻印社）

註
※5芻料：芻，音除，飼養牲畜的草。芻料，草料。
※6彊：音匠。同「強」。
※7戣：音葵。

躍馬上前，舞起狼牙棍，直取袁朗，袁朗舞撾來迎。兩個戰到五十餘合，宋陣中女將瓊英，驟放銀鬃馬，挺著方天畫戟，頭戴紫金點翠鳳冠，身穿紅羅挑繡戰袍，袍上罩著白銀嵌金細甲，出陣來助秦明。賊將滕戣，看見是女子，拍馬出陣，大笑道：「宋江等真是草寇，怎麼用那婦人上陣？」◎2滕戣舞著一把三尖兩刃刀，接住瓊英廝殺。兩個鬥到十合之上，瓊英將戟分開滕戣的那口刀，撥馬望本陣便走。騰戣大喝一聲，驟馬趕來。瓊英向鞍鞽邊繡囊中，暗取石子，扭轉柳腰，覷定滕戣，只一石子飛來，正中面門，皮傷肉綻，鮮血迸流，翻身落馬。瓊英霍地回馬趕上，復一畫戟，把滕戣結果。滕戡看見女將殺了他的哥哥，心中大怒，拍馬搶出陣來，舞一條虎眼竹節鋼鞭，來打瓊英。這裏雙鞭將呼延灼縱馬舞鞭，接住廝殺。眾將看他兩個本事，都是半斤八兩的，打扮也差不多。呼延灼是沖天角鐵幞頭，銷金黃羅抹額，七星打釘皂羅袍，烏油對嵌鎧甲，騎一匹踢雪烏騅。滕戡是交角鐵幞頭，大紅羅抹額，百花點翠皂羅袍，烏油戧金甲，騎一匹黃鬃馬。呼延灼只多得一條水磨八棱鋼鞭。兩個在陣前，左盤右旋，一來一往，鬥過五十餘合不分勝敗。那邊秦明，袁朗兩個，已鬥到一百五十餘合。賊陣中主帥李懷，在高阜處看見女將飛石利害，折了滕戣，即令鳴金收兵。秦明、呼延灼見賊將驍勇，也不去追趕。袁朗、秦明，兩家各自回陣，賊兵上山去了。

秦明等收兵回到大寨，說賊將驍勇，折了金鼎、黃鉞，若不是張將軍夫人，卻不是挫了我軍銳氣。宋江十分煩惱，與吳學究計議道：「似此怎麼打得荊南？」吳用疊著

評點

◎2.如今用婦人上陣的頗多。（袁眉）

兩個指頭，畫出一條計策，說道：「只除如此如此。」宋江依允。當下喚魯智深、武松、焦挺、李逵、樊瑞、鮑旭、項充、李袞、鄭天壽、宋萬、杜遷、龔旺、丁得孫、石勇十四個頭領，同了凌振，帶領勇捷步兵五千，乘今夜月黑時分，各披軟戰，用短兵、團牌、標槍、飛刀，抄小路到山後行事。衆將遵令去了。次早，李懷差軍下戰書，宋江與吳用商議。吳用道：「賊人必有狡計。魯智深等已是深入重地，可速準備交戰。」宋江批：「即日交戰。」軍人持書上山去了。宋江仍命秦明、董平、呼延灼、徐寧、張清、瓊英爲前部，統領兵馬二萬，弓弩爲表，楯戟爲裏，戰車在前，騎兵爲輔，前去衝擊；教黃信、孫立、王英、扈三娘整頓兵馬一萬，在營俟候※8。李應、柴進、韓滔、彭玘整頓兵馬一萬，也在營中俟候：「聽吾前軍號炮，你等從東西兩路，抄

註

※8 俟候：等候的意思。

河北秦皇島老龍頭，八卦陣鳥瞰。拍攝時間2005年8月。（薛強提供）

到軍前。」再教關勝、朱仝、雷橫、孫新、顧大嫂、張青、孫二娘，統領馬步軍兵二萬，屯扎大寨之後，防備賊人救兵到來。分撥已定，宋江同吳用、公孫勝親自督戰，其餘將佐守寨。是日辰牌時分，吳用上雲梯觀看，山形險峻，急教傳令軍馬，再退後二里列陣，好教兩路奇兵做手腳。

這裏列陣纔完，紀山賊將李懷，統領袁朗、滕戡、馬勥、馬勁四個虎將，二萬五千兵馬。滕戡教軍士用竹竿挑著黃鉞首級，押著衝陣的五千鐵騎。軍士都頂深盔，披鐵鎧，只露著一雙眼睛。馬匹都帶重甲，冒面具，只露得四蹄懸地。這是李懷昨日見女將飛石，打傷了一將，今日如此結束，雖有矢石，那裏甲護住了。那五千軍馬，兩個弓手，夾輔一個長槍手，衝突下來。後面軍士，分兩路夾攻攏來。宋江抵當不住，望後急退。宋江忙教把號炮施放。早被他射傷了推車的數百軍士，幸有戰車當住，因此鐵騎不能上前。車後雖有騎兵，不能上前用武。正在危急，只聽得山後連珠炮響，被魯智深等這夥將士，爬山越嶺，殺上山來。山寨裏賊兵，只有五千老弱，一個偏將，被魯智深等殺個罄盡，奪了山寨。李懷等見山後變起，急退兵時，又被黃信等四將、李應等四將，兩路抄殺到來。宋江又教銃炮手打擊鐵騎，賊兵大潰。魯智深、李逵等十四個頭領，引著步兵，於山上衝擊下來，殺得賊兵雨零星散，亂竄逃生。可惜袁朗好個猛將，被火炮打死。李懷在後，被魯智深打死。馬勁、滕戡被亂兵所殺，只走了馬勥一個。奪獲盔甲、金鼓、馬匹無算。三萬軍兵，殺死大半。山上山下，屍骸遍滿。宋江收兵，計點兵

神機軍師朱武破六花陣，圖為朱武與黃信。（選自《水滸傳版刻圖錄》，江蘇廣陵古籍刻印社）

士，也折了千餘。因日暮，仍扎寨紀山北。次日，宋江率領兵將上山，收拾金銀、糧食，放火燒了營寨，大賞三軍將士，標寫魯智深等十五人並瓊英功次，督兵前進。過了紀山，大兵屯扎荊南十五里外，與軍師吳用計議，調撥將士，攻打城池，不在話下。

話分兩頭。回文再說盧俊義這支兵馬，望西京進發，逢山開路，遇水塡橋。所過地方，寶豐等處賊將武順等，香花燈燭，獻納城池，歸順天朝。盧俊義慰撫勸勞，就令武順鎮守城池，因此賊將皆感泣，傾心露膽，棄邪歸正。自此，盧俊義等無南顧之憂，兵馬長驅直入。不則一日，來到西京城南三十里外，地名伊闕山※9屯扎。探聽得城

註

※9伊闕山：山名，在今天河南省洛陽市。

中主帥是僞宣撫使龔端與統軍奚勝，及數員猛將，在那裏鎮守。那奚統軍曾習陣法，深知玄妙。盧俊義隨即與朱武計議，當用何策取城。朱武道：「聞奚勝那廝，頗知兵法，一定要來鬥敵。我兵先布下陣勢，待賊兵來，慢慢地挑戰。」盧俊義道：「軍師高論極明。」隨即遣調軍馬，向山南平坦處排下循環八卦陣勢。等候間，只見賊兵分作三隊而來，中一隊是紅旗，左一隊是青旗，右一隊是紅旗，三軍齊到。奚勝見宋軍排成陣勢，便令青紅旗二軍，分在左右，扎下營寨。上雲梯看了宋兵是循環八卦陣。奚勝道：「這個陣勢，誰不省得？待俺排個陣勢驚他。」令衆軍擂三通畫鼓，豎起將臺，就臺上用兩把號旗招展，左右列成陣勢已了，下將臺來，上馬令首將哨開陣勢，到陣前與盧俊義打話。那奚統軍怎生結束，但見：

金盔日耀噴霞光，銀鎧霜鋪吞月影。絳征袍錦繡攢成，黃鞓帶珍珠釘就。抹綠靴斜踏寶鐙，描金鞊隨定絲鞭。陣前馬跨一條龍，手內劍橫三尺水。

奚勝勒馬直到陣前，高聲叫道：「你擺循環八卦陣，待要瞞誰？你卻識得俺的陣麼？」盧俊義聽得奚勝要鬥陣法，同朱武上雲梯觀望。賊兵陣勢，結三人爲小隊，合三小隊爲一中隊，合五中隊爲一大隊，外方而內圓，大陣包小陣，相附聯絡。朱武對盧俊義道：「此是李藥師※10六花陣法。藥師本武侯八陣，裁而爲六花陣。賊將欺我這裏不識他這個陣。不知就我這個八卦陣，變爲八八六十四，即是武侯八陣圖法，便可破他六花陣了。」盧俊義出到陣前喝道：「量你這個六花陣，何足爲奇！」奚勝道：「你敢來打麼？」盧俊義大笑道：「量此等小陣，有何難哉！」盧俊義入陣，朱武在將臺上，將號旗左招右展，變成八陣圖法。朱武教盧俊義傳令，楊志、孫安，卞祥，領披甲馬軍一千去打陣。「今日屬金，將我陣正南離位上軍，一齊衝殺過去。」楊志等遵令，擂鼓三通。眾將上前，蕩開賊將西方門旗，殺將入去。這裏盧俊義率馬靈等將佐軍兵，掩殺過去，賊兵大敗。且說楊志等殺入軍中，正撞著奚勝，領著數員猛將，保護望北逃奔。孫安、卞祥要幹功績，領兵追趕上去，卻不知深入重地。只聽得山坡後一棒鑼聲響，趕出一彪軍來。楊志、孫安等急退不迭。正是：衝陣馬亡青嶂下，戲波船陷綠蒲中。畢竟這支是那裏兵馬，孫安等如何迎敵？且聽下回分解。◎3

註

※10李藥師：唐代名將李靖，李靖本名為藥師。

評點

◎3.宋江處山之下，是為敵所囚；盧俊義深入重地，兩路受敵。卒皆破賊，可見善戰者無動而非利地也。（袁評）

第一百八回　喬道清興霧取城　小旋風藏炮擊賊

話說楊志、孫安、卞祥正追趕奚勝，到伊闕山側，不提防山坡後有賊將埋伏，領一萬騎兵突出，與楊志等大殺一陣。奚勝得脫，領敗殘兵進城去了。孫安奮勇廝併，殺死賊將二人，卻是衆寡不敵，這千餘甲馬騎兵，都被賊兵驅入深谷中去。那谷四面都是峭壁，卻無出路，被賊兵搬運木石，塞斷谷口。賊人進城，報知龔端。龔端差二千兵把住谷口，楊志、孫安等，便是插翅也飛不出來。不說楊志等被困，且說盧俊義等得破奚勝六花陣，大半虧馬靈用金磚術，打翻若干賊兵，更兼衆將勇猛，得獲全勝，殺了賊中猛將三員，乘勢驅兵，奪了龍門關，斬級萬餘，奪獲馬匹、盔甲、金鼓無算，賊兵退入城中去了。盧俊義計點軍馬，只不見了衝頭陣的楊志、孫安、卞祥一千軍馬。當下盧俊義教解珍、解寶、鄒淵、鄒潤，各領一千人馬，分四路去尋，至日暮，卻無影響。次日，盧俊義按兵不動，再令解珍等去尋訪。解寶領一支軍，攀藤附葛，爬山越嶺，到伊闕山東最高的一個山嶺上。望見山嶺之西，下面深谷中，隱隱的有一簇人馬，被樹林叢密遮蔽了，不能夠看得詳細。又且高下懸隔，聲喚不聞。解寶領軍卒下山，尋個居民訪問，那裏有一個人家，都因兵亂遷避去了。次後到一個最深僻的山凹平曠處，方纔有幾家窮苦的村農，見了若干軍馬，都慌做一團。解寶道：「我們是朝廷兵馬，來此剿捕賊寇的。」那些人聽說是官兵，更是慌張。解寶用好言撫慰說道：「我們軍將是宋先鋒部下。」那些人道：「可是那殺韃子，擒田虎，不騷擾地方的宋先鋒麼？」解寶道：「正是。」那些村農跪拜道：「可知道將軍等不來抓雞縛狗！前年也有官兵到此剿捕賊人，那些軍士與強盜一般擄掠。因此，我等避到這個所在來。今日得將軍到此，使我們再見天日。」解寶把那楊志等一千人馬，不知下落，並那嶺西深谷去處，問訪眾人。那些人都道：「這個谷叫繆筂谷※1，只有一條進去的路。」農人遂引解寶等來到谷口，恰好鄒淵、鄒潤兩支軍馬，也尋到來。合兵一處，殺散賊兵，一同上前，搬開木石，解寶、鄒淵領兵馬進谷。此時已是深秋天氣，果然好個深巖幽谷。但見：

玉露鵰傷楓樹林，深巖邃谷氣蕭森。
嶺巔雲霧連天湧，壁峭松筠接地陰。

楊志、孫安、卞祥與一千軍士，馬罷人困，都在樹林下，坐以待斃。見了解寶等人馬，眾人都喜躍歡呼。解寶將帶來的乾糧，分散楊志等眾人，先且充飢。食罷，眾軍一齊出谷。解寶叫村農隨到大寨，來見盧先鋒。盧俊義大喜，取銀兩、米穀，賑濟窮民。村農磕頭感激，千恩萬謝去了。隨後解珍這支軍馬也回寨了。是日天晚歇息，一宿無話。

次早，盧俊義正與朱武調遣兵馬，攻取城池，忽有流星探馬報將來說：「王慶差偽都督杜學領十二員將佐，兵馬二萬，前來救援，兵馬已到三十里外了。」盧俊義聞報，

註

※1繆筂谷：音聊哄。深長的山谷。

教朱武、楊志、孫立、單廷珪、魏定國，同喬道清、馬靈，管領兵馬二萬，列陣於大寨前，以當城中賊兵突出。教解珍、解寶、穆春、薛永，管領軍馬五千，看守山寨。盧俊義親自統領其餘將佐，軍馬三萬五千，迎敵杜壆。當有浪子燕青稟道：「主人今日不宜親自臨陣。」盧俊義道：「卻是爲何？」燕青道：「小人昨夜，有不祥的夢兆。」盧俊義道：「夢寐之事，何足凭信？既以身許國，也顧不得利害。」燕青道：「若是主人決意要行，乞撥五百步兵，與小人自去行事。」盧俊義笑道：「小乙，你待要怎麼？」燕青道：「主人勿管，只撥與小人便了。」盧俊義道：「便撥與你，看你做出甚事來！」隨即撥五百步兵與燕青。燕青領了自去。盧俊義冷笑不止。統領衆將兵馬，離了大寨，由平泉橋經過。那平泉中多奇異的石子，乃唐朝李德裕※2舊莊，只見燕青引

楊志、孫安兵困山谷，賊兵在外圍困。（朱寶榮繪）

著衆人，在那裏砍伐樹木。盧俊義心下雖是好笑，忙忙地要去廝殺，無暇去問他。兵馬過了龍門關西十里外，向西列陣等候。至一個時辰，賊兵方到。

兩陣相對，擂鼓吶喊。西陣裏偏將衛鶴，舞大桿刀，拍馬當先。宋陣中山士奇躍馬挺槍，更不打話，接住廝殺。兩騎馬在陣前鬥過三十合，山士奇挺槍刺中衛鶴的戰馬後腿，那馬後蹄蹠將下去，把衛鶴閃下馬來，山士奇又一槍戳死。西陣中酆泰大怒，舞兩條鐵簡，拍馬直搶山士奇。二將鬥到十合之上，卞祥見山士奇鬥不過酆泰，拈槍拍馬助戰。被酆泰大喝一聲，只一簡，把山士奇打下馬來，再加一簡，結果了性命。拍馬舞劍來迎，怎奈卞祥更是勇猛。酆泰馬頭纔到，大喝一聲，一槍刺中酆泰心窩，死於馬下。兩軍大喊。西陣主帥杜壆，見連折了二將，心如火熾，氣若煙生，挺一條丈八蛇矛，驟馬親自出陣。宋陣主帥盧俊義也親自出陣，與杜壆鬥過五十合，不分勝敗。杜壆那條蛇矛，神出鬼沒。孫安見盧先鋒不能取勝，揮劍拍馬助戰。賊將卓茂，舞條狼牙棍，縱馬來迎。與孫安鬥不上四、五合，孫安奮神威，將卓茂一劍，斬於馬下。撥轉馬，驟上前，揮劍來砍杜壆。杜壆見他殺了卓茂，措手不及，被孫安手起劍落，砍斷右臂，翻身落馬，盧俊義再一槍，結果了性命。盧俊義等驅兵捲殺過去，賊兵大敗。

忽地西南上鏠斜小路裏，衝出一隊騎兵，當先馬上一將，狀貌粗黑醜惡，一頭蓬鬆

註

※2李德裕：西元七八七～八五〇年，字文饒，今河北省贊皇縣人，在唐代文宗大和七年（八三八年）和武宗開成五年（八四〇年）兩度爲相。主張「朝廷顯官須是貴黨子弟」，從而與牛僧儒、李宗閔爲首的牛派展開了長達四十餘年的「牛李黨爭」。

短髮，頂個鐵道冠，穿領絳征袍，坐匹赤炭馬，仗劍指揮衆軍，彎環踴跳，飛奔前來。盧俊義等看是賊兵號衣，驅兵一擁上前衝殺。那將不來與你廝殺，口中喃喃吶吶地念了兩句，望正南離位上砍了一劍，轉眼間，賊將口中噴出火來。須臾，平空地上，騰騰火熾，烈烈煙生，望宋軍燒將來。盧俊義走避不迭，宋軍大敗，棄下金鼓、馬匹，亂竄奔逃。走不迭的，都燒得焦頭爛額。軍士死者，五千餘人。衆將保護著盧俊義，奔走到平泉橋。軍士爭先上橋，登時把橋擠踏得傾圮※3下來。幸得燕青砍伐樹木，於橋兩旁，剛搭得完浮橋，軍士得渡，全活者二萬人。盧俊義與卞祥兩騎馬落後，行至橋邊，被賊將趕上，一口火望卞祥噴來。卞祥滿身是火，燒損墜馬，被賊兵所殺。盧俊義幸得浮橋接濟，馳竄去了。賊將領兵追殺到來，卻得前軍報知喬道清。喬道清單騎仗劍，迎著賊將。那賊將見喬道清迎上來，再把劍望南砍去，那火比前番更是熾焰。喬道清捏訣念咒，把劍望坎方※4一指，使出三昧神水的法。霎時間，有千百道黑氣，飛迎前來，卻變成瀑布飛泉，又如億兆斛的瓊珠玉屑，望賊將潑去，滅了妖火。那賊將見破了妖術，撥馬逃奔，戰馬踏著一塊水石，馬蹄後失，把那賊將閃下馬來。喬道清飛馬趕上，揮劍砍爲兩段。那五千騎兵，掀翻跌傷者，五百餘人。喬道清仗劍大喝道：「如肯歸降，都留下驢頭！」賊人見喬道清如此法力，都下馬投戈，拜伏乞命。喬道清再用好言撫慰，梟了賊將首級，率領降賊，來見盧先鋒獻捷。盧俊義感謝不已，並稱贊燕青功勞。衆將問降賊，方曉得那妖人姓寇名威，慣用妖火燒人。人因他貌相醜惡，叫他做毒焰鬼王。

◎1昔年助王慶造反的，不知往那裏去了二年，近日又到南豐說：「宋兵勢大，待俺去剿他。」因此，王慶差他星馳到此。龔端、奚勝望見救兵輸了，不敢出來廝殺，只添兵堅守城池。當下喬道清說：「這裏城池深固，急切不能得破。今夜待貧道略施小術，助先鋒成功，以報二位先鋒厚恩。」盧俊義道：「願聞神術。」喬道清附耳低言說道：「如此，如此。」盧俊義大喜，隨即調遣將士，各去行事，準備攻城。一面教軍士以禮殯葬山士奇、卞祥，盧俊義親自設祭。是夜二更時分，喬道清出來仗劍作法。須臾霧起，把西京一座城池，周迴都遮漫了，守城軍士，咫尺不辨，你我不能相顧。宋兵乘黑暗裏，從飛橋轉關轆轤上，攀緣上女墻，只聽得一聲炮響，重霧忽然光斂，城上四面，都是宋兵，各向身邊取出火種，燃點火炬，上下照耀，如同白晝一般。守城軍士，先是驚得痲木了，都動彈不得，被宋兵掣出兵器砍殺，賊兵墜城死者無算。龔端、奚勝見變起倉卒，急引兵來救應，已被宋軍奪了四門。盧俊義大驅兵馬進城。龔端、奚勝都被亂兵殺死，其餘偏牙將佐頭目俱降，軍士降服者三萬人，百姓秋毫無犯。

天明，盧俊義出榜安民，標錄喬道清大功，重賞三軍將士，差馬靈到宋先鋒處報捷。馬靈遵令去了，至晚便來回話說：「宋先鋒等攻打荊南，連日與賊人交戰，大敗南豐救兵，主帥謝寧被擒。宋先鋒因戎事焦勞，染病在營中，數日軍務，都是吳軍師統握。」盧俊義聞報，鬱鬱不樂，連忙料理軍務，將西京城池交與喬道清、馬靈統兵鎮

註

※3傾圮：倒塌。

※4坎方：坎卦代表正北方，象徵水和雨。

評點

◎1.如今個個有毒焰。（袁眉）

守。盧俊義次日，辭別喬道清、馬靈，統領朱武等二十員將佐，離了西京，急急忙忙望荊南進發。不則一日，兵馬已到荊南城北大寨中，盧俊義等入寨問候。宋江虧神醫安道全療治，病勢已減了六、七分，盧俊義等甚是喜慰。正在敘闊，各述軍務，忽有逃回軍士報說：「唐斌正護送蕭讓等，離大寨行至三十里，忽被荊南賊將縻貹、馬勥，領一萬精兵，從斜僻小路抄出，乘先鋒臥病，要來劫大寨之後，正遇著我們人馬。唐斌力敵二將，怎奈眾寡不敵，更兼縻貹十分勇猛，唐斌被縻貹殺死，蕭讓、裴宣、金大堅都被活捉去。他們正要來劫寨，探聽得盧先鋒等大兵到來，賊人只擄了蕭讓等遁去。」宋江聽罷，不覺失聲哭道：「蕭讓等性命休矣！」病勢仍舊沉重。盧俊義等眾將，都來勸解。盧俊義問道：「蕭讓等到何處去？」宋江嗚咽答道：「蕭讓知我有病，特辭了陳安撫來看視我，並奉陳安撫命，即取金大堅、裴宣到宛州，要他們寫勒碑石，及查勘文卷。我今日特差唐斌，領一千人馬護送他三個去。不料被賊人捉擄，三人必被殺害！」宋江遂教盧俊義幫助吳用，攻打城池，拿住縻貹、馬勥報仇，盧俊義等遵令，來到城北軍

圖為裴宣、金大堅。（選自《水滸傳版刻圖錄》，江蘇廣陵古籍刻印社）

前。衆人與吳學究敘禮畢，盧俊義連忙說蕭讓等被擄之事。吳用大驚道：「苦也！斷送了這三個人！」傳令教衆將圍城，併力攻打城池。衆將遵令，四面攻城。吳用又令軍漢上雲梯，望城中高叫道：「速將蕭讓、金大堅、裴宣送出來！若稍遲延，打破城池，不論軍民，盡行屠戮！」

卻說城中守將梁永僞授留守之職，同正偏將佐，在城鎮守。那縻貹、馬勥都戰敗，逃遁到此，當日捉了蕭讓等三人，因宋兵尚未圍城，縻貹叫開城門進城，將蕭讓等解到帥府獻功。梁永頗聞得聖手書生的名目，教軍士解放綁縛，要他降服。蕭讓、裴宣、金大堅三人睜眼大罵道：「無知逆賊！汝等看我們是何等樣人？逆賊快把我三人一刀兩段罷了！這六個膝蓋骨，休想有半個兒著地！◎2即日宋先鋒打破城池，拿你們這夥鼠輩，碎屍萬段！」梁永大怒，叫軍漢：「打那三個奴狗跪著！」軍漢拿起桿棒便打，只打得跌仆，那裏有一個肯跪。◎3三人罵不絕口。梁永道：「你們要一刀兩段，俺偏要慢慢地擺佈你。」喝叫軍士：「將這三個奴狗，立枷在轅門外，只顧打他兩腿，打折了驢腿，自然跪將下來。」軍漢得令，便來套枷絣扒擺佈。帥府前軍士居民，都來看宋軍中人物，內中早惱怒了一個眞正有男子氣的鬚眉丈夫。那男子姓蕭，雙名叫嘉穗，寓居帥府南街紙張舖間壁。他高祖蕭憺字憎達，南北朝時人，爲荊南刺史。江水敗堤，蕭憺親率將吏，冒雨修築。雨甚水壯，將吏請少避之，蕭憺道：「王尊欲以身塞河※5，我獨何心

註

※5王尊欲以身塞河：王尊，西漢人，任太守時河水氾濫，王站在河堤上不動，激勵民眾搶險。

評點

◎2.男子。（袁夾）
◎3.好漢。（袁夾）

哉？」言畢，而水退堤立。◎4是歲，嘉禾生，一莖六穗，蕭嘉穗取名在此。那蕭嘉穗偶游荊南，荊南人思慕其上祖仁德，把蕭嘉穗十分敬重。那蕭嘉穗襟懷豪爽，志氣高遠，度量寬宏，膂力過人，武藝精熟，乃是十分有膽氣的人。凡遇有肝膽者，不論貴賤，都交給他。適遇王慶作亂，侵奪城池，蕭嘉穗獻計禦賊，當事的不肯用他計策，以致城陷。賊人下令，凡百姓只許入城，並不許一個出去。蕭嘉穗在城中，日夜留心圖賊，卻是單絲不成線。今日見賊人將蕭讓等三個絣扒，又聽得宋兵爲蕭讓等攻城緊急，軍民都有驚恐之狀。蕭嘉穗想了一回道：「機會在此。只此一著，可以保全城中幾許生靈。」忙歸寓所。此時已是申牌時分，連忙叫小廝磨了一碗墨汁，向間壁紙鋪裏買了數張皮料厚棉紙，在燈下濡墨揮毫，大書特書的寫道：

　　城中都是宋朝良民，必不肯甘心助賊。◎5宋先鋒是朝廷良將，殺韃子，擒田虎，到處莫敢攖其鋒。手下將佐一百單八人，情同股肱。轅門前絣扒的三人，義不屈膝，宋先鋒等英雄忠義可知。今日賊人若害了這三人，城中兵微將寡，早晚打破城池，玉石俱焚。城中軍民，要保全性命的，都跟我去殺賊！

蕭嘉穗將那數張紙都寫完了，悄地探聽消息，只聽得百姓們都在家裏哭泣。蕭嘉穗道：「民心如此，我計成矣！」挨到昧爽※6時分，趲出寓所，將寫下的數張字紙，拋向帥府前左右街市鬧處。少頃，天明，軍士居民這邊方拾一張來看，那邊又有人拾了一張，登時聚著數簇軍民觀看。早有巡風軍卒，搶一張去，飛報與梁永知道。梁永大驚，急差宣

評點

◎4.眞刺史。（袁眉）
◎5.劈頭便把良心感動人。（袁眉）
◎6.眞英雄，眞膽氣。（袁夾）

令官出府傳令，教軍士謹守轅門及各營，著一面嚴行緝捕奸細。那蕭嘉穗身邊藏一把寶刀，挨入人叢中，也來觀看，將紙上言語，高聲朗誦了兩遍，軍民都錯愕相顧。那宣令官奉著主將的令，騎著馬，五、六個軍漢跟隨到各營傳令。蕭嘉穗搶上前，大吼一聲，一刀砍斷馬足，◎6宣令官撞下馬去，一刀剁下頭來。蕭嘉穗左手抓了人頭，右手提刀，大呼道：「要保全性命的，都跟蕭嘉穗去殺賊！」帥府前軍士，平素認得蕭嘉穗，又曉得他是鐵漢，霎時有五、六百人，擁著他結做一塊。蕭嘉穗見軍士聚攏來，復連聲大呼道：「百姓有膽量的，都來相助！」聲音響振數百步。那時四面響應，百姓都搶棍棒，拔杉刺，折桌腳，拈指間，已有五、六千人。迭聲吶喊，蕭嘉穗當先，領眾搶入帥府。那梁永平日暴虐軍民，鞭撻士卒，護衛軍將，都恨入骨髓。一聞變起，都來相助，趕入去，把梁永等一家老小都殺了。蕭嘉穗領眾軍民人等，擁出帥府，此時已有二萬餘人。把蕭讓、裴宣、金大堅放了絣扒，都打開了枷。蕭嘉穗選三個有膂力的人，背著蕭讓等三人。蕭嘉穗當先，抓了梁永首級，趕到北門，殺死守門將馬勥，

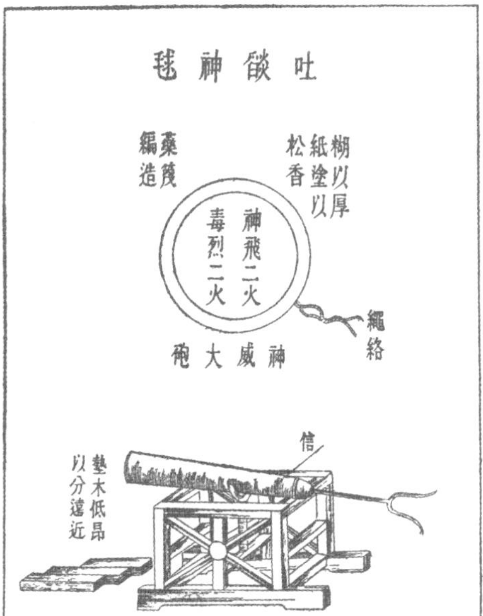

《天工開物》——吐焰神毬和神威大炮。（fotoe提供）

註

※6 昧爽：拂曉，破曉。

趕散把門軍士，開城門，放吊橋。那時吳用正到北門，親督將士攻城，聽得城中吶喊，又是開城門，只道賊人出來衝擊，忙教軍馬退下三、四箭之地，列陣迎敵。只見蕭嘉穗抓著人頭，背後三個軍漢，背負蕭讓等，過了吊橋，忙奔前來。吳用正在驚訝，蕭讓等高叫道：「吳軍師，實虧這個壯士，激聚眾民，殺了賊將，救我等出來。」吳用聽了，又驚又喜。蕭嘉穗對吳用道：「事在倉卒，不及敘禮。請軍師快領兵入城！」那吊橋邊已有若干軍民，都齊聲叫道：「請宋先鋒入城！」吳用見諸色人等，都有在裏面，遂傳令教將士統軍馬入城，如有妄殺一人者，同伍皆斬。北城上守城軍士看見事勢如此，都投戈下城。其東西南三面守城軍士，聞了這個消息，都綑縛了守城賊將，大開城門，香花燈燭，迎接宋兵入城。只有縻貹那廝勇猛，人近他不得，出西門，殺出重圍走了。

吳用差人飛報宋江。宋江聞報，把那憂國家、哭兄弟的病證，退了九分九釐，欣喜雀躍，同眾將拔寨都起。大軍來到荊南城中，宋江升坐帥府，安撫軍民，慰勞將士。宋江請蕭嘉穗到帥府，問了姓名，扶他上坐。宋江納頭便拜道：「壯士豪舉，誅鋤叛逆，保全生靈，兵不血刃，克復城池，又救了宋某的三個兄弟，宋江合當下拜。」蕭嘉穗答拜不迭道：「此非蕭某之能，皆眾軍民之力也！」宋江聽了這句，愈加欽敬。宋江以下將佐，都敘禮畢。城中軍士，將賊將解來。宋江問願降者，盡行免罪。因此滿城歡聲雷動，降服數萬人。恰好水軍頭領李俊等，統領水軍船隻，到了漢江，都來參見。宋江教置酒款待蕭壯士。宋江親自執杯勸酒，說道：「足下鴻才茂德，宋某回朝，面奏天

子，一定優擢。」蕭嘉穗道：「這個倒不必，蕭某今日之舉，非爲功名富貴。蕭某少負不羈之行※7，長無鄉曲※8之譽，是孤陋寡聞的一個人。方今讒人高張，賢士無名，雖材懷隨、和※9，行若由、夷※10的，終不能達九重※11。蕭某見若干有抱負的英雄，不計生死，赴公家之難者，倘舉事一有不當，那些全軀保妻子的，隨而媒孽其短※12，身家性命，都在權奸掌握之中。像蕭某今日，無官守之責，卻似那閑雲野鶴，何天之不可飛耶！」這一席話，說得宋江以下，無不嗟嘆。座中公孫勝、魯智深、武松、燕青、李俊、童威、童猛、戴宗、柴進、樊瑞、朱武、蔣敬等這十餘個人，把蕭壯士這段話，更是點頭玩味。當晚酒散，蕭嘉穗辭謝出府。次早，宋江差戴宗到陳安撫處報捷。宋江親自到蕭壯士寓所，特地拜望，卻是一個空寓。間壁紙舖裏說：「蕭嘉穗今早天未明時，收拾了琴劍書囊，辭別了小人，不知往那裏去了。」後人有詩贊蕭嘉祖孫之德云：

冒雨修堤蕭僧達，波狂濤怒心不憺。
恪誠止水堤功成，六穗嘉禾一莖發。
賢孫豪俊侔※13厥翁，咄叱民從賊首摋※14。

註

※7不羈之行：豪放不受約束的行爲。
※8鄉曲：家鄉。
※9材懷隨、和：還有隨、和那樣光彩奪目的才華。隨：隨侯珠。和：卞和玉璧。
※10行若由、夷：品行像由、夷一樣高尚。由：許由，上古高士。夷：伯夷，與弟互相禮讓王位的賢人。
※11九重：指皇帝。
※12媒孽其短：媒孽原指酵母和酒麴，比喻藉端誣陷，釀成別人的罪過。
※13侔：音謀，相等，齊。
※14摋：同「殺」。

澤及生靈哲保身，閑雲野鶴眞超脫。

宋江回到帥府，對衆頭領說蕭嘉穗飄然而去，衆將無不嘆息。至晚，戴宗回報，說宛州、山南兩處所屬未克州縣，陳安撫、侯參謀授方略與羅戩及林沖、花榮等，俱各討平。朝廷已差若干新官到來，各行交代訖。陳安撫已率領諸將起程，即日便到。宋江與吳用計議：「待陳安撫到這裏鎭守，我們好起大兵，前去剿滅渠魁。」宋江卻在荊南調攝五、六日，病已全癒。一日，報陳安撫等兵馬到來，宋江等接入城中。參見畢，陳安撫大賞三軍將士。次後山南守將史進等，已將州務交代新官，隨後也到。宋江將州務請陳安撫治理。宋江等拜別陳安撫，統領大軍，水陸並進，戰騎同行，來剿南豐賊人巢穴。此時一百單八個英雄，都在一處，又有河北降將孫安等十一人，軍馬二十餘萬，連戰連捷，兵威大振，所到地方，賊人望風降順。宋江將復過州縣，呈報陳安撫。陳瓘差羅戩統領將士兵馬，前來鎭守。宋江等水陸大兵，長驅直至南豐地界。哨馬報到，說偵探得賊人王慶將李助爲統軍大元帥，就本處調選水陸兵馬五萬。又調雲安、東川、安德三路各兵馬二萬，都是本處僞兵馬都監劉以敬、上官義等統領。數十員猛將及十一萬雄兵，前來拒敵，王慶親自督征。宋江聞報，與吳用計議道：「賊兵傾巢而來，必是抵死廝併。我將何策勝之？」吳用道：「兵法只是『多方以誤之』這一句。俺們如今將士都在一處，多分調幾路前去斷殺，教他應接不暇。」宋江依議傳令，分調兵將。

先一日，有撲天鵰李應、小旋風柴進，奉宋先鋒將令，統領馬步頭領單廷珪、魏定國、施恩、薛永、穆春、李忠，領兵五千，護送糧草車仗，並緞帛、火炮、車輛。在大兵之後，地名龍門山，南麓下傍山有一村莊，四圍都是高泥岡子，卻像個土城，三面有路出入。居民空下草瓦房數百間，居民因避兵遷避去了。是晚，東北風大作，濃雲潑墨，李應、柴進見天色已暮，恐天雨沾濕了糧草，教軍士拆開門扇，把車輛推送屋裏。軍士方欲造飯食息，忽見病大蟲薛永領兵巡哨，捉了一個奸細，來報柴進說：「審問得奸細說，賊人糜貹，領精兵一萬，今夜二更，要來劫燒糧草，現今伏在龍門山中。」原來那龍門山兩崖對峙如門，其中可通舟楫，樹木叢密。李應聽說，便對柴進道：「待小弟去莊前，等那鳥敗賊，殺他片甲不回。」柴進道：「那糜貹十分勇猛，不可力敵。況且我這裏兵少，待小弟略施小計，拚五、六車火炮，百十車柴薪，與唐斌等報仇。」把那奸細殺了。教軍士將糧草、火炮、車輛，教李應領兵二千，都備弓弩火箭，護衛糧車。在黃昏時候，盡數出了土岡，望南先行，卻留下百十輛柴薪車，四散列於西南下風頭草房茅檐邊。將百十輛空車，五、六處結隊擺列，上面略放些糧米。各處藏下火炮，及鋪放硫黃焰硝灌過的乾柴。教施恩、薛永、穆春、李忠領兵二千，埋於東泥岡路口。教單廷珪領馬兵一千，於莊南路口，等候賊人到來，都是恁般恁般，依我行事。柴進同神火將軍魏定國，領步兵三百人，都帶火種、火器，上山埋伏於叢密樹林裏。等到二更時分，賊將糜貹果然同了二個偏將，領著萬餘軍馬，人披軟戰，馬摘鑾鈴，掩旗息鼓，疾馳到南土岡門口來。單廷珪見賊兵來，教軍士燃點火把，接住廝殺。單廷珪與糜貹鬥

不到四、五合，單廷珪撥馬領兵退入去。那糜貹是有勇無謀的人，領兵一逕搶進來。薛永、施恩見南路舉火，即教李忠、穆春分兵一千，疾馳到莊南，把住路口。那時賊兵都喊殺連天搶入去，只望東北上風頭殺來，乃是空屋，不見糧草。糜貹領兵四面搜索，看見下風頭只有一、二百輛糧草車，有五、六百軍士看守，見賊兵來，發聲喊，都奔散了。糜貹道：「原來不多糧草！」叫軍士打火把照看，中間車隊裏，每隊有兩輛綴匹車。那些賊兵見了，便去亂搶。糜貹急要止遏時，又被山上將火箭、火把亂打射下來，草房、柴車上，都燔燒※15起來。賊兵發喊，急躲避時，早被火炮藥線引著火，傳遞得快，如轟雷般打擊出來。賊兵奔走不迭的，都被火炮擊死。拈指間，烘烘火起，烈烈煙生。但見：

風隨火勢，火趁風威。千枝火箭掣金蛇，萬個轟雷震火焰。驪山頂上，料應褒姒※16逞英雄；揚子江頭，不弱周郎施妙計。氤氳紫霧騰天起，閃爍紅霞貫地

小旋風柴進設計炮打賊兵。（朱寶榮繪）

麋貹燒糧草，被火炮打死。（日版畫，出自《新編水滸畫傳》，葛飾戴斗繪）

來。必必剝剝響不絕，渾如除夜放炮竹。當下火勢昌熾，炮聲震響，如天摧地烈之聲。須臾，百十間草房，變做煙團火塊。麋貹被火炮擊死，賊兵擊死大半，焦頭爛額者無數。又被單廷珪、施恩等三路追殺進來，二個偏將，都被殺死，一萬人馬，只有千餘人從土岡上爬出去，逃脫性命。天明，柴進等仍與李應等合兵一處，將糧草運送大寨來。宋先鋒正升帳，遣調兵馬殺賊，只見馬軍拴束馬匹，步軍安排器械，正是：旌旗紅展一天霞，刀劍白鋪千里雪。畢竟宋江等如何斷殺？且聽下回分解。◎7

註

※15 燔燒：焚燒。

※16 褒姒：褒姒，西周幽王的寵妃，生卒年不詳。褒人所獻，姓姒，故稱爲褒姒。甚得周幽王寵愛，褒姒平時很少露出笑容，周幽王爲能誘發褒姒一笑，賞以千金，虢國石父獻出「烽火戲諸侯」的奇計。周幽王失信於諸侯，公元前七七一年，犬戎兵至，諸侯不再出兵救援，幽王被殺，褒姒被擄。

評點

◎7. 蕭嘉穗出萬死不顧一生之計，越公家之難，保生民之命，有國士之風。其稔知忠良奸佞之不兩立，適野鶴閑雲之趣，明哲保身，知機其神。又評：許貫忠、蕭嘉穗，易地則皆然。（袁評）

第一百九回 王慶渡江被捉 宋江剿寇成功

話說當日宋江升帳，諸將拱立聽調。放炮，鳴金鼓，升旗，隨放靜營炮，各營哨頭目，挨次至帳下，齊立肅靜，聽施號令。吹手點鼓，宣令官傳令畢，營哨頭目，依次磕頭，起站兩邊。巡視藍旗手，跪聽發放，凡吶喊不齊，行伍錯亂，喧嘩違令，臨陣退縮，拿來重處。又有旗牌官※1左右各二十員，宋先鋒親諭：「爾等下營督陣，凡有軍士遇敵不前，退縮不用命者，聽你等拿來處治。」旗牌遵令，各下地方，鳴金大吹，各歸行伍，聽令起行。宋江然後傳令，遣調水陸諸將畢。吹手掌頭號，整隊；二號掣旗；三號各起行營向敵。敲金邊，出五方旗，放大炮，掌號儹※2行營，各各擺陣出戰。正是那：

震天鼙鼓搖山嶽，映日旌旗避鬼神。

卻說賊人王慶，調撥軍兵抵敵，除水軍將士聞人世崇等已差撥外，點差雲安州僞兵馬都監劉以敬爲正先鋒，東川僞兵馬都監上官義爲副先鋒，南豐僞統軍李雄、畢先爲左哨，安德僞統軍柳元、潘忠爲右哨，僞統軍大將段五爲正合後，僞御營使丘翔爲副合後，僞樞密方翰爲中軍羽翼。王慶掌握中軍，有許多僞尚書、御營金吾、衛駕將軍、校尉等項，及各人手下偏牙將佐，共數十員。李助爲元帥。隊伍軍馬，十分齊整。王慶親自監督。馬帶皮甲，人披鐵鎧，弓弩上弦，戰鼓三通，諸軍盡起。行不過十里之外，塵土起處，早有宋軍哨路來得漸近。鸞鈴響處，約有三十餘騎哨馬，都戴青將巾，各穿綠戰袍，馬上盡繫著紅纓，每邊拴掛數十個銅鈴，後插一把雉尾，都是釧銀細桿長槍，輕弓短箭。爲頭的戰將是奉道君皇帝敕命，復還舊職，虎騎將軍沒羽箭張清。頭裹銷金青巾幘，身穿挑繡綠戰袍，腰繫紫絨縧，足穿軟香皮，騎匹銀鞍馬。左邊是敕封貞孝宜人的瓊矢鏃瓊英，頭帶紫金嵌珠鳳冠，身穿紫羅挑繡戰袍，腰繫雜色彩絨縧，足穿朱繡小鳳頭鞋，坐匹銀鬃駿馬。那右邊略下些，捧旗的是敕授的義僕正排軍葉清，直哨到李助軍前，相離不遠，只隔百十步，勒馬便回。前軍先鋒劉以敬、上官義驟馬驅兵，便來衝擊。張清拍馬，拈出白梨花槍，來戰二將。瓊英馳馬，挺方天畫戟來助戰。四將鬥到十數合，張清、瓊英隔開賊將兵器，撥馬便回。劉以敬、上官義驅兵趕來，左右高叫：「先鋒不可追趕！此二人鞍後錦袋中都是石子，打人不曾放空！」劉以敬、上官義聽說，方纔勒住得馬，只見龍門山背後，鼓聲振響，早轉五百步兵來。當先四個步將頭領，乃是黑旋風李逵、混世魔王樊瑞、八臂哪吒項充、飛天大聖李袞，直奔前來。那五百步軍，就在山坡下一字兒擺開，兩邊團牌，齊齊扎住。劉以敬、上官義驅兵掩殺。李逵、樊瑞引步軍分開兩路，都倒提蠻牌，轉過山坡便去。那時王慶、李助大軍已到，一齊衝擊前來。李逵、樊瑞等都飛跑上山，度嶺穿林，都不見了。李助傳令，教就把軍

註

※1旗牌官：古代的通訊兵，負責傳達命令。

※2儹：同「攢」，積聚的意思。

馬在這個平原曠野之地列成陣勢。只聽得山後炮響，只見山南一路軍馬飛湧出來，簇擁著三個將軍：中間是矮腳虎王英，左是小尉遲孫新，右是菜園子張青。總管馬步軍兵五千，殺向前來。王慶正欲遣將迎敵，又聽得山後一聲炮響，山北一路軍馬飛湧出來，簇擁著三個女將：中間是一丈青扈三娘，左邊是母大蟲顧大嫂，右邊是母夜叉孫二娘，管領馬步軍兵五千，殺向前來，恰遇賊兵右哨柳元、潘忠兵馬，接住廝殺。王英等正遇賊兵左哨李雄、畢先軍馬，接住廝殺。兩邊各鬥到十餘合，南邊王英、孫新、張青勒轉馬，領兵望東便走。北邊扈三娘、顧大嫂、孫二娘，也接轉馬匹，率領軍兵，望東便走。王慶看了笑道：「宋江手下，都是這些鳥男女，我這裏將士如何屢次輸了？」遂驅大兵，追殺上來。行不到五、六里，忽聽得一棒鑼聲響，卻是適纔去的李逵、樊瑞、項充、李袞，這四個步軍頭領，從山左叢林裏轉向前來，又添了花和尚魯智深、行者武松、沒面目焦挺、赤髮鬼劉唐，四個步軍將佐，並五百步兵，都執團牌短兵，直衝上來。賊將副先鋒上官義忙撥步軍二千衝殺。李

湖北清江景色，王慶在清江邊被捉。拍攝時間2002年5月5日。（稅曉潔提供）

逵、魯智深與賊兵略鬥幾合，卻似抵敵不過的，倒提團牌，分開兩路，都飛奔入叢林中去了。賊兵趕來，那李逵等卻是走得快，拈指間，都四散奔走去了。李助見了，連忙對王慶道：「大王不宜追趕，這是誘敵之計。我們且列陣迎敵。」

李助上將臺列陣，兀是未完，只聽得山坡後轟天子母炮響，就山坡後湧出大隊軍將，急先湧來，佔住中央，裏面列陣勢。王慶令左右攏住戰馬，自上將臺看時，只見正南上這隊人馬，盡是紅旗、紅甲、紅袍、朱纓、赤馬，前面一把引軍銷金紅旗。把那紅旗招展處，紅旗中湧出一員大將，乃是霹靂火秦明，左手是聖水將軍單廷珪，右邊是神火將軍魏定國，三員大將，手搭兵器，都騎赤馬，立於陣前。東壁一隊人馬，盡是青旗、青甲、青袍、青纓、青馬，前面一把引軍銷金青旗。招展處，青旗中湧出一員大將，乃是大刀關勝，左手是醜郡馬宣贊，右手是井木犴郝思文，三員大將，手搭兵器，都騎青馬，立於陣前。西壁一隊人馬，盡是白旗、白甲、白袍、白纓、白馬，前面一把引軍銷金白旗。招展處，白旗內湧出一員大將，乃是豹子頭林沖，左手是鎮三山黃信，右手是病尉遲孫立，三員大將，手搭兵器，都騎白馬，立於陣前。後面一簇人馬，都是皂旗、黑甲、黑袍、黑纓、黑馬，前面一把引軍銷金皂旗。招展處，皂旗中湧出一員大將，乃是雙鞭將呼延灼，左手是百勝將韓滔，右手是天目將彭玘，三員大將，手搭兵器，都騎黑馬，立於陣前。東南方門旗影裏，一隊軍馬，青旗、紅甲，前面一把引軍繡旗招展，捧出一員大將，乃是雙槍將董平，左手是摩雲金翅歐鵬，右手是火眼狻猊鄧飛，三員大將，手掿兵器，都騎戰馬，立於陣前。西南方門旗影裏，一隊軍馬，紅旗、白甲，前面一把引軍繡旗招展處，捧出一員大將，乃是急先鋒索超，左手是錦毛虎燕順，右手是鐵笛仙馬麟，三員大將，手掿兵器，都騎戰馬，立於陣前。東北方門旗影裏，一隊軍馬，皂旗、青甲，前面一把引軍繡旗招展處，捧出一員大將，乃是九紋龍史進，左手是跳澗虎陳達，右手是白花蛇楊春，三員大將，手掿兵器，都騎戰馬，立於陣前。西北方門旗影裏，一隊軍馬，白旗、黑甲，前面一把引軍繡旗招展處，捧出一員大將，乃是青面獸楊志，左手是錦豹子楊林，右手是小霸王周通，三員大將，手掿兵器，都騎戰馬，立於陣前。八方擺佈得鐵桶相似。陣門裏馬軍隨馬隊，步軍隨步隊，各持鋼刀大斧，闊劍長槍，旗旛齊整，隊伍威嚴。八陣中央都是杏黃旗，間著六十四面長腳旗，上面金銷六十四卦，亦分四門。南門都是馬軍。正南上黃旗影裏，捧出二員上將，上首是美髯公朱仝，下手是插翅虎雷橫，人馬盡是黃旗、黃袍、銅甲、黃纓、黃馬。中央陣，東門是金眼彪施恩，西門是白面郎君鄭天壽，南門是雲裏金剛宋萬，北門是病大蟲薛永。那黃旗後，便是一叢炮架，立著那個炮手轟天雷凌振，引著副手二十餘人，圍繞著炮架。架後都擺列捉將的撓鈎套索，撓鈎後又是一周遭雜彩旗旛，四面立著二十八宿星辰。銷金繡旗中間，立著一面堆絨繡就，眞珠圈邊，腳綴金鈴，頂插雉尾，鵝黃帥字旗。有一個守旗壯士，冠簪魚尾，甲皺龍鱗，身長一丈，凜凜威風，便是險道神郁保四。旗邊設立兩個護旗將士，都騎戰馬，一般結束，手執鋼槍，一個是毛頭星孔明，一個是獨火星孔亮。馬前馬後，排列二十四個執狼牙棍的鐵甲軍士。後面兩把領戰繡旗，兩邊排列二十四枝方天畫戟，叢中捧著兩員驍將，左邊是小溫侯呂方，右邊是賽仁貴郭盛。兩員將各持畫戟，立馬兩邊。畫戟中間，一簇鋼叉，兩員步軍驍將，一般結束，一個是兩頭蛇解珍，一個是雙尾蠍解寶，各執三股蓮花叉，守護中軍。隨後兩匹錦鞍馬上，左手是聖手書生蕭讓，右手是鐵面孔目裴宣。兩個馬後擺著紫衣持節的，並麻扎刀軍士。那麻扎刀林中，立著兩個行刑劊子，上首是鐵臂膊蔡福，下首是一枝花蔡慶。背陣兩邊，擺著金槍、銀槍手，兩邊有大將領隊。金槍隊裏，是金槍手徐寧，銀槍隊裏，是小李廣花榮。背後又是錦衣對對，花帽雙雙，緋袍簇簇，錦襖攢攢。兩壁廂碧幢翠幕，朱旛皂蓋，黃鉞白旄，青萍青電，兩行鉞斧鞭撾中間，三把銷金傘下，三匹錦鞍駿馬上，坐著三個英雄，右邊星冠鶴氅，呼風喚雨的入雲龍公孫勝，左邊綸巾羽扇，文武雙全的智多星吳用，正中

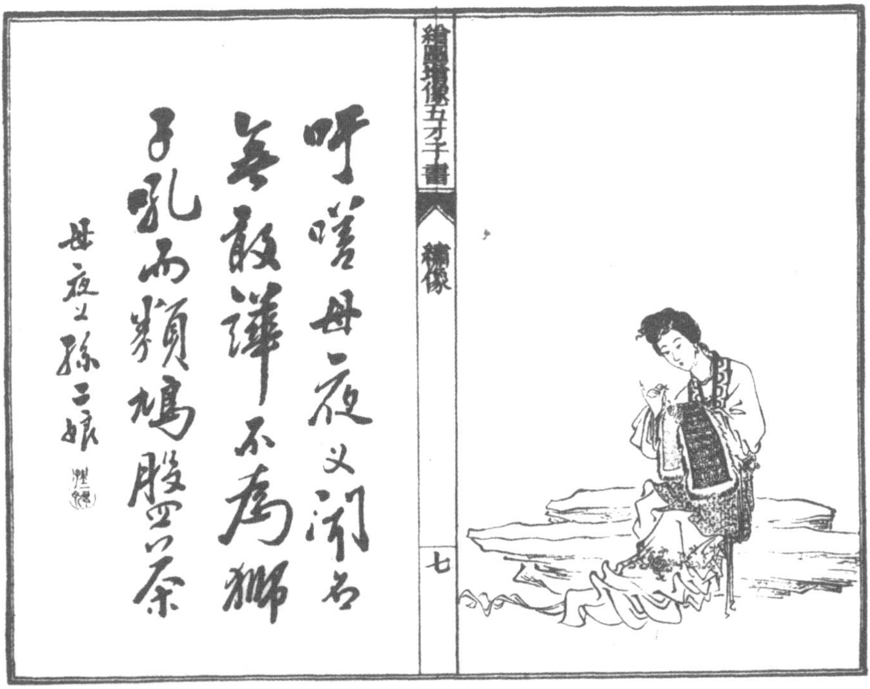

母夜叉孫二娘古代畫像。（選自陳老蓮《水滸葉子》）

間照夜玉獅子金鞍馬上，坐著那個有仁有義，退虜平寇的征西正先鋒，山東及時雨呼保義宋公明，全身結束，自仗錕鋙寶劍，於陣中監戰，掌握中軍。馬前左手，立著神行太保戴宗，專管飛報軍情，調兵遣將；右手立著浪子燕青，專一護持中軍，能幹機密。馬後大戟長戈，錦鞍駿馬，整整齊齊，三十五員牙將，都騎戰馬，手執長槍，全副弓箭。馬後畫角，全部鼓吹大樂。陣後又設兩隊游兵，伏於兩側，以爲護持中軍羽翼，左是石將軍石勇，同九尾龜陶宗旺，管領馬步兵三千人；右是沒遮攔穆弘，引兄弟小遮攔穆春，管領馬步兵三千，伏於兩脅。那座陣排布得十分整密，正是：

軍師多略帥恢弘※3，士湧貔貅馬跨龍。
指揮要建平西績，叱咤思成蕩寇功。

那個草頭天子王慶同李助在陣中將臺上，定睛看了宋江兵馬，拈指間，排成九宮八卦陣勢，軍兵勇猛，將士英雄，軍容整肅，刀槍鋒利，驚得魂不附體，心膽俱落，不住聲道：「可知道兵將屢次虧輸，原來那夥人如此利害！」

只聽得宋軍中，戰鼓不絕聲的發擂。王慶、李助下將臺，騎上戰馬，左右有金吾護駕等員役，馬後有許多內侍簇擁著他。王慶傳令旨，教前部先鋒，出陣衝擊。當下東西對陣。是日干支屬木。宋陣正西方門旗開處，豹子頭林沖從門旗下飛馬出陣，兩軍一齊吶喊。林沖兜住馬，橫著丈八蛇矛，厲聲高叫：「無知叛逆，謀反狂徒，天兵到此，尚不投降；直待骨肉爲泥，悔之何及！」賊陣中李助本是算命先生，甚曉得相生相克之

理，疾忙傳令，教右哨柳元、潘忠，領紅旗軍去衝擊。柳元、潘忠遵令，領了紅旗軍，驟馬搶來衝擊。兩陣迭聲吶喊，戰鼓齊鳴。林沖接住柳元廝殺，四條臂膊縱橫，八隻馬蹄撩亂。二將在征塵影裏，殺氣叢中，來來往往，左盤右旋，鬥經五十餘合，勝敗未分。那柳元是賊中勇猛之將，潘忠見柳元不能取勝，拍馬提刀，搶來助戰。林沖力敵二將，大喝一聲，奮神威，將柳元一矛戳於馬下。林沖的副將黃信、孫立，飛馬衝出陣來。黃信揮喪門劍，望潘忠一劍砍去。只見一條血顙光連肉，頓落金鐙在馬邊。潘忠死於馬下，手下軍卒散亂，早衝動了陣腳，賊兵飛報入中軍。王慶聽得登時折了二將，忙傳令旨，急教退軍。只聽得宋軍中一聲炮響，兵馬紛紛擾擾，白引黑，黑引青，青引紅，變作長蛇之陣，簸箕掌，栲栳圈，圍裹將來。王慶、李助調將遣兵，分頭衝擊，卻似銅墻鐵壁，急切不能衝得出來。官軍與賊兵這場好殺，怎見得：

兵戈衝擊，士馬縱橫。槍破刀，刀如劈腦而來，槍必鈎魚而應。刀如下發而起，槍必綽地而迎。刀如倒拖而回，槍必裙攔而守。刀解槍，槍如刺心而來，刀用五花以禦。槍如點睛而來，刀用探馬以格。筅※4破牌，牌或滾身以進，筅即風掃以當。牌或從旁以追，筅必斜插以待。牌或摧擠以入，筅必退卻以搠。牌解筅，筅若平胸，牌用小坐之勢以避。筅若簇擁，牌將碎剪之法以隨。單刀披掛絞絲，佯輸詐敗。鐵叉上排下掩，側進抵閃。袖箭於馬上覷賊，鈎鐮於車

註

※3恢弘：氣象宏大，氣度寬廣，場面雄偉。

※4筅：音鮮。炊帚，用竹子等做成的刷鍋、碗的用具。這裏指鐵做的形狀類似的武器。

前侯馬。鞭、簡、撾、撻、劍、戟、矛、盾，那邊破解無窮，這裏轉變莫測。

◎1須臾血流成河，頃刻屍如山積。

當下鏖戰多時，賊兵大敗，官軍大勝。王慶叫且退入南豐大內，再作區處。只聽得後軍炮響，哨馬飛報將來說：「大王，後面又有宋軍殺來！」那彪軍，馬上當先的英雄大將，正是副先鋒河北玉麒麟盧俊義，橫著一條點鋼槍；左邊有使朴刀的好漢病關索楊雄；右邊有使朴刀的頭領拚命三郎石秀，領著一萬精兵，抖擻精神，將正副合後賊兵殺散。楊雄砍翻段五，石秀搠死丘翔，併力衝殺進來。王慶正在慌迫，又聽得一聲炮響，左有魯智深、武松、李逵、焦挺、項充、李袞、樊瑞、劉唐八個勇猛頭領，引著一千步卒，掄動禪杖、戒刀、板斧、朴刀、喪門劍、飛刀、標槍、團牌，殺死李雄、畢先，如割瓜切菜般直殺入來。右有張清、王英、孫新、張青、瓊英、扈三娘、顧大嫂、孫二娘，四對英雄夫婦，引著一千騎兵，舞動梨花槍、鞭鋼槍、方天畫戟、日月雙刀、鋼槍、短刀，殺散左哨軍兵，如摧枯拉朽的直衝進來，殺得賊兵四分五裂，七斷八續，雨零星散，亂竄奔逃。盧俊義、楊雄、石秀殺入中軍，正撞著方翰，被盧俊義一槍戳死，殺散中軍羽翼軍兵，巡來捉王慶，卻遇了金劍先生李助。那李助有劍術，一把劍如掣電般舞將來。盧俊義正在抵當不住，卻得宋江中軍兵到，右手下入雲龍公孫勝，口中念念有詞，喝聲道：「疾！」李助那口劍，托地離了手，落在地上。盧俊義驟馬趕上，輕舒猿臂，款扭狼腰，把李助只一拽，活挾過馬來，教軍士縛了。盧俊義拈槍拍馬，再殺入去尋捉王慶，好似皀鵰追紫燕，猛虎啖羊羔。賊兵抛金棄鼓，撇戟丟槍，覓子尋爺，呼兄喚弟，十餘萬賊兵，殺死大半。屍橫遍野，流血成河。降者三萬人，除那逃走脫的，其餘都是十死九活，七損八傷，顛翻在地，被人馬踐踏，骨肉如泥的，不計其數。劉以敬、上官義兩個猛將，都被焦挺砍翻戰馬，撞下馬來，都被他殺死。◎2李雄被瓊英飛石打下馬來，一畫戟搠死。畢先正在逃避，忽地裏鑽出活閃婆王定六，◎3一朴刀搠下馬來，再向胸膛上一朴刀，結果了性命。其僞尚書、樞密、殿帥、金吾、將軍等項，都逃不脫，只不見了渠魁※5王慶。宋軍大捷。

宋江教鳴金收集兵馬，望南豐城來，教張清、瓊英領五千馬軍，前去哨探。再差神行太保戴宗先去打聽孫安襲取南豐消息如何。戴宗遵令，作起神行法，趕過張清、瓊英，去了片晌，便來回報說：「孫安奉先鋒將令，假扮西兵去賺城，被賊人知覺，城門內掘下陷坑，開城東門，放軍馬進去。孫安手下梅玉、金禎、畢勝、潘迅、楊芳、馮升、胡邁七個副將，爭先搶入城去，並五百軍士，連人和馬，都攧入陷坑中。兩邊伏兵齊發，都把長槍利戟，把梅玉等五百餘人，盡行搠死。幸得孫安在後，乘勢奮勇殺進城門，教軍士塡了陷坑。孫安一騎當先，領兵殺入城中，賊兵不能抵當。孫安奪了東門，後被賊人四面響應，把孫安兵馬堵截在東門。小弟探知這消息，飛來回覆。半路遇了張將軍及張宜人，說了此情，他兩個催動人馬疾馳去了。」宋江聞報，催動大軍，疾馳上

註

※5 渠魁：大頭目，首領。

評點

◎1.字字有本，胸中有武庫。（袁眉）
◎2.大與焦挺出力。（袁眉）
◎3.又與王定六出力。（袁夾）

前，將南豐城圍住。那時張清、瓊英進了東門，教孫安據住東門，張清、瓊英正與賊軍鏖戰，因此，宋江等將佐兵馬搶入東門，奪了城池，殺散賊兵，四門竪起宋軍旗號。城中許多偽文武多官范全等盡行殺死。那偽妃段三娘聽得軍馬進城，他素有膂力，也會騎馬，遂拴縛結束，領了百餘有膂力的內侍，都執兵器，離王宮，出後苑，欲殺出西門，投雲安軍去，恰遇瓊英領兵殺到後苑來。段氏縱馬，挺一口寶刀，抵死衝突。被瓊英一石子飛來，正中段三娘面門，◎4鮮血迸流，撞下馬來，攧個腳梢天，軍士趕上，捉住綁縛了。那些內侍，都被宋兵殺死。瓊英領兵殺入後苑內宮，那些宮娥嬪女，聞得宋兵入城，或投環，或投井，或刀刎，或撞階，大半自盡，其餘都被瓊英教軍士縛了，解到宋江帳前。宋江大喜，將段氏一行人囚禁，待捉了王慶，一齊解京。再遣兵將，四面八方，去追王慶。

卻說那王慶領著數百鐵騎，撞透重圍，逃奔到南豐城東，見城中有兵厮殺，驚得魂不附體，後面大兵又到，望北奔走不迭。回顧左右，止有百餘騎，其餘的雖是平日最親信的，今日勢敗，都逃去了。王慶同了百餘人，望雲安奔走，在路對跟隨近侍說道：「寡人尚有雲安、東川、安德三座城池，豈不是江東雖小，亦足以王？只恨適纔那些跟隨逃散官員，平日受用了寡人大俸大祿，今日有事，都自去了。待寡人興兵來殺退宋兵，緝捕那些逃亡的，細細地醢※6他。」王慶同眾人馬不停蹄，人不歇足，走到天明，

註

※6 醢：音海。古代的一種酷刑，把人殺死後剁成肉醬。

武松等步兵將領與賊兵對戰。（朱寶榮繪）／右頁圖

評點

◎4.瓊英飛石結果更妙。（袁眉）

幸得望見雲安城池了。王慶在馬上欣喜道：「城中將士，也是謹慎。你看那旗旛齊整，兵器整密！」王慶一頭說著，同眾人奔近城來。隨從人中，有識字的說道：「大王不好了！怎麼城上都是宋軍旗號？」王慶聽了，定睛一看，果是東門城上，遠遠地閃出號旗，上有金銷大字，乃是「御西宋先鋒麾下水軍正將混江……」，下面尚有三個字，被風飄動旗腳，不甚分明。王慶看了，驚得渾身痲木，半晌時動彈不得，眞是宋兵從天而降。當有王慶手下一個有智量近侍說道：「大王，事不宜遲！請大王速卸下袍服，急投東川去，恐城中見了生變。」王慶道：「愛卿言之極當。」王慶隨即卸下沖天轉角金幞頭，脫下日月雲肩蟒繡袍，◎5解下金鑲寶嵌碧玉帶，脫下金顯縫雲根朝靴，換了巾幘、便服、軟皮靴。其餘侍從，亦都脫卸外面衣服。急急如喪家之狗，忙忙如漏網之魚，從小路抄過雲安城池，望東川投奔，走得人困馬乏，腹中飢餒。百姓久被賊人傷殘，又聞

王慶兵敗走投無路，被李俊活捉。（選自《水滸傳版刻圖錄》，江蘇廣陵古籍刻印社）

得大兵廝殺，凡衝要通衢大路，都沒一個人煙，靜悄悄地雞犬不聞，就要一滴水，也沒喝處，那討酒食來？那時王慶手下親幸跟隨的，都是假登東※7，詐撒溺，又散去了六、七十人。王慶帶領三十餘騎，走至晚，纔到得雲安屬下開州地方，有一派江水阻路，這個江叫做清江※8。其源出自達州萬頃池，江水最是澄清，所以叫做清江。當下王慶道：「怎得個船隻渡過去？」後面一個近侍指道：「大王，兀那南涯疏蘆落雁處，有一簇漁船。」王慶看了，同眾人走到江邊。此時是孟冬時候，天氣晴和，只見數十隻漁船，捕魚的捕魚，曬網的曬網。其中有幾隻船，放於中流，猜拳豁指頭，大碗價吃酒。王慶嘆口氣道：「這男女們恁般快樂！我今日反不如他了！◎6這些都是我子民，卻不知寡人這般困乏。」近侍高叫道：「兀那漁人，撐攏幾隻船來，渡俺們過了江，多與你渡錢。」只見兩個漁人放下酒碗，搖著一隻小漁艇，咿咿啞啞搖近岸來。船頭上漁人，向船旁拿根竹篙撐船攏岸，定睛把王慶從頭上直看至腳下，便道：「快活，又有吃酒東西了。上船，上船！」近侍扶王慶下馬。王慶看那漁人，身材長大，濃眉毛，大眼睛，紅臉皮，鐵絲般髭鬚，銅鐘般聲音。那漁人一手執著竹篙，一手扶王慶上船，便把篙望岸上只一點，那船早離岸丈餘。那些隨從賊人，在岸上忙亂起來，齊聲叫道：「快撐攏船來！咱們也要過江的。」那漁人睜眼喝道：「來了！忙到那裏去？」便放下竹篙，將王慶劈胸扭住，雙手向下一按，撲通的按倒在艎板上。王慶待要掙扎，那船上搖櫓的，

註

※7登東：上廁所。
※8清江：長江中游支流，在湖北省西南部。

評點

◎5.到此方說出披掛，更覺有景。（袁夾）
◎6.悔之何及！（袁夾）

宋江剿滅王慶，擺宴慶功。（日版畫，出自《新編水滸畫傳》，葛飾戴斗繪）

放了櫓，跳過來一齊擒住。那邊曬網船上人，見捉了王慶，都跳上岸，一擁上前，把那三十餘個隨從賊人，一個個都擒住。原來這撐船的，是混江龍李俊，那搖櫓的，便是出洞蛟童威，那些漁人，多是水軍。李俊奉宋先鋒將令，統駕水軍船隻，來敵賊人水軍。李俊等與賊人水軍大戰於瞿塘峽，殺其主帥水軍都督聞人世崇，擒其副將胡俊，賊兵大敗。李俊見胡俊狀貌不凡，遂義釋胡俊。胡俊感恩，同李俊賺開雲安水門，奪了城池，殺死僞留守施俊等。混江龍李俊料著賊與大兵廝殺，若敗潰下來，必要奔投巢穴。因此，教張橫、張順鎮守城池，自己與童威、童猛帶領水軍，扮做漁船，在此巡探。又教阮氏三雄也扮做漁家，分投去灩澦堆※9、岷江※10、魚複浦※11各路埋伏哨探。適纔李俊望見王慶一騎當先，後面又許多人簇擁著，料是賊中頭目，卻不知正是元凶。當下李俊審問從人，知是王慶，拍手大笑，綁縛到雲安城中。一面差人喚回三阮同二張守城，李俊同降將胡俊，將王慶等一行人，解送到宋先鋒軍前來。於路探聽得宋江已破南豐，李俊等一逕進城，將王慶解到帥府。宋江因衆將捕緝王慶不著，正在納悶，聞報不勝之喜。當下李俊入府，參見了宋先鋒，宋江稱贊道：「賢弟這個功勞不小。」李俊引降將胡俊參見宋先鋒。李俊道：「功勞都是這個人。」◎7宋江問了胡俊姓名，及賺取雲安的事。

宋江撫賞慰勞畢，隨即與衆將計議，攻取東川、安德二處城池。只見新降將胡俊稟道：「先鋒不消費心。胡某有一言，管教兩座城池，唾手可得！」宋江大喜，連忙離坐，揖胡俊問計。胡俊躬著身，對宋江說出幾句話來。有分教：一矢不加城克復，三軍鎮靜賊投降。畢竟胡俊說出甚麼話來？且聽下回分解。◎8

註

※9灩澦堆：音艷預。俗稱燕窩石，古代又名猶豫石，言「舟取途不決水脈」之意。秋冬水枯，它顯露江心，長約三十公尺，寬約二十公尺，高約四十公尺，此時下水船可順勢而過；上水船則因水位太低，極易觸礁。夏季洪水暴發，一江怒水直奔灩澦堆，狂瀾騰空而起，渦流千轉百回，形成「灩澦回瀾」的奇觀。灩澦堆在航運上是一障礙，已於一九五八年冬炸除。

※10岷江：岷江發源於岷山，是長江的重要支流之一。岷江口是長江中上游的分界點。

※11魚複浦：魚複浦遺址，位於奉節縣城東一公里，白帝城西五公里處，臨長江左岸的第一級階地上，是一塊東西長兩千五百公尺，南北寬八百公尺的磧石沙灘，夏季被洪水淹沒，冬季露出水面。

評點

◎7.不沒人善。（袁夾）
◎8.李俊釋賊將，縛元凶，皆有大作用，眞虯髯之流。（袁評）

第一百十回

燕青秋林渡射雁　宋江東京城獻俘

話說當下宋江問降將胡俊有何計策去取東川、安德兩處城池。胡俊道：「東川城中守將，是小將的兄弟胡顯。小將蒙李將軍不殺之恩，願往東川招兄弟胡顯來降。剩下安德孤城，亦將不戰而自降矣。」宋江大喜，仍令李俊同去。一面調遣將士，提兵分頭去招撫所屬未復州縣；一面差戴宗齎表，申奏朝廷，請旨定奪；並領文申呈陳安撫，及上宿太尉書札。宋江令將士到王慶宮中，搜擄了金珠細軟、珍寶玉帛，將違禁的龍樓鳳閣、翠屋珠軒，及違禁器仗衣服，盡行燒毀。又差人到雲安，教張横等將違禁行宮器仗等項，亦皆燒毀。卻說戴宗先將申文到荊南，報呈陳安撫，陳安撫也寫了表文，一同上達。戴宗到東京，將書札投遞宿太尉，並送禮物。宿太尉將表進呈御覽。徽宗皇帝龍顏大喜，即時降下聖旨，行到淮西，將反賊王慶解赴東京，候旨處決，其餘擒下偽妃、偽官都眾從賊，都就淮西市曹處斬，梟示施行。淮西百姓遭王慶暴虐，准留兵餉若干，計戶給散，以贍窮民。其陣亡有功降將，俱從厚贈蔭。淮西各州縣所缺正佐官員，速推補赴任交代。各州官多有先行被賊脅從，以後歸正者，都著陳瓘分別事情輕重，便宜處分※1。其征討有功正偏將佐，俱俟還京之日，論功升賞。敕命一下，戴宗先來報知。那陳安撫等，已都到南豐城中了。那時胡俊已是招降了兄弟胡顯，將東川軍民版籍、戶口，

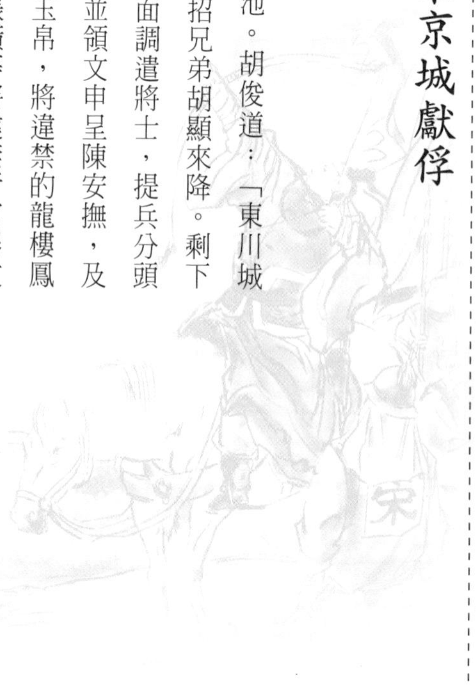

及錢糧冊籍，前來獻納聽罪。那安德州賊人，望風歸降。雲安、東川、安德三處，農不離其田業，賈不離其肆宅，皆李俊之功。王慶佔據的八郡八十六州縣，都收復了。自戴宗從東京回到南豐十餘日，天使捧詔書，馳驛到來。陳安撫與各官接了聖旨，一一奉行。次早，天使還京。陳瓘令監中取出段氏、李助，及一行叛逆從賊，判了斬字，推出南豐市曹處斬，將首級各門梟示訖。段三娘從小不循閨訓，自家擇配，做下迷天大罪，如今身首異處，又連累了若干眷屬，其父段太公先死於房山寨。

話不絮煩。卻說陳安撫、宋先鋒標錄李俊、胡俊、瓊英、孫安功次，出榜去各處招撫，以安百姓。八十六州縣，復見天日，復爲良民，其餘隨從賊徒不傷人者，撥還產業，復爲鄉民。西京守將喬道清、馬靈，已有新官到任，次第都到南豐。各州縣正佐貳官，陸續都到。李俊、二張、三阮、二童，已將州務交代，盡到南豐相敘。陳安撫眾官及宋江以下一百單八個頭領，及河北降將，都在南豐設太平宴，慶賀眾將官僚，賞勞三軍將佐。宋江教公孫勝、喬道清主持醮事，打了七日七夜醮事，超度陣亡軍將，及淮西屈死冤魂。醮事方完，忽報孫安患暴疾，卒於營中。宋江悲悼不已，以禮殯殮，葬於龍門山側。喬道清因孫安死了，十分痛哭，對宋江說道：「孫安與貧道同鄉，又與貧道最厚，他爲父報仇，因而犯罪，陷身於賊，蒙先鋒收錄他，指望日後有個結果，不意他中道而死。貧道得蒙先鋒收錄，亦是他來指迷。今日他死，貧道何以爲情。喬某蒙二位先

註

※1便宜處分：根據情況，方便地處理事務。

鋒厚恩，銘心鏤骨，終難補報。願乞骸骨歸田野，以延殘喘。」馬靈見喬道清要去，也來拜辭宋江：「懇求先鋒允放馬某與喬法師同往。」宋江聽說，慘然不樂，因二人堅意要去，十分挽留不住，宋江只得允放，乃置酒餞別。公孫勝在旁，只不做聲。喬道清、馬靈拜辭了宋江、公孫勝，又去拜辭了陳安撫。二人飄然去了。後來喬道清、馬靈都到羅眞人處，從師學道，以終天年。

陳安撫招撫賑濟淮西諸郡軍民已畢。那淮西乃淮瀆之西，因此，宋人叫宛州、南豐等處是淮西。陳安撫傳令，教先鋒頭目，收拾朝京。軍令傳下，宋江一面先發中軍軍馬，護送陳安撫、侯參謀、羅武諭起行，一面著令水軍頭領，乘駕船隻，從水路先回東京，駐扎聽調。宋江教蕭讓撰文，金大堅鐫石勒碑以記其事，立石於南豐城東龍門山下，至今古蹟尙存。降將胡俊、胡顯置酒餞別宋先鋒。後來宋江入朝，將胡俊、胡顯反邪歸正，招降二將之功，奏過天子，特授胡俊、胡顯爲東川水軍團練之職，此是後話。

當下宋江將兵馬分作五起進發，克日起行，軍士除留下各州縣鎭守外，其間亦有乞歸田里者。現今兵馬共十餘萬，離了南豐，取路望東京來。軍有紀律，所過地方，秋毫無犯。百姓香花燈燭價拜送。於路行了數日，到一個去處，地名秋林渡。那秋林渡在宛州屬下內鄉縣秋林山之南。那山泉石佳麗，宋江在馬上遙看山景，仰觀天上，見空中數行塞雁，不依次序，高低亂飛，都有驚鳴之意。宋江見了，心疑作怪。又聽得前軍喝采，使人去問緣由，飛馬回報，原來是浪子燕青，初學弓箭，向空中射雁，箭箭不空。

浪子燕青射雁，箭箭不空。（朱寶榮繪）

卻纔須臾之間，射下十數隻鴻雁，因此諸將驚訝不已。◎1宋江教喚燕青來。只見燕青彎弓插箭，即飛馬而來，背後馬上捎帶死雁數隻，來見宋江，下馬離鞍，立在一邊。宋公明問道：「恰纔你射雁來？」燕青答道：「小弟初學弓箭，見空中一群雁過，偶然射之，不想箭箭皆中。」宋江道：「爲軍的人，學射弓箭，是本等的事。射的親是你能處。◎2我想賓鴻避寒，離了天山，銜蘆過關，趁江南地暖，求食稻粱，初春方回。此賓鴻仁義之禽，或數十，或三、五十隻，遞相謙讓，尊者在前，卑者在後，次序而飛，不越群伴，遇晚宿歇，亦有當更之報。且雄失其雌，雌失其雄，至死不配。此禽仁義禮智信，五常俱備。空中遙見死雁，盡有哀鳴之意，失伴孤雁，並無侵犯，此爲仁也；一失雌雄，死而不配，此爲義也；依次而飛，不越前後，此爲禮也；預避鷹鵰，銜蘆過關，此爲智也；秋南春北，不越而來，此爲信也。此禽五常足備之物，豈忍害之？天上一群鴻雁相呼而過，正如我等弟兄一般。你卻射了那數隻，比俺兄弟中失了幾個，眾人心內如何？◎3兄弟今後不可害此禮義之禽。」燕青默默無語，悔罪不及。宋江有感於心，在馬上口占詩一首：

山嶺崎嶇水渺茫，橫空雁陣兩三行。
忽然失卻雙飛伴，月冷風清也斷腸。

宋江吟詩罷，不覺自己心中淒慘，睹物傷情。◎4當晚屯兵於秋林渡口。宋江在帳中，因復感嘆燕青射雁之事，心中納悶，叫取過紙筆，作詞一首※2：

評點

◎1.此一段是絕妙情事，絕妙文字，人生聚散，意念喧寂，於此可參。（袁眉）
◎2.先作揚語，妙極。（袁夾）
◎3.一段悲涼景象寫入楮幅間，便有收場之意。（袁眉）
◎4.眞英雄下場光景，悲感倍於尋常。（袁眉）
◎5.絕妙好辭。文人才子亦未必能作是，英雄有情人乃能之。（袁眉）
◎6.層層指出宋江心，仍說不出。可憐可憐。（袁眉）

楚天空闊，雁離群萬里，恍然驚散。自顧影欲下寒塘。正草枯沙淨，水平天遠。寫不成書，只寄得相思一點。暮日空濠※3，曉煙古塹，訴不盡許多哀怨。揀盡蘆花無處宿，嘆何時玉關重見。嘹嚦憂愁嗚咽，恨江渚難留戀。請觀他春晝歸來，畫梁雙燕。◎5

宋江寫畢，遞與吳用、公孫勝看。詞中之意，甚有悲哀憂戚之思，宋江心中，鬱鬱不樂。◎6當夜，吳用等設酒備餚，盡醉方休。次日天明，俱各上馬，望南而行。路上行程，正值暮冬，景物淒涼。宋江於路，此心終有所感。不則一日，回到京師，屯駐軍馬於陳橋驛，聽候聖旨。

且說先是陳安撫並侯參謀中軍人馬入城，已將宋江等功勞，奏聞天子，報說宋先鋒等諸將兵馬，班師回京，已到關外。陳安撫前來啓奏，說宋江等諸將征戰勞苦之事，天子聞奏，大加稱贊。陳瓘、侯蒙、羅

註
※2作詞一首：此詞爲南宋張炎所作，作者引到宋江身上。
※3濠：同「壕」。

宋江感傷，題寫飛雁詞。（日版畫，出自《新編水滸畫傳》，葛飾戴斗繪）

爵，各封升官爵，欽賞銀兩、緞匹，傳下聖旨，命黃門侍郎宣宋江等面君朝見，都教披掛入城。有詩爲證：

去時三十六，回來十八雙。
縱橫千萬里，談笑卻還鄉。◎7

且說宋江等衆將一百八人，遵奉聖旨，本身披掛。戎裝革帶，頂盔掛甲，身穿錦襖，懸帶金銀牌面，從東華門而入，都至文德殿朝見天子，拜舞起居，山呼萬歲。皇上看了宋江等衆將英雄，盡是錦袍金帶，惟有吳用、公孫勝、魯智深、武松身著本身服色，天子聖意大喜，乃曰：「寡人多知卿等征進勞苦，剿寇用心，中傷者多，寡人甚爲憂戚。」宋江再拜奏道：「托聖上洪福齊天，臣等衆將雖有金傷，俱各無事，今元凶授首，淮西平定，實陛下威德所致，臣等何勞之有！」再拜稱謝奏道：「臣等奉旨，將王慶獻俘闕下，候旨定奪。」天子降旨：「著法司會官，將王慶凌遲處決。」宋江將蕭嘉穗用奇計克復城池，保全生靈，有功不伐※4，超然高舉。天子稱獎道：「皆卿等忠誠感動！」命省院官訪取蕭嘉穗赴京擢用。宋江叩頭稱謝。那些省院官，那個肯替朝廷出力，訪問賢良？此是後話。是日，天子特命省院等官計議封爵。太師蔡京、樞密童貫商議奏道：

註

※4有功不伐：有功勞但是不誇耀。

評點

◎7.此語應置此處。（袁眉）

王慶在東京被判了剮刑。
（朱寶榮繪）

「目今天下尚未靜平，不可升遷。且加宋江爲保義郎，◎8帶御器械※5，正受皇城使※6；副先鋒盧俊義加爲宣武郎，帶御器械，行營團練使；吳用等三十四員，加封爲正將軍；朱武等七十二員，加封爲偏將軍；支給金銀，賞賜三軍人等。」天子准奏，仍敕與省院衆官，加封爵祿，與宋江等支給賞賜，宋江等就於文德殿頓首謝恩。天子命光祿寺大設御宴，欽賞宋江錦袍一領、金甲一副、名馬一匹；盧俊義以下，賞賜有差，盡於內府關支。宋江與衆將謝恩已罷，盡出宮禁，都到西華門外，上馬回營。一行衆將，出得城來，直至行營安歇，聽候朝廷委用。

當日法司奉旨會官，寫了犯由牌，打開囚車，取出王慶，判了「剮」字，擁到市曹。看的人壓肩疊背，也有唾罵的，也有嗟嘆的。那王慶的父王砉及前妻、丈人等諸親眷屬，已於王慶初反時收捕，誅夷殆盡。今日只有王慶一個，簇擁在刀劍林中。兩聲破鼓響，一棒碎鑼鳴，槍刀排白雪，皂纛展烏雲。劊子手叫起惡殺都來，恰好午時三刻，將王慶押到十字路頭，讀罷犯由，如法凌遲處死。看的人都道：

此是惡人榜樣，到底駢※7首戕身。
若非犯著十惡，如何受此極刑？

當下監斬官將王慶處決了當，梟首施行，不在話下。

再說宋江衆人，受恩回營。次日，只見公孫勝直至行營中軍帳內，與宋江等衆人，打了稽首，便稟宋江道：「向日本師羅眞人囑咐小道，令送兄長還京之後，便回山中。

今日兄長功成名遂，貧道就今拜別仁兄，辭別衆位，便歸山中，從師學道，侍養老母，以終天年。」◎9宋江見公孫勝說起前言，不敢翻悔，潸然淚下，便對公孫勝道：「我想昔日弟兄相聚，如花始開；今日弟兄分別，如花零落。◎10吾雖不敢負汝前言，心中豈忍分別？」公孫勝道：「若是小道半途撇了仁兄，便是寡情薄意。今來仁兄功成名遂，只得曲允。」宋江再四挽留不住，便乃設一筵宴，令衆弟兄相別，筵上舉杯，衆皆嘆息，人人洒淚，各以金帛相贐。公孫勝推卻不受，衆兄弟只顧打拴在包裏。次日，衆皆相別。公孫勝穿上麻鞋，背上包裹，打個稽首，望北登程去了。宋江連日思憶，淚如雨下，鬱鬱不樂。

時下又值正旦節相近，◎11諸官準備朝賀。蔡太師恐宋江人等都來朝賀，天子見之，必當重用。◎12隨即奏聞天子，降下聖旨，使人當住，只教宋江、盧俊義兩個有職人員，隨班朝賀，其餘出征官員，俱係白身，恐有驚御，盡皆免禮。◎13是日正旦，百官朝賀，宋江、盧俊義俱各公服，都在待漏院伺候早朝，隨班行禮。是日駕坐紫宸殿受朝，宋江、盧俊義隨班拜罷，於兩班侍下，不能上殿。仰觀殿上，玉簪珠履，紫綬金章，往來稱觴獻壽，自天明直至午牌，方始得沾謝恩御酒。百官朝散，天子駕起。宋江、盧俊義出內，卸了公服幞頭，上馬回營，面有愁顏赧色。吳用等接著。衆將見宋江面帶憂容，

註

※5帶御器械：禁衛官中可以佩戴武器的，身分比較尊貴。
※6皇城使：護衛皇城的官員。宋代這個職位只領薪水，對於被授予者是一種榮譽稱號，沒有實際權責。
※7駢：兩物並列，成雙的。

評點

◎8.仍加保義二字極當，正不必高爵。（芥眉）
◎9.此亦梁山之留侯。（袁眉）
◎10.說得痛心。（袁眉）
◎11.緊接得妙。（袁夾）
◎12.提出小人心腸與人看。（袁眉）
◎13.才是眞太師。（容夾）

心悶不樂，都來賀節。百餘人拜罷，立於兩邊，宋江低首不語。吳用問道：「兄長今日朝賀天子回來，何以愁悶？」宋江嘆口氣道：「想我生來八字淺薄，命運蹇滯。破遼平寇，東征西討，受了許多勞苦，今日連累眾兄弟無功，因此愁悶。」◎[14]吳用答道：「兄長既知造化未通，何故不樂？萬事分定，不必多憂。」黑旋風李逵道：「哥哥，好沒尋思！當初在梁山泊裏，不受一個的氣，卻今日也要招安，明日也要招安，討得招安了，卻惹煩惱。◎[15]放著兄弟們都在這裏，再上梁山泊去，卻不快活！」宋江大喝道：「這黑禽獸又來無禮！如今做了國家臣子，都是朝廷良臣。你這廝不省得道理，反心尚兀自未除！」李逵又應道：「哥哥不聽我說，明朝有的氣受哩！」眾人都笑，且捧酒與宋江添壽。是日只飲到二更，各自散了。次日引十數騎馬入城，到宿太尉、趙樞密，並省院各官處賀節，往來城中，觀看者甚眾。就裏有人對蔡京說知此事。次日，奏過天子，傳旨教省院出榜禁約，於各城門上張掛：「但凡一應出征官員將軍頭目，許於城外下營屯扎，聽候調遣。非奉上司明文呼喚，不許擅自入城。如違，定依軍令擬罪施行。」差人齎榜，逕來陳橋門外張掛榜文。有人看了，逕來報知宋江。宋江轉添愁悶，眾將得知，亦皆焦躁，盡有反心，只礙宋江一個。

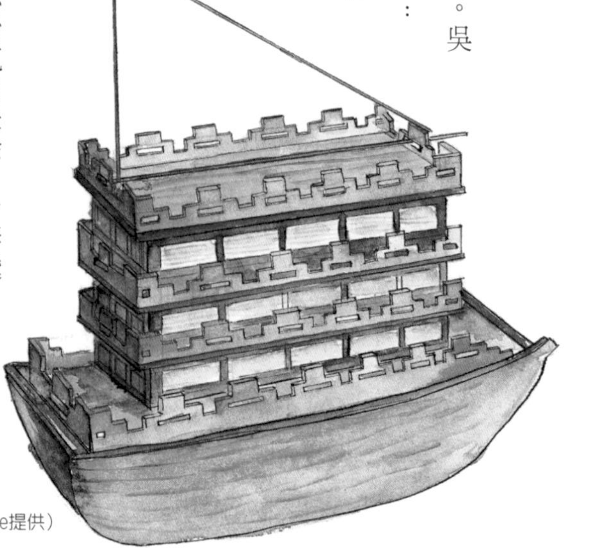

古代運兵的樓船。（來梓良／fotoe提供）

且說水軍頭領特地來請軍師吳用商議事務。吳用去到船中，見了李俊、張橫、張順、阮家三昆仲，俱對軍師說道：「朝廷失信，奸臣弄權，閉塞賢路。俺哥哥破了大遼，剿滅田虎，如今又平了王慶，止得個皇城使做，又未曾升賞我等衆人。如今倒出榜文，來禁約我等，不許入城。我想那夥奸臣，漸漸的待要拆散我們弟兄，各調開去。今請軍師自做個主張，若和哥哥商量，斷然不肯。就這裏殺將起來，把東京劫掠一空，再回梁山泊去，只是落草倒好。」吳用道：「宋公明兄長斷然不肯。你衆人枉費了力，箭頭不發，努折箭桿。自古蛇無頭而不行，我如何敢自主張？這話須是哥哥肯時，方纔行得；他若不肯做主張，你們要反，也反不出去！」◎16六個水軍頭領見吳用不敢主張，都做聲不得。吳用回至中軍寨中，來與宋江閑話，計較軍情，便道：「仁兄往常千自由，百自在，衆多弟兄亦皆快活。自從受了招安，與國家出力，爲國家臣子，不想倒受拘束，不能任用，兄弟們都有怨心。」宋江聽罷，失驚道：「莫不誰在你行說甚來？」吳用道：「此是人之常情，更待多說？古人云：『富與貴，人之所欲；貧與賤，人之所惡。』觀形察色，見貌知情。」宋江道：「軍師，若是弟兄們但有異心，我當死於九泉，忠心不改！」次日早起，會集諸將，商議軍機，大小人等都到帳前，宋江開話道：「俺是鄆城小吏出身，又犯大罪，托賴你衆弟兄扶持，尊我爲頭，今日得爲臣子。自古道：『成人不自在，自在不成人。』雖然朝廷出榜禁治，理合如此。汝諸將士，無故不得入城。我等山間林下，鹵莽軍漢極多。倘或因而惹事，必然以法治罪，卻又壞了聲

評點

◎14.作怪作怪，忠義何在？（容夾）
◎15.招安惹惱，是貼對。（袁眉）
◎16.不是這一回說話，顯不出宋江忠，吳用義，然言之可憐。（袁眉）

名。如今不許我等入城去，倒是幸事。◎17你們衆人，若嫌拘束，但有異心，先當斬我首級，然後你們自去行事。不然，吾亦無顏居世，必當自刎而死，一任你們自爲！」衆人聽了宋江之言，俱各垂淚設誓而散。有詩爲證：

誰向西周懷好音，公明忠義不移心。
當時羞殺秦長腳※8，身在南朝心在金。

宋江諸將，自此之後，無事也不入城。看看上元節至，東京年例，大張燈火，慶賞元宵，諸路盡做燈火，於各衙門點放。且說宋江營內浪子燕青，自與樂和商議：「如今東京點放花燈火戲，慶賞豐年，今上天子，與民同樂。我兩個更換些衣服，潛地入城，看了便回。」◎18只見有人說道：「你們看燈，也帶挈我則個！」燕青看見，卻是黑旋風李逵。李逵道：「你們瞞著我，商量看燈，我已聽了多時。」燕青道：「和你去不打緊，只吃你性子不好，必要惹出事來。現今省院出榜，禁治我們，不許入城。倘若和你入城去看燈，惹出事端，正中了他省院之計。」李逵道：「我今番再不惹事便了，都依著你行！」燕青道：「明日換了衣巾，都打扮做客人相似，和你入城去。」李逵大喜。次日都打扮做客人，伺候燕青，同入城去。不期樂和懼怕李逵，潛與時遷先入城去了。◎19燕青洒脫不開，只得和李逵入城看燈，不敢從陳橋門入去，大寬轉卻從封丘門入城。兩個手廝挽著，正投桑家瓦來。來到瓦子前，聽得勾欄內鑼響，李逵定要入去，燕青只得和他挨在人叢裏，聽得上面說平話，正說三國志，說到關雲長刮骨療毒。◎20

評點

◎17.分解得好。（袁眉）
◎18.又說起看燈，仍舊是偷看；極熱鬧時說得極淒涼，使人可憐。（袁眉）
◎19.些小處俱不直致。（袁眉）
◎20.於悲涼之後，又發出一番憤觸，從空而下，有如此文心文筆，快絕，快絕！（袁眉）
◎21.作者、觀者俱當擊節。（袁眉）
◎22.還是風流子弟語。（袁夾）
◎23.先入平話，才及此情，事始有曲折。（袁眉）

當時有雲長左臂中箭，箭毒入骨。醫人華佗道：「若要此疾毒消，可立一銅柱，上置鐵環，將臂膊穿將過去，用索拴牢，割開皮肉，去骨三分，除卻箭毒，卻用油線縫攏，外用敷藥貼了，內用長托之劑，不過半月，可以平復如初。因此極難治療。」關公大笑道：「大丈夫死生不懼，何況隻手？不用銅柱鐵環，只此便割何妨！」隨即叫取棋盤，與客弈棋，伸起左臂，命華佗刮骨取毒，面不改色，對客談笑自若。正說到這裏，李逵在人叢中高叫道：「這個正是好男子！」◎21眾人失驚，都看李逵，燕青慌忙攔道：「李大哥，你怎地好村！勾欄瓦舍，如何使得大驚小怪這等叫！」◎22李逵道：「說到這裏，不由人喝采！」燕青拖了李逵便走。兩個離了桑家瓦，轉過串道，只見一個漢子飛磚擲瓦，去打一戶人家。◎23那人家道：「清平世界，蕩蕩乾坤，散了二次，

註

※8秦長腳：宋代賣國賊秦檜。

燕青、李逵聽說書。（日版畫，出自《新編水滸畫傳》，葛飾戴斗繪）

不肯還錢，顛倒打我屋裏。」黑旋風聽了，路見不平，便要去打。燕青務死抱住。李逵睜著雙眼，要和他廝打的意思。那漢子便道：「俺自和他有帳討錢，干你甚事？即日要跟張招討下江南出征去，你休惹我。◎24到那裏去也是死，要打便和你廝打，死在這裏，也得一口好棺材。」李逵道：「卻是甚麼下江南？不曾聽得點兵調將。」燕青且勸開了鬧，兩個廝挽著，轉出串道，離了小巷，見一個小小茶肆，兩個入去裏面，尋副座頭，坐了吃茶。對席有個老者，便請會茶，閑口論閑話。燕青道：「請問老丈，卻纔巷口一個軍漢廝打，他說道要跟張招討下江南，早晚要去出征，請問端的那裏去出征？」那老人道：「客人原來不知。如今江南草寇方臘※9反了，佔了八州二十五縣，從睦州※10起，直至潤州※11，自號為一國，早晚來打揚州※12。因此朝廷已差下張招討、劉都督去剿捕。」燕青、李逵聽了這話，慌忙還了茶錢，離了小巷，逕奔出城，回到營中，來

❀ 汴京京城，巨型浮雕瓷壁畫《清明上河圖》局部，邱樹江作。拍攝時間2007年10月17日。（王商林提供）

見軍師吳學究，報知此事。吳用見說，心中大喜，來對宋先鋒說知江南方臘造反，朝廷已遣張招討領兵。宋江聽了道：「我等諸將軍馬，閑居在此，甚是不宜。不若使人去告知宿太尉，令其於天子前保奏，我等情願起兵，前去征進。」當時會集諸將商議，盡皆歡喜。次日，宋江換了些衣服，帶領燕青，自來說此一事。逕入城中，直至太尉府前下馬。正值太尉在府，令人傳報，太尉聞知，忙教請進。宋江來到堂上，再拜起居。宿太尉道：「將軍何事，更衣而來？」宋江稟道：「近因省院出榜，但凡出征官軍，非奉呼喚，不敢擅自入城。今日小將私步至此，上告恩相。聽得江南方臘造反，佔據州郡，擅改年號，侵至潤州，早晚渡江，來打揚州。宋江等人馬久閑，在此屯扎不宜。某等情願部領兵馬，前去征剿，盡忠報國，望恩相於天子前題奏則個！」宿太尉聽了，大喜道：「將軍之言，正合吾意。下官當以一力保奏。將軍請回，來早宿某具本奏聞，天子必當重用。」宋江辭了太尉，自回營寨，與衆兄弟說知。

卻說宿太尉次日早朝入內，見天子在披香殿與百官文武計事，正說江南方臘作耗，佔據八州二十五縣，改年建號，如此作反，自霸稱尊，目今早晚兵犯揚州。天子乃曰：「已命張招討、劉都督征進，未見次第。」宿太尉越班奏曰：「想此草寇，既成大患，

註

※9 方臘：方臘，又名方十三，安徽歙縣人，北宋末年農民起義領袖。建立了包括江蘇、浙江、安徽、江西的六州五十二縣在內的農民政權。一一二一年夏起義失敗，方臘被俘，被朝廷處死。

※10 睦州：古州名，現浙江省建德縣。

※11 潤州：古州名，現江蘇省鎮江市。

※12 揚州：古州名，現江蘇省揚州市。

評點

◎24.作者針線得密不見線路。（袁眉）

陛下已遣張總兵、劉都督，再差征西得勝宋先鋒，這兩支軍馬爲前部，可去剿除，必幹大功。」天子聞奏大喜，急令使臣宣省院官聽聖旨。當下張招討，從、耿二參謀，亦行保奏，要調宋江這一干人馬爲前部先鋒。省院官到殿，領了聖旨，隨即宣取宋先鋒、盧先鋒，直到披香殿下，朝見天子。拜舞已畢，天子降敕，封宋江爲平南都總管，征討方臘正先鋒；封盧俊義爲兵馬副總管，平南副先鋒。各賜金帶一條、錦袍一領、金甲一副、名馬一騎、彩緞二十五表裏。其餘正偏將佐，各賜緞匹、銀兩，待有功次，照名升賞，加受官爵。三軍頭目，給賜銀兩。都就於內務府關支，定限目下出師起行。宋江、盧俊義領了聖旨，就辭了天子。皇上乃曰：「卿等數內，有個能鐫玉石印信金大堅，又有個能識良馬皇甫端，留此二人，駕前聽用。」宋江、盧俊義承旨，再拜謝恩，出內上馬回營。宋江、盧俊義兩個在馬上歡喜，並馬而行。出得城來，只見街市上一個漢子，手裏拿著一件東西，兩條巧棒，中穿小索，以手牽動，那物便響。◎25宋江見了，卻不識得，使軍士喚那漢子問道：「此是何物？」那漢子答道：「此是胡敲也。用手牽動，自然有聲。」宋江乃作詩一首：

一聲低了一聲高，嘹亮聲音透碧霄。
空有許多雄氣力，無人提挈謾徒勞。

宋江在馬上與盧俊義笑道：「這胡敲正比著我和你，空有沖天的本事，無人提挈，何能振響！」盧俊義道：「兄長何故發此言？據我等胸中學識，不在古今名將之下。如無本

事，枉自有人提挈，亦作何用？」宋江道：「賢弟差矣！我等若非宿太尉一力保奏，如何能夠天子重用，爲人不可忘本！」盧俊義自覺失言，不敢回話。◎26兩個回到營寨，升帳而坐。當時會集諸將，除女將瓊英因懷孕染病，留下東京，著葉清夫婦伏侍，請醫調治外，其餘將佐，盡教收拾鞍馬、衣甲，準備起身，征討方臘。後來瓊英病痊，彌月，產下一個面方耳大的兒子，取名叫做張節。次後聞得丈夫被賊將厲天閏殺死於獨松關，瓊英哀慟昏絕，隨即同葉清夫婦，親自到獨松關，扶柩到張清故鄉彰德府安葬。葉清又因病故，瓊英同安氏老嫗，苦守孤兒。張節長大，跟吳玠※13大敗金兀朮於和尚原，殺得兀朮亟鬄鬚髯※14而遁。因此張節得封官爵，歸家養母，以終天年，奏請表揚其母貞節。此是瓊英等貞節孝義的結果。

話休絮煩。再說宋江於奉詔討方臘的次日，於內府關到賞賜緞匹、銀兩，分俵諸將，給散三軍頭目，便就起送金大堅、皇甫端去御前聽用。宋江一面調撥戰船先行，著令水軍頭領整頓篙櫓、風帆，撐駕望大江進發，傳令與馬軍頭領，整頓弓、箭、槍、刀、衣袍、鎧甲。水陸並進，船騎同行，收拾起程。只見蔡太師差府幹到營，索取聖手書生蕭讓，要他代筆。次日，王都尉自來問宋江求要鐵叫子樂和，◎27聞此人善能歌唱，要他府裏使令。宋江只得依允，隨即又起送了二人去訖。宋江自此去了五個弟兄，心中

註

※13吳玠：吳玠（一〇九三～一一三九年）南宋抗金名將。字晉卿，德順軍隴幹（今甘肅靜寧）人，後移居水洛（今甘肅莊浪）。早年從軍禦邊，抗擊西夏建功。後領兵抗金，和尚原之戰中，大敗金兵兀朮部，破川陝路金兵進攻。因功官至四川宣撫使。

※14亟鬄鬚髯：亟鬄，音極替，鬄古同「剃」字。急忙剃掉鬍鬚的意思。

評點

◎25.小小觸物處，又生出一段情慨，眞好思緒。（袁眉）
◎26.數轉語甚妙。（袁眉）
◎27.直照第一回人來。（芥眉）

好生鬱鬱不樂。當與盧俊義計議定了，號令諸軍，準備出師。

卻說這江南方臘造反已久，積漸而成，不想弄到許大事業。◎[28]此人原是歙州※[15]山中樵夫，因去溪邊淨手，水中照見自己頭戴平天冠，身穿袞龍袍，以此向人說自家有天子福分。因朱勔※[16]在吳中徵取花石綱，百姓大怨，◎[29]人人思亂，方臘趁機造反，就清溪縣※[17]內幫源洞中，起造寶殿、內苑、宮闕，睦州、歙州亦各有行宮，仍設文武職臺、省院官僚、內相外將，一應大臣。睦州即今時建德，宋改爲嚴州；歙州即今時婺源，宋改爲徽州。這方臘直從這裏佔到潤州，今鎮江是也。共該八州二十五縣。那八州：歙州、睦州、杭州、蘇州、常州、湖州、宣州、潤州。那二十五縣，都是這八州管下。此時嘉興、松江、崇德、海寧，皆是縣治。方臘自爲國王，獨霸一方，非同小可。◎[30]原來方臘上應天書，推背圖上道：「十千加一點，冬盡始稱尊。縱橫過浙水，顯跡在吳興。」那十千，是万也；頭加一點，乃方字也。冬盡，乃臘也；稱尊者，乃南面爲君也。正應方臘二字。佔據江南八郡，隔著長江天塹，又比淮西差多少來去。◎[31]

再說宋江選將出師，相辭了省院諸官，當有宿太尉、趙樞密親來送行，賞勞三軍。水軍頭領已把戰船從泗水※[18]入淮河，望淮安軍壩，俱到揚州取齊。宋江、盧俊義謝了宿太尉、趙樞密，將人馬分作五起，取旱路投揚州來。於路無話，前軍已到淮安縣※[19]屯扎。當有本州官員，置筵設席，等接宋先鋒到來，請進城中管待，訴說：「方臘賊兵浩大，不可輕敵。前面便是揚子大江，此是江南第一個險隘去處。隔江卻是潤州。如今是

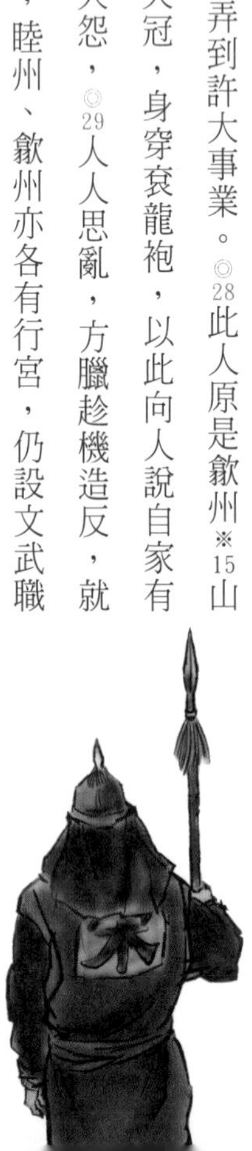

方臘手下樞密呂師囊並十二個統制官守把住江岸。若不得潤州爲家，難以抵敵。」宋江聽了，便請軍師吳用計較良策，即目前面大江攔截，須用水軍船隻向前。吳用道：「揚子江中，有金、焦二山，靠著潤州城郭。可叫幾個弟兄，前去探路，打聽隔江消息，用何船隻，可以渡江。」宋江傳令，教喚水軍頭領前來聽令：「你衆弟兄，誰人與我先去探路，打聽隔江消息？」只見帳下轉過四員戰將，盡皆願往。不是這幾個人來探路，有分教：橫屍似北固山※20高，流血染揚子江赤。直教：大軍飛渡烏龍陣，戰艦平吞白雁灘。畢竟宋江軍馬怎地去收方臘？且聽下回分解。◎32

註

※15 歙州：音設。古州名，現安徽省歙縣。

※16 朱勔：（一〇七五～一一二六年），宋蘇州（今屬江蘇）人。宋徽宗垂意於奇花異石，朱勔奉迎上意，搜求浙中珍奇花石進獻，並逐年增加。政和年間，在蘇州設置應奉局，糜費官錢，百計求索，勒取花石，用船從淮河、汴河運入京城，號稱「花石綱」。方臘起義時，即以誅殺朱勔爲號召。欽宗即位，將他削官放歸田里，以後又流放，復造使將他斬首處死。

※17 清溪縣：今浙江杭州東南，宋代改名爲淳安縣。

※18 泗水：河名，淮河下游第一大支流，位於山東省中部。

※19 淮安縣：古縣名，位於今江蘇省中北部。

※20 北固山：山名，位於江蘇省鎮江市東北。是京口三山名勝之一。

評點

◎28.出養寇之敝，語有關係。（袁夾）
◎29.揭出病因。（袁夾）
◎30.氣象比梁山泊又闊大。（容眉）
◎31.好映帶。（袁夾）
◎32.李贄曰：可笑蔡京那般人不通世務，把梁山這些人馬放在京華，是分明移梁山泊到天子身邊也。萬一非宋公明有以收拾之，禍豈在江南方臘哉！（容評）

第一百十一回

張順夜伏金山寺　宋江智取潤州城

話說這九千三百里揚子大江，遠接三江，卻是漢陽江、潯陽江、揚子江。從四川直至大海，中間通著多少去處，以此呼爲萬里長江。地分吳、楚，江心內有兩座山，一座喚做金山※1，一座喚做焦山※2。金山上有一座寺，繞山起蓋，謂之寺裏山。焦山上一座寺，藏在山凹裏，不見形勢，謂之山裏寺。這兩座山，生在江中，正佔著楚尾吳頭，一邊是淮東揚州，一邊是浙西潤州，今時鎮江是也。◎1且說潤州城郭，卻是方臘手下東廳樞密使呂師囊守把江岸。此人原是歙州富戶，因獻錢糧與方臘，官封爲東廳樞密使。◎2幼年曾讀兵書戰策，慣使一條丈八蛇矛，武藝出衆。部下管領著十二個統制官，名號江南十二神，協同守把潤州江岸。那十二神：

擎天神福州沈剛　　遊弈神歙州潘文得

遁甲神睦州應明　　六丁神明州徐統

霹靂神越州張近仁　　巨靈神杭州沈澤

❀ 宋代戰船中的走舸，屬於輕便高速的戰船。

太白神湖州趙毅　　太歲神宣州高可立
吊客神常州范疇　　黃旛神潤州卓萬里
豹尾神江州和潼　　喪門神蘇州沈抃※3

話說樞密使呂師囊，統領著五萬南兵，據住江岸。甘露亭※4下，擺列著戰船三千餘隻，江北岸卻是瓜洲※5渡口，淨蕩蕩地無甚險阻。

此時先鋒使宋江兵馬戰船，水陸並進，已到淮安了，約至揚州取齊。當日宋先鋒在帳中，與軍師吳用等商議：「此去大江不遠，江南岸便是賊兵守把，誰人與我先去探路一遭，打聽隔江消息，可以進兵？」帳下轉過四員戰將，皆云願往。那四個：一個是小旋風柴進，一個是浪裏白跳張順，一個是拚命三郎石秀，一個是活閻羅阮小七。宋江道：「你四人分作兩路：張順和柴進，阮小七和石秀，可直到金、焦二山上宿歇，打聽潤州賊巢虛實，前來揚州回話。」四人辭了宋江，各帶了兩個伴當，扮做客人，取路先投揚州來。此時一路百姓，聽得大軍來征剿方臘，都挈家搬在村裏躲避了。四個人在揚州城裏分別，各辦了些乾糧。石秀自和阮小七帶了兩個伴當，投焦山去了。

註

※1金山：位於今天江蘇鎮江西北，在長江南岸。

※2焦山：位於今天江蘇鎮江東北，處於江中。

※3抃：音變。

※4甘露亭：鎮江北固山有甘露寺，可能爲該寺內之亭。

※5瓜洲：瓜洲是古運河和揚子江的交匯處，河水江水流速緩慢，夾帶的泥沙逐漸沉積，到晉代時沙渚出水成洲，洲形如瓜。又因漕河在此分爲三支，形如「瓜」字，故而得名。此後，瓜洲繼續北大，到唐代中葉已與北岸相連，成爲江北巨鎮。

評點

◎1.說形勝亦佳。（芥眉）
◎2.以錢得官，點出不放過，便伏陳將士影子。（袁眉）

卻說柴進和張順也帶了兩個伴當，將乾糧捎在身邊，各帶把鋒鋩※6快尖刀，提了朴刀，四個奔瓜洲來。此時正是初春天氣，日暖花香，到得揚子江邊，凭高一望，淘淘雪浪，滾滾煙波，是好江景也！有詩爲證：

萬里煙波萬里天，紅霞遙映海東邊。
打魚舟子渾無事，醉擁青蓑自在眠。

這柴進二人，望見北固山下，一代都是青白二色旌旗，岸邊一字兒擺著許多船隻，江北岸上，一根木頭也無。柴進道：「瓜洲路上，雖有屋宇，並無人住，江上又無渡船，怎生得知隔江消息？」張順道：「須得一間屋兒歇下，看兄弟赴水過去對江金山腳下，打聽虛實。」柴進道：「也說得是。」當下四個人奔到江邊，見一帶數間草房，盡皆關閉，推門不開。張順轉過側首，掇開一堵壁子，鑽將入去，見個白頭婆婆，從竈邊走起來。張順道：「婆婆，你家爲甚不開門？」那婆婆答道：「實不瞞客人說，如今聽得朝廷

江蘇鎮江，金山寺寺門。拍攝時間2003年10月。（董文革提供）

張順夜入江中刺探軍情。（朱寶榮繪）

起大軍來與方臘廝殺。我這裏正是風門水口※7，有些人家都搬了別處去躲，只留下老身在這裏看屋。」張順道：「你家男子漢那裏去了？」婆婆道：「村裏去望老小去了。」張順道：「我有四個人，要渡江過去，那裏有船覓一隻？」婆婆道：「船卻那裏去討？近日呂樞密聽得大軍來和他廝殺，都把船隻拘管過潤州去了。」張順道：「我四人自有糧食，只借你家宿歇兩日，與你些銀子作房錢，並不攪擾你。」婆婆道：「歇卻不妨，只是沒有床席。」張順道：「我們自有措置。」婆婆道：「客人，只怕早晚有大軍來。」張順道：「我們自有迴避。」當時開門，放柴進和伴當入來，都倚了朴刀，放了行李，取些乾糧燒餅出來吃了。張順再來江邊，望那江景時，見金山寺正在江心裏。但見：

江呑鱉背，山聳龍鱗。爛銀盤湧出青螺※8，軟翠堆遠拖素練。遙觀金殿，受八

註

※6 鋌：刀劍等的尖端。
※7 風門水口：風口浪尖，正當其衝的意思。
※8 青螺：比喻說法，形容山峰像青螺。

面之天風；遠望鐘樓，倚千層之石壁。梵塔高侵滄海日，講堂低映碧波雲。無邊閣，看萬里征帆；飛步亭，納一天爽氣。郭璞※9墓中龍吐浪，金山寺裏鬼移燈。

張順在江邊看了一回，心中思忖道：「潤州呂樞密必然時常到這山上，我且今夜去走一遭，必知消息。」回來和柴進商量道：「如今來到這裏，一隻小船也沒，怎知隔江之事？我今夜把衣服打拴了，兩個大銀頂在頭上，直赴過金山寺去，把些財賂與那和尚，討個虛實，回報先鋒哥哥。你只在此間等候。」柴進道：「早幹了事便回。」

是夜星月交輝，風恬浪靜，水天一色。黃昏時分，張順脫膊了，扁扎起一腰白絹水裩兒，把這頭巾衣服，裹了兩個大銀，拴縛在頭上，腰間帶一把尖刀，從瓜洲下水，直赴※10開江心中來。那水淹不過他胸脯，在水中如走旱路，看看赴到金山腳下，見石峰邊纜著一隻小船。張順爬到船邊，除下頭上衣包，解了濕衣，扎拭了身上，穿上衣服，坐在船中。聽得潤州更鼓，正打三更。張順伏在船內望時，只見上溜頭一隻小船，搖將過來。張順看了道：「這隻船來得蹺蹊，必有奸細！」便要放船開去，不想那隻船一條大索鎖了，又無櫓篙。張順只得又脫了衣服，拔出尖刀，再跳下江裏，直赴到那船邊。船上兩個人搖著櫓，只望北岸，不提防南邊，只顧搖。張順卻從水底下一鑽，鑽到船邊，扳住船舷，把尖刀一削，兩個搖櫓的撒了櫓，倒撞下江裏去了。張順早跳在船上。那船艙裏鑽出兩個人來，張順手起一刀，砍得一個下水去，那個嚇得倒入艙裏去。張順喝道：「你是甚人？那裏來的船隻？實說，我便饒你！」那人道：「好漢聽稟。小人是此間揚州城外定浦村陳將士家幹人，使小人過潤州投拜呂樞密那裏獻糧，准了，使個虞候和小人同回，索要白糧五萬石、船三百隻，作進奉之禮。」張順道：「那個虞候，姓甚名誰？現在那裏？」幹人道：「虞候姓葉名貴，卻纔好漢砍下江裏去的便是。」張順道：「你卻姓甚？甚麼名字？幾時過去投拜？船裏有甚物件？」幹人道：「小人姓吳名成，今年正月初七日渡江。呂樞密直教小人去蘇州，見了御弟三大王方貌，關了號色旌旗三百面，並主人陳將士官誥，封做揚州府尹，正授中明大夫名爵，更有號衣一千領，及呂樞密劄付一道。」張順又問道：「你的主人，姓甚名字？有多少人馬？」吳成道：「人有數千，馬有百十餘匹。嫡親有兩個孩兒，好生了得。長子陳益，次子陳泰。主人將士，叫做陳觀。」張順都問了備細來情去意，一刀也把吳成剁下水裏去了。船尾上裝起櫓來，逕搖到瓜洲。柴進聽櫓聲響，急忙出來看時，見張順搖隻船來，柴進便問來由。張順把前事一一說了，柴進大喜，去船艙裏，取出一包袱文書，並三百面紅絹號旗，雜色號衣一千領，做兩擔打疊了。張順道：「我卻去取了衣裳來。」把船再搖到金山腳下，取了衣裳、巾幘、銀子，再搖到瓜洲岸邊，天色方曉，重霧罩地。張順把船砍漏，推開江裏去沉了。來到屋下，把三、二兩銀子與了婆婆，兩個伴當挑了擔子，逕回揚州來。此時宋先鋒軍馬，俱屯扎在揚州城外，本州官員迎接宋先鋒入城館驛內安下，

註

※9 郭璞：字景純，河東聞喜縣人（今山西省聞喜縣），西晉建平太守郭瑗之子。東晉著名學者，既是文學家和訓詁學家，又是道學術數大師和游仙詩的祖師。

※10 赴：通「汱」，游泳。

連日筵宴，供給軍士。

卻說柴進、張順伺候席散，在館驛內見了宋江，備說陳觀父子交結方臘，早晚誘引賊兵渡江，來打揚州。天幸江心裏遇見，教主帥成這件功勞。宋江聽了大喜，便請軍師吳用商議用甚良策。吳用道：「既有這個機會，覷潤州城易如反掌！先拿了陳觀，大事便定。只除如此如此。」即時喚浪子燕青，扮做葉虞候，教解珍、解寶扮做南軍。問了定浦村路頭，解珍、解寶挑著擔子，燕青都領了備細言語，三個出揚州城來，取路投定浦村。離城四十餘里，早問到陳將士莊前。見門首二、三十莊客，都整整齊齊，一般打扮。但見：

攢竹笠子，上鋪著一把黑纓；細線衲襖，腰繫著八尺紅絹。牛膀鞋，登山似箭；獐皮襪，護腳如綿。人人都帶雁翎刀，個個盡提鴉嘴搠。

當下燕青改作浙人鄉談，與莊客唱喏道：「將士宅上，有麼？」莊客道：「客人那裏來？」燕青道：「從潤州來。渡江錯走了路，半日盤旋，問得到此。」莊客見說，便引入客房裏去，教歇了擔子，帶燕青到後廳來見陳將士。燕青便下拜道：「葉貴就此參見！」拜罷，陳將士問道：「足下何處來？」燕青打浙音道：「迴避閑人，方敢對相公說。」陳將士道：「這幾個都是我心腹人，但說不妨。」燕青道：「小人姓葉名貴，是呂樞密帳前虞候。正月初七日，接得吳成密書，樞密甚喜，特差葉貴送吳成到蘇州，見御弟三大王，備說相公之意。三大王使人啓奏，降下官誥，就封相公爲揚州府尹。兩位直閣舍人，待呂樞密相見了時，再定官爵。◎3今欲使令吳成回程，誰想感冒風寒病症，不能動止。樞密怕誤了大事，特差葉貴送到相公官誥，並樞密文書、關防、牌面、號旗三百面、號衣一千領，克日定時，要相公糧食、船隻，前赴潤州江岸交割。」便取官誥文書遞與陳將士，看了大喜，忙擺香案，望南謝恩已了，便喚陳益、陳泰出來相見。燕青叫解珍、解寶取出號衣號旗，入後廳交付。陳將士便邀燕青請坐。燕青道：「小人是個走卒，相公處如何敢坐？」◎4陳將士道：「足下是那壁恩相差來的人，又與小官齎誥敕，怎敢輕慢？權坐無妨。」燕青再三謙讓了，遠遠地坐下。陳將士叫取酒來，把盞勸燕青，燕青推卻道：「小人天戒不飲酒。」待他把過三、兩巡酒，兩個兒子都來與父親慶賀遞酒。燕青把眼使叫解珍、解寶行

童威、童猛兄弟。（選自《水滸傳版刻圖錄》，江蘇廣陵古籍刻印社）

評點

◎3.補得妙。（袁夾）
◎4.此人用得。（容眉）

事。解寶身邊取出不按君臣的藥頭，張人眼慢，放在酒壺裏。燕青便起身說道：「葉貴雖然不曾將酒過江，借相公酒果，權爲上賀之意。」便斟一大鍾酒，上勸陳將士，滿飲此杯。隨即便勸陳益、陳泰兩個，各飲了一杯。當面有幾個心腹莊客，都被燕青勸了一杯。燕青那嘴一努，解珍出來外面尋了火種，身邊取出號旗號炮，就莊前放起。左右兩邊，已有頭領等候，只聽號炮響，前來策應。燕青在堂裏，見一個個都倒了，身邊掣出短刀，和解寶一齊動手，早都割下頭來。莊門外哄動十個好漢，從前面打將入來。那十員將佐：花和尚魯智深、行者武松、九紋龍史進、病關索楊雄、黑旋風李逵、八臂哪吒項充、飛天大聖李衮、喪門神鮑旭、錦豹子楊林、病大蟲薛永。門前衆莊客，那裏迎敵得住？裏面燕青、解珍、解寶早提出陳將士父子首級來。莊門外又早一彪人馬官軍到來，爲首六員將佐。那六員：美髯公朱仝、急先鋒索超、沒羽箭張清、混世

衆頭領殺掉陳將士全家。（日版畫，出自《新編水滸畫傳》，葛飾戴斗繪）

魔王樊瑞、打虎將李忠、小霸王周通。當下六員首將，引一千軍馬，圍住莊院，把陳將士一家老幼，盡皆殺了。◎5拿住莊客，引去浦裏看時，傍莊傍港，泊著三、四百隻船，卻滿滿裝載糧米在內。衆將得了數目，飛報主將宋江。

宋江聽得殺了陳將士，便與吳用計議進兵。收拾行李，辭了總督張招討，部領大隊人馬，親到陳將士莊上，分撥前隊將校，上船行計，一面使人催趲戰船過去。吳用道：「選三百隻快船，船上各插著方臘降來的旗號。著一千軍漢，各穿了號衣，其餘三、四千人，衣服不等。」三百隻船內，埋伏二萬餘人，更差穆弘扮做陳益，李俊扮做陳泰，各坐一隻大船，其餘船分撥將佐。

第一撥船上，穆弘、李俊管領。穆弘身邊，撥與十個偏將簇擁著。那十個：

項充　李袞　鮑旭　薛永　楊林

杜遷　宋萬　鄒淵　鄒潤　石勇

李俊身邊，也撥與十個偏將簇擁著。那十個：

童威　童猛　孔明　孔亮　鄭天壽

李立　李雲　施恩　白勝　陶宗旺

第二撥船上，差張橫、張順管領。張橫船上，撥與四個偏將簇擁著。那四個：

曹正　杜興　龔旺　丁得孫

張順船上，撥與四個偏將簇擁著。那四個：

評點

◎5.好個揚州府尹。（容夾）

孟康　侯健　湯隆　焦挺

第三撥船上便差十員正將管領，也分作兩船進發。那十個：

史進　雷橫　楊雄　劉唐　蔡慶

張清　李逵　解珍　解寶　柴進

這三百船上，分派大小正偏將佐，共計四十二員渡江。次後，宋江等卻把戰船裝載馬匹，遊龍、飛鯨等船一千隻，打著宋朝先鋒使宋江旗號，大小馬步將佐，一發載船渡江。兩個水軍頭領，一個是阮小二，一個是阮小五，總行催督。

且不說宋江中軍渡江，卻說潤州北固山上，哨見對港三百來隻戰船，一齊出浦，船上卻插著護送衣糧先鋒紅旗號，南軍連忙報入行省裏來。呂樞密聚集十二個統制官，都全副披掛，弓弩上弦，刀劍出鞘，帶領精兵，自來江邊觀看。見前面一百隻船，先傍岸攏來。船上望著兩個爲頭的，前後簇擁著的，都披著金鎖子號衣，一個個都是那彪形大漢。呂樞密下馬，坐在銀交椅上，十二個統制官兩行把住江岸。穆弘、李俊見呂樞密在江岸上坐地，起身聲喏。左右虞候喝令住船，一百隻船，一字兒抛定了錨。背後那二百隻船，乘著順風，都到了，分開在兩下攏來，一百隻在左，一百隻在右，做三下均勻擺定了。客帳司下船來問道：「船從那裏來？」穆弘答道：「小人姓陳名益，兄弟陳泰，父親陳觀，特遣某等弟兄獻納白米五萬石、船三百隻、精兵五千，來謝樞密恩相保奏之恩。」客帳司道：「前日樞密相公使葉虞候去來，現在何處？」穆弘道：「虞候和吳成

各染傷寒時疫，現在莊上養病，不能前來。今將關防文書，在此呈上。」客帳司接了文書，上江岸來稟覆呂樞密道：「揚州定浦村陳府尹男陳益、陳泰，納糧獻兵，呈上原賫去關防文書在此。」呂樞密看，果是原領公文，傳鈞旨，教喚二人上岸。客帳司喚陳益、陳泰上來參見。穆弘、李俊上得岸來，隨後二十個偏將，都跟上去。排軍喝道：「卿相在此，閑雜人不得近前！」二十個偏將都立住了。穆弘、李俊躬身叉手，遠遠侍立。客帳司半晌方纔引一人過去參拜了，跪在面前。呂樞密道：「你父親陳觀，如何不自來？」穆弘稟道：「父親聽知是梁山泊宋江等領兵到來，誠恐賊人下鄉擾攪，在家支吾，未敢擅離。」呂樞密道：「你兩個那個是兄？」穆弘道：「陳益是兄。」呂樞密道：「你弟兄兩個，曾習武藝麼？」穆弘道：「托賴恩相福蔭，頗曾訓練。」呂樞密道：「你將來白糧，怎地裝

江蘇鎮江西津古渡街景。西津古渡位於鎮江市區西部，距長江邊約有數百米之遙，是長江天塹下游地區主要渡口之一。拍攝時間2006年10月15日。（劉建明提供）

載？」穆弘道：「大船裝糧三百石，小船裝糧二百石。」呂樞密道：「你兩個來到，恐有他意！」穆弘道：「小人父子，一片孝順之心，怎敢懷半點外意？」呂樞密道：「雖然是你好心，吾觀你船上軍漢模樣非常，不由人不疑。◎6你兩個只在這裏，吾差四個統制官，引一百軍人下船搜看，但有分外之物，決不輕恕。」穆弘道：「小人此來，指望恩相重用，何必見疑！」呂師囊正欲點四個統制下船搜看，只見探馬報道：「有聖旨到南門外了，請樞相便上馬迎接。」呂樞密急上了馬，便分付道：「且與我把住江岸，這兩個陳益、陳泰隨將我來。」穆弘把眼看李俊一覺。等呂樞密先行去了，穆弘、李俊隨後招呼二十個偏將，便入城門。守門將校喝道：「樞密相公只叫這兩個為頭的入來。其餘人伴，休放進去！」穆弘、李俊過去了，二十個偏將都被擋住在城邊。且說呂樞密到南門外，接著天使，便問道：「緣何來得如此要急？」那天使是方臘面前引進使馮喜，悄悄地對呂師囊道：「近日司天太監浦文英奏道：『夜觀天象，有無數罡星入吳地分野，中間雜有一半無光，就裏為禍不小。』◎7天子特降聖旨，教樞密緊守江岸。但有北邊來的人，須要仔細盤詰，磨問實情。如是形影奇異者，隨即誅殺，勿得停留。」呂樞密聽了大驚：「卻纔這一班人，我十分疑忌，如今卻得這話。且請到城中開讀。」馮喜同呂樞密都到行省，開讀聖旨已了，只見飛馬又報：「蘇州又有使命，齎擎御弟三大王令旨到來。」言說：「你前日揚州陳將士投降一節，未可准信，誠恐有詐。近奉聖旨，近來司天監內，照見罡星入於吳地分野，可以牢守江岸。我早晚自差人到來監督。」呂樞密道：「大王亦爲此事掛心，下官已奉聖旨。」隨即令人牢守江面，來的船上人，一個也休放上岸，一面設宴管待兩個使命。

卻說那三百隻船上人，見半日沒些動靜。左邊一百隻船上張橫、張順，帶八個偏將，提軍器上岸；右邊一百隻船上十員正將，都拿了槍刀，鑽上岸來；守江面南軍，攔當不住。黑旋風李逵和解珍、解寶，便搶入城。守門官軍急出攔截，李逵掄起雙斧，一砍一剁，早殺翻兩個把門官軍。城邊發起喊來，解珍、解寶各挺鋼叉入城，都一時發作，那裏關得城門迭？李逵橫身在門底下，尋人砍殺，先至城邊二十個偏將，各奪了軍器，就殺起來。呂樞密急使人傳令來，教牢守江面時，城門邊已自殺入城了。十二個統制官，聽得城邊發喊，各提動軍馬時，史進、柴進早招起三百隻船內軍兵，脫了南軍的號衣，爲首先上岸，船艙裏埋伏軍兵，一齊都殺上岸來。爲首統制官沈剛、潘文得兩路軍馬來保城門時，沈剛被史進一刀剁下馬去，潘文得被張橫刺斜裏一槍搠倒。衆軍混殺，那十個統制官都望城子裏退入去，保守家眷。◎8穆弘、李俊在城中聽得消息，就酒店裏奪得火種，便放起火來。呂樞密急上馬時，早得三個統制官到來救應。城裏降天也似火起。瓜洲望見，先發一彪軍馬，過來接應。城裏四門，混戰良久，城上早豎起宋先鋒旗號。四面八方，混殺人馬，難以盡說，下來便見。且說江北岸，早有一百五十隻戰船傍岸，一齊牽上戰馬，爲首十員戰將登岸，都是全副披掛。那十員大將：關勝、呼延灼、花榮、秦明、郝思文、宣贊、單廷珪、韓滔、彭玘、魏定國。正偏戰將一十員，

評點

◎6.此人亦有眼力。（容眉）
◎7.浦文英亦有意思。（容眉）
◎8.好個十二神。（容夾）

部領二千軍馬，衝殺入城。此時呂樞密方纔大敗，引著中傷人馬，逕奔丹徒縣去了。大軍奪得潤州，且教救滅了火，分撥把住四門，卻來江邊，迎接宋先鋒船。正見江面上遊龍、飛鯨船隻，乘著順風，都到南岸。大小將佐迎接宋先鋒入城，預先出榜，安撫百姓，點本部將佐，都到中軍請功。史進獻沈剛首級，張橫獻潘文得首級，劉唐獻沈澤首級，孔明、孔亮生擒卓萬里，項充、李袞生擒和潼，郝思文箭射死徐統。得了潤州，殺了四個統制官，生擒兩個統制官，殺死牙將官兵，不計其數。

宋江點本部將佐，折了三個偏將，都是亂軍中被箭射死，馬踏身亡。那三個？一個是雲裏金剛宋萬，一個是沒面目焦挺，一個是九尾龜陶宗旺。宋江見折了三將，心中煩惱，怏怏不樂。吳用勸道：「生死人之分定。雖折了三個兄弟，且喜得了江南第一個險隘州郡，何故煩惱，有傷玉體？要與國家幹功，且請理論大事。」宋江道：「我等一百八人，天文所載，上應星曜。當初梁山泊發願，五臺山設誓，但願同生同死。回京之後，誰想道先去了公孫勝，御前留了金大堅、皇甫端，蔡太師又用了蕭讓，王都尉又要了樂和。今日方渡江，又折了我三個弟兄。想起宋萬這人，雖然不曾立得奇功，當初梁山泊開創之時，多虧此人。今日作泉下之客！」宋江傳令，叫軍士就宋萬死處，搭起祭儀，列了銀錢，排下烏豬、白羊，宋江親自祭祀奠酒。就押生擒到偽統制卓萬里、和潼，就那裏斬首瀝血，享祭三位英魂。宋江回府治理，支給功賞，一面寫了申狀，使人報捷，親請張招討，不在話下。沿街殺的死屍，盡教收拾出城燒化，收拾三個偏將屍骸，葬於潤州東門外。

且說呂樞密折了大半人馬，引著六個統制官，退守丹徒縣，那裏敢再進兵。申將告急文書，去蘇州報與三大王方貌求救。聞有探馬報來，蘇州差元帥邢政領軍到來了。呂樞密接見邢元帥，問慰了，來到縣治，備說陳將士詐降緣由，以致透漏宋江軍馬渡江。「今得元帥到此，可同恢復潤州。」邢政道：「三大王爲知罡星犯吳地，特差下官領軍到來，巡守江面。不想樞密失利。下官與你報仇，樞密當以助戰。」次日，邢政引軍來恢奪潤州。卻說宋江在潤州衙內與吳用商議，差童威、童猛引百餘人，去焦山尋取石秀、阮小七，一面調兵出城，來取丹徒縣。點五千軍馬，爲首差十員正將。那十人：關勝、林沖、秦明、呼延灼、董平、花榮、徐寧、朱仝、索超、楊志。當下十員正將，部領精兵五千，離了潤州，望丹徒縣來。關勝等正行之次，路上正迎著邢政軍馬。兩軍相對，各把弓箭射住陣腳，排成陣勢。南軍陣上，邢政挺槍出馬，六個統制官，分在兩下。宋軍陣中關勝見了，縱馬舞青龍偃月刀來戰邢政。兩員將鬥到十四、五合，一將翻身落馬。正是：瓦罐不離井上破，將軍必在陣前亡。畢竟二將廝殺，輸了的是誰？◎9且聽下回分解。◎10

評點

◎9.我道不是關勝。（容夾）

◎10.陳將士輸粟得官，枉送了一家性命；今之富翁而好結鄉紳者，請亟從此著眼。（袁評）

第一百十二回

盧俊義分兵宣州※1道　宋公明大戰毗陵郡※2

話說元帥邢政和關勝交馬，戰不到十四、五合，被關勝手起一刀，砍於馬下。呼延灼見砍了邢政，大驅人馬，捲殺將去，六個統制官望南而走。呂樞密見本部軍兵大敗虧輸，棄了丹徒縣，領了傷殘軍馬，望常州府而走。宋兵十員大將，奪了縣治，報捷與宋先鋒知道，部領大隊軍兵，前進丹徒縣駐扎，賞勞三軍，飛報張招討，移兵鎮守潤州。次日，中軍從、耿二參謀齎送賞賜到丹徒縣，宋江祇受，給賜眾將。

宋江請盧俊義計議調兵征進，宋江道：「目今宣、湖二州，亦是賊寇方臘佔據。我今與你分兵撥將，作兩路征剿，寫下兩個鬮子，對天拈取。若拈得所征地方，便引兵去。」當下宋江鬮得常、蘇※3二處，盧俊義鬮得宣、湖二處，宋江便叫鐵面孔目裴宣把眾將均分。除楊志患病不能征進，寄留丹徒外，其餘將校撥開兩路。宋先鋒分領將佐攻打常、蘇二處，正偏將共計四十二人，正將一十三員，偏將二十九員：

正將先鋒使呼保義宋江　軍師智多星吳用

撲天鵰李應　大刀關勝

小李廣花榮　霹靂火秦明

金槍手徐寧　美髯公朱仝

花和尚魯智深　行者武松
九紋龍史進　黑旋風李逵
神行太保戴宗
偏將鎮三山黃信　病尉遲孫立
井木犴郝思文　醜郡馬宣贊
百勝將韓滔　天目將彭玘
混世魔王樊瑞　鐵笛仙馬麟
錦毛虎燕順　八臂哪吒項充
飛天大聖李袞　喪門神鮑旭
矮腳虎王英　一丈青扈三娘
錦豹子楊林　金眼彪施恩
鬼臉兒杜興　毛頭星孔明
獨火星孔亮　轟天雷凌振
鐵臂膊蔡福　一枝花蔡慶
金毛犬段景住　通臂猿侯健
神算子蔣敬　神醫安道全

註

※1宣州：州名，今安徽宣城。

※2毗陵郡：今江蘇武進縣。

※3蘇：現在蘇州市。

險道神郁保四　鐵扇子宋清

鐵面孔目裴宣

大小正偏將佐四十二員，隨行精兵三萬人馬，宋先鋒總領。

副先鋒盧俊義亦分將佐攻打宣、湖二處，正偏將佐共四十七員，正將一十五員，偏將三十二員，朱武偏將之首，受軍師之職。

正將副先鋒玉麒麟盧俊義　軍師神機朱武

小旋風柴進　豹子頭林沖

雙槍將董平　雙鞭呼延灼

急先鋒索超　沒遮攔穆弘

病關索楊雄　插翅虎雷橫

兩頭蛇解珍　雙尾蝎解寶

沒羽箭張清　赤髮鬼劉唐

浪子燕青

偏將聖水將單廷珪　神火將魏定國

小溫侯呂方　賽仁貴郭盛

摩雲金翅歐鵬　火眼狻猊鄧飛

打虎將李忠　小霸王周通

畫中宣城，即宣州。李白《秋登宣城謝朓北樓》詩意圖，明項聖謨繪。李白，字太白，號青蓮居士，盛唐傑出的詩人，有「詩仙」之稱。（項聖謨／fotoe提供）

跳澗虎陳達　白花蛇楊春
病大蟲薛永　摸著天杜遷
小遮攔穆春　出林龍鄒淵
獨角龍鄒潤　催命判官李立
青眼虎李雲　石將軍石勇
旱地忽律朱貴　笑面虎朱富
小尉遲孫新　母大蟲顧大嫂
菜園子張青　母夜叉孫二娘
白面郎君鄭天壽　金錢豹子湯隆
操刀鬼曹正　白日鼠白勝
花項虎龔旺　中箭虎丁得孫
活閃婆王定六　鼓上蚤時遷

大小正偏將佐四十七員，隨征精兵三萬人馬，盧俊義管領。

看官牢記話頭，盧先鋒攻打宣、湖二州，共是四十七人；宋公明攻打常、蘇二處，共是四十二人。計有水軍首領，自是一夥。爲因童威、童猛差去焦山，尋見了石秀、阮小七，回報道：「石秀、阮小七來到江邊，殺了一家老小，奪得一隻快船，前到焦山寺內。寺主知道是梁山泊好漢，留在寺中宿食。後知張順幹了功勞，打聽得焦山下船，取茆※4港，好去攻伐江陰、太倉，沿海州縣，使人申將文書來，索請水軍頭領，並要戰具船隻。」宋江即差李俊等八員，撥與水軍五千，跟隨石秀、阮小七等，共取水路，計正偏將一十員。那十員，正將七員，偏將三員：

拚命三郎石秀　混江龍李俊
船火兒張橫　浪裏白跳張順
立地太歲阮小二　短命二郎阮小五
活閻羅阮小七　出洞蛟童威
翻江蜃童猛　玉旛竿孟康

大小正偏將佐一十員，水軍精兵五千，戰船一百隻。

看官聽說，宋江自丹徒分兵，共是九十九人，已自不滿百數。◎1大戰船都撥與水軍頭領攻打江陰、太倉，小戰船卻俱入丹徒，都在裏港，隨軍攻打常州。

話說呂師囊引了六個統制官，退保常州毗陵郡。這常州原有守城統制官錢振鵬，手下兩員副將，一個是晉陵縣上濠人氏，姓金名節，一個是錢振鵬心腹之人許定。錢振鵬原是清溪縣都頭出身，協助方臘，累得城池，升做常州制置使。聽得呂樞密失利，折了潤州，一路退回常州，隨即引金節、許定，開門迎接，請入州治，管待已了，商議迎戰之策。錢振鵬道：「樞相放心。錢某不才，願施犬馬之勞，直殺得宋江那廝們大敗過江，恢復潤州，方遂吾願！」呂樞密撫慰道：「若得制置如此用心，何慮國家不安？成

評點

◎1.眞可傷感。（芥眉）

功之後，呂某當極力保奏，高遷重爵。」當日筵宴，不在話下。且說宋先鋒領起分定人馬，攻打常、蘇二州，撥馬軍長驅大進，望毗陵郡來。爲頭正將一員關勝，部領十員將佐。那十人：秦明、徐寧、黃信、孫立、郝思文、宣贊、韓滔、彭玘、馬麟、燕順。正偏將佐共計十一員，引馬軍三千，直取常州城下，搖旗擂鼓搦戰。呂樞密看了道：「誰敢去退敵軍？」錢振鵬備了戰馬道：「錢某當以效力向前。」呂樞密隨即撥六個統制官相助。六個是誰：應明、張近仁、趙毅、沈抃、高可立、范疇。七員將帶領五千人馬，開了城門，放下吊橋。錢振鵬使口潑風刀，騎一匹捲毛赤兔馬，當先出城。關勝見了，把軍馬暫退一步，讓錢振鵬列成陣勢，六個統制官分在兩下。對陣關勝當先立馬橫刀，厲聲高叫：「反賊聽著！汝等助一匹夫謀反，損害生靈，人神共怒！今日天兵臨境，尚不知死，敢來

註

※4 茆：同「茅」。

六員大將混戰。（日版畫，出自《新編水滸畫傳》，葛飾戴斗繪）

關勝迎戰錢振鵬。（朱寶榮繪）

與我拒敵！我等不把你這賊徒誅盡殺絕，誓不回兵！」錢振鵬聽了大怒，罵道：「量你等一夥，是梁山泊草寇，不知天時，卻不思圖王霸業，倒去降無道昏君，要來和俺大國相併。我今直殺得你片甲不回纔罷！」關勝大怒，舞起青龍偃月刀，直衝將來。錢振鵬使動潑風刀，迎殺將去。兩員將廝殺，鬥了三十合之上，錢振鵬漸漸力怯，抵當不住。南軍門旗下，兩個統制官看見錢振鵬力怯，挺兩條槍，一齊出馬，前去夾攻。關勝上首趙毅，下首范疇。宋軍門旗下，惱犯了兩員偏將，一個舞動喪門劍，一個使起虎眼鞭，搶出馬來，乃是鎮三山黃信、病尉遲孫立。六員將，三對兒在陣前廝殺。呂樞密急使許定、金節出城助戰。兩將得令，各持兵器，都上馬直到陣前，見趙毅戰黃信，范疇戰孫立，卻也都是對手。鬥到間深裏，趙毅、范疇漸折便宜。許定、金節各使一口大刀出陣。宋軍陣中韓滔、彭玘二將，雙出來迎。金節戰住韓滔，許定戰住彭玘，四將又鬥，五隊兒在陣前廝殺。

原來金節素有歸降大宋之心，故意要本隊陣亂，略鬥數合，撥回馬望本陣先走，韓滔乘勢追將去。南軍陣上高可立，看見金節被韓滔追趕得緊急，取鵰弓，搭上硬箭，滿滿地拽開，颼的一箭，把韓滔面頰上射著，倒撞下馬來。這裏秦明急把馬一拍，掄起狼牙棍前來救時，早被那裏張近仁搶出來，咽喉上復一槍，結果了性命。彭玘和韓滔是一正一副的兄弟，見他身死，急要報仇，撇了許定，直奔陣上，去尋高可立。許定趕來，卻得秦明佔住廝殺。高可立看見彭玘趕來，挺槍便迎。不提防張近仁從肋窩裏撞將

出來，把彭玘一槍搠下馬去。關勝見損了二將，心中忿怒，恨不得殺進常州，使轉神威，把錢振鵬一刀也剁於馬下。待要搶他那騎赤兔捲毛馬，不提防自己坐下赤兔馬，一腳前失，倒把關勝掀下馬來，◎2南陣上高可立、張近仁兩騎馬便來搶關勝，卻得徐寧引宣贊、郝思文二將齊出，救得關勝回歸本陣。呂樞密大驅人馬，捲殺出城，關勝眾將失利，望北退走，南兵追趕二十餘里。此日關勝折了些人馬，引軍回見宋江，訴說折了韓滔、彭玘。宋江大哭道：「誰想渡江已來，損折我五個兄弟。莫非皇天有怒，不容宋江收捕方臘，以致損兵折將？」吳用勸道：「主帥差矣！輸贏勝敗，兵家常事，不足爲怪。此是兩個將軍祿絕之日，以致如此。請先鋒免憂，且理大事。」只見帳前轉過李逵便說道：「著幾個認得殺俺兄弟的人，引我去殺那賊徒，替我兩個哥哥報仇！」◎3宋江傳令，教來日打起一面白旗：「我親自引眾將，直至城邊，與賊交鋒，決個勝負。」次日，宋公明領起大隊人馬，水陸並進，船騎相迎，拔寨都起。黑旋風李逵引著鮑旭、項充、李袞，帶領五百悍勇步軍，先來出哨，直到常州城下。

呂樞密見折了錢振鵬，心下甚憂，連發了三道飛報文書，去蘇州三大王方貌處求救，一面寫表申奏朝廷。又聽得報道：「城下有五百步軍打城，認旗上寫道爲首的是黑旋風李逵。」呂樞密道：「這廝是梁山泊第一個凶徒，慣殺人的好漢，◎4誰敢與我先去拿他？」帳前轉過兩個得勝獲功的統制官高可立、張近仁。呂樞密道：「你兩個若拿得這個賊人，我當一力保奏，加官重賞。」張、高二統制，各綽了槍上馬，帶領一千馬步兵，出城迎敵。黑旋風李逵見了，便把五百步軍一字兒擺開，手掿兩把板斧，立在陣前；喪門神鮑旭仗著一口大闊板刀，隨於側首；項充、李衮兩個，各人手挽著蠻牌，右手拿著鐵標，四個人各披前後掩心鐵甲，列於陣前。高、張二統制正是得勝狸貓強似虎，及時鴉鵲便欺鵰，統著一千軍馬，靠城排開。宋軍內有幾個探子，卻認得高可立、張近仁兩個，是殺韓滔、彭玘的，便指與黑旋風道：「這兩個領軍的，便是殺俺韓、彭二將軍的！」李逵聽了這說，也不打話，拿起兩把板斧，直搶過對陣去。◎5鮑旭見李逵殺過對陣，急呼項充、李衮舞起蠻牌，便去策應。四個齊發一聲喊，滾過對陣。高可立、張近仁吃了一驚，措手不及，急待回馬，那兩個蠻牌早滾到馬頷下。高可立、張近仁在馬上把槍望下搠時，項充、李衮把牌迎住。李逵斧起，早砍翻高可立馬腳，高可立攧下馬來。項充叫道「留下活的」時，李逵是個好殺人的漢子，那裏忍耐得住，早一斧砍下頭來。鮑旭從馬上揪下張近仁，一刀也割了頭。四個在陣裏亂殺。黑旋風把高可立的頭縛在腰裏，掄起兩把板斧，不問天地，橫身在裏面砍殺，殺得一千馬步軍，退入城去，也殺了三、四百人，直趕到吊橋邊。李逵和鮑旭兩個，便要殺入城去，項充、李衮死當回來。城上擂木、炮石，早打下來。四個回到陣前，五百軍兵依原一字擺開，那裏敢輕動？本是也要來混戰，怕黑旋風不分皂白，見的便砍，因此不敢近前。◎6塵頭起處，宋先鋒軍馬已到，李逵、鮑旭各獻首級，衆將認得是高可立、張近仁的頭，都吃了一驚道：「如何獲得仇人首級？」兩個說：「殺了許多人衆，本待要捉活的來，一

評點

◎2.亦有做作。（袁眉）
◎3.眞忠義。（容夾）
◎4.知己之言。（容夾）
◎5.如李大哥，才是言顧行、行顧言底君子。（容眉）
◎6.好點綴。（容眉）

秦玉蘭勸說丈夫歸順。（朱寶榮繪）

時手癢，忍耐不住，就便殺了。」宋江道：「既有仇人首級，可於白旗下，望空祭祀韓、彭二將。」宋江又哭了一場，放倒白旗，賞了李逵、鮑旭、項充、李袞四人，便進兵到常州城下。且說呂樞密在城中心慌，便與金節、許定，並四個統制官，商議退宋江之策。諸將見李逵等殺了這一陣，衆人都膽顫心寒，不敢出戰。問了數聲，如箭穿雁嘴，鈎搭魚腮，默默無言，無人敢應。呂樞密心內納悶，教人上城看時，宋江軍馬，三面圍住常州，盡在城下擂鼓搖旗，吶喊搦戰。呂樞密叫衆將且各上城守護。衆將退去，呂樞密自在後堂尋思，無計可施，喚集親隨左右心腹人商量，自欲棄城逃走，不在話下。

且說守將金節回到自己家中，與其妻秦玉蘭說道：「如今宋先鋒圍住城池，三面攻

評點

◎7.這個婦人倒也通得。（容眉）
◎8.不愧玉蘭之名。（容夾）
◎9.也只得聽老婆說話了。（容夾）

擊。我等城中糧食缺少，不經久困。倘或打破城池，我等那時，皆爲刀下之鬼。」秦玉蘭答道：「你素有忠孝之心，歸降之意，更兼原是宋朝舊官，朝廷不曾有甚負汝，不若去邪歸正，擒捉呂師囊，獻與宋先鋒，便是進身之計。」◎7金節道：「他手下現有四個統制官，各有軍馬。許定這廝又與我不睦，與呂師囊又是心腹之人。我恐事未必諧，反惹其禍。」其妻道：「你只密密地夤夜修一封書緘，◎8拴在箭上，射出城去，和宋先鋒達知，裏應外合取城。你來日出戰，詐敗佯輸，引誘入城，便是你的功勞。」◎9金節道：「賢妻此言極當，依汝行之。」史官詩曰：

棄暗投明免禍機，毗陵重見負羈妻。
婦人尚且存忠義，何事男兒識見迷。

次日，宋江領兵攻城得緊，呂樞密聚衆商議，金節答道：「常州城池高廣，只宜守，不可敵。

江蘇常州，明城墻城門西瀛門。拍攝時間2006年2月17日。（常鳴／fotoe提供）

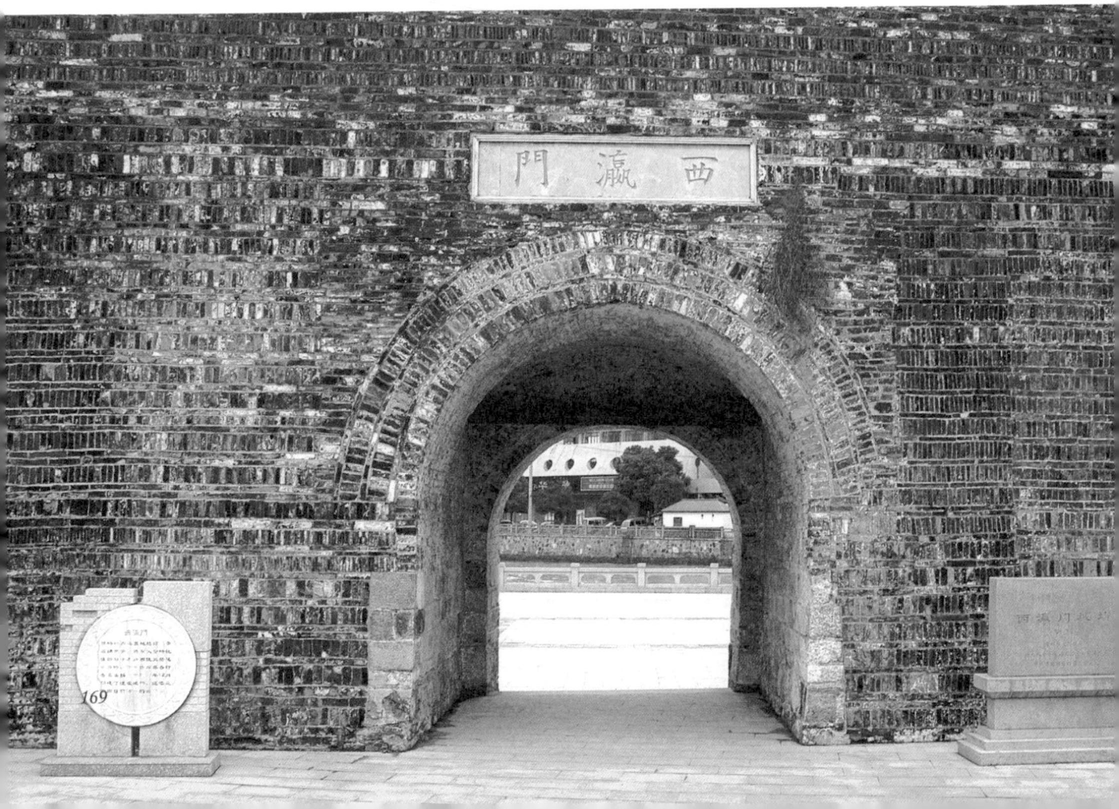

衆將且堅守，等待蘇州救兵來到，方可會合出戰。」呂樞密道：「此言極是。」分撥衆將：應明、趙毅守把東門，沈抃、范疇守把北門，金節守把西門，許定守把南門。調撥已定，各自領兵堅守。當晚金節寫了私書，拴在箭上，待夜深人靜，在城上望著西門外探路軍人射將下去。那軍校拾得箭矢，慌忙報入寨裏來。守西寨正將花和尚魯智深同行者武松兩個見了，隨即使偏將杜興齎了，飛報東北門大寨裏來。宋江、吳用點著明燭，在帳裏議事。杜興呈上金節的私書，宋江看了大喜，便傳令教三寨中知會。次日，三寨內頭領三面攻城。呂樞密在戰樓上，正觀見宋江陣裏轟天雷凌振，扎起炮架，卻放了一個風火炮，直飛起去，正打在敵樓角上，骨碌碌一聲響，平塌了半邊。呂樞密急走，救得性命下城來，催督西門守將，出城搦戰。擂了三通戰鼓，大開城門，放下吊橋，北門沈抃、范疇引軍出戰。宋軍中大刀關勝，坐下錢振鵬的捲毛赤兔馬，出於陣前，與范疇交戰。兩個正待相持，西門金節又引出一彪軍來掿戰。宋江陣上病尉遲孫立出馬。兩個交戰，鬥不到三合，金節詐敗，撥轉馬頭便走。孫立當先，燕順、馬麟爲次，魯智深、武松、孔明、孔亮、施恩、杜興，一發進兵。金節便退入城，孫立已趕入城門邊，佔住西門。城中鬧起，知道大宋軍馬已從西門進城了。那時百姓都被方臘殘害不過，怨氣沖天，聽得宋軍入城，盡出來助戰。城上早豎起宋先鋒旗號。范疇、沈抃見了城中事變，急待奔入城去，保全老小時，左邊衝出王矮虎、一丈青，早把范疇捉了。右邊衝出宣贊、郝思文兩個，一齊向前，把沈抃一槍刺下馬去，衆軍活捉了。宋江、吳用大驅人馬

入城，四下裏搜捉南兵，盡行誅殺。呂樞密引了許定，自投南門而走，死命奪路，衆軍追趕不上，自回常州聽令，論功升賞。趙毅躲在百姓人家，被百姓捉來獻出。應明亂軍中殺死，獲得首級。宋江來到州治，便出榜安撫，百姓扶老攜幼，詣州拜謝。宋江撫慰百姓，復爲良民。衆將各來請功。金節赴州治拜見宋江，宋江親自下階迎接金節，上廳請坐。金節感激無限，復爲宋朝良臣，此皆其妻贊成之功，不在話下。◎10宋江叫把范疇、沈抃、趙毅三個，陷車盛了，寫道申狀，就叫金節親自解赴潤州張招討中軍帳前。金節領了公文，監押三將，前赴潤州交割。比及去時，宋江已自先叫神行太保戴宗，齎飛報文書，保舉金節到中軍了。張招討見宋江申覆金節如此忠義，後金節到潤州，張招討大喜，賞賜金節金銀、緞匹、鞍馬、酒禮。有副都督劉光世，就留了金節，升做行軍都統，留於軍前聽用。後來金節跟隨劉光世大破金兀朮四太子，多立功勞，直做到親軍指揮使，至中山陣亡，這是金節的結果。◎11有詩爲證：

從邪廊廟生堪愧，殉義沙場骨也香。
他日中山忠義鬼，何如方臘陣中亡。

當日張招討、劉都督賞了金節，把三個賊人碎屍萬段，梟首示衆。隨即使人來常州，犒勞宋先鋒軍馬。

且說宋江在常州屯駐軍馬，使戴宗去宣州、湖州盧先鋒處，飛報調兵消息，一面又有探馬報來說，呂樞密逃回在無錫縣，又會合蘇州救兵，正欲前來迎敵。宋江聞知，

評點

◎10.旁贊一句，隨用一句銷煞，不拖遝，何等筆用。（芥眉）
◎11.了金節公案，正以忠義二字勸人。（袁眉）

便調馬軍步軍，正偏將佐十員頭領，撥與軍兵一萬，望南迎敵。那十員將佐：關勝、秦明、朱仝、李應、魯智深、武松、李逵、鮑旭、項充、李衮。當下關勝等領起前部軍兵人馬，與同衆將，辭了宋先鋒，離城去了。

且說戴宗探聽宣、湖二州進兵的消息，與同柴進回見宋江，報說副先鋒盧俊義得了宣州，特使柴大官人到來報捷。宋江甚喜。柴進到州治，參拜已了，宋江把了接風酒，同入後堂坐下，動問盧先鋒破宣州備細緣由。柴進將出申達文書，與宋江看了，備說打宣州一事◎12。方臘部下鎮守宣州經略使家余慶，手下統制官六員，都是歙州、睦州人氏。那六人：李韶、韓明、杜敬臣、魯安、潘濬、程勝祖。當日家余慶分調六個統制，做三路出城對陣，盧先鋒也分三路軍兵迎敵。中間是呼延灼和李韶交戰，董平共韓明

❁ 白面郎君鄭天壽被磨扇打死。（日版畫，出自《新編水滸畫傳》，葛飾戴斗繪）

相持。戰到十合，韓明被董平兩槍刺死，李韶遁去，中路軍馬大敗。左軍是林沖和杜敬臣交戰，索超與魯安相持。林沖蛇矛刺死杜敬臣，索超斧劈死魯安。右軍是張清和潘濬交戰，穆弘共程勝祖相持。張清一石子打下潘濬，打虎將李忠趕出去殺了。程勝祖棄馬逃回。此日連勝四將，賊兵退入城去。盧先鋒急驅衆將奪城，趕到門邊，不提防賊兵城上，飛下一片磨扇來，打死俺一個偏將。城上箭如雨點一般射下來，那箭矢都有毒藥，射中俺兩個偏將，比及到寨，俱各身死。盧先鋒因見折了三將，連夜攻城。守東門賊將不緊，因此得了宣州，亂軍中殺死了李韶，家余慶領了些敗殘軍兵，望湖州去了。智深困於陣上，不知去向。磨扇打死了白面郎君鄭天壽。兩個中藥箭的，是操刀鬼曹正、活閃婆王定六。宋江聽得又折了三個兄弟，大哭一聲，驀然倒地，未知五臟如何，先見四肢不舉。◎13正是：花開又被風吹落，月皎那堪雲霧遮。畢竟宋江昏暈倒了，性命如何？且聽下回分解。◎14

評點

◎12.盧俊義事皆以言見，以虛爲實，得省文法。（袁眉）
◎13.都是詐。（容眉）
◎14.禿翁曰：李大哥爲韓、彭報仇，都是眞的。宋公明假哭，信他不得。（容評）

第一百十三回

混江龍太湖小結義　宋公明蘇州大會垓※1

話說當下衆將救起宋江，半晌方纔甦醒，對吳用等說道：「我們今番必然收伏不得方臘了！自從渡江以來，如此不利，連連損折了我八個弟兄！」◎1吳用勸道：「主帥休說此言，恐懈軍心。當初破大遼之時，大小完全回京，皆是天數。今番折了兄弟們，此是各人壽數。眼見得渡江以來，連得了三個大郡，潤州、常州、宣州。此乃皆是天子洪福齊天，主將之虎威，如何不利！先鋒何故自喪志氣？」宋江道：「雖然天數將盡，我想一百八人，上應列宿，又合天文所載，兄弟們如手足之親。今日聽了這般凶信，不由我不傷心！」◎2吳用再勸道：「主將請休煩惱，勿傷貴體。且請理會調兵接應，攻打無錫縣。」宋江道：「留下柴大官人與我做伴。別寫軍帖，使戴院長與我送去，回覆盧先鋒，著令進兵攻打湖州，早至杭州聚會。」吳用教裴宣寫了軍帖回覆，使戴宗往宣州去了，不在話下。

卻說呂師囊引著許定，逃回至無錫縣，正迎著蘇州三大王發來救應軍兵，爲頭是六軍指揮使衛忠，帶十數個牙將，引兵一萬，來救常州，合兵一處，守住無錫縣。呂樞密訴說金節獻城一事，衛忠道：「樞密寬心，小將必然再要恢復常州。」只見探馬報道：「宋軍至近，早作準備。」衛忠便引兵上馬，出北門外迎敵，早見宋兵軍馬勢大，爲頭

是黑旋風李逵，引著鮑旭、項充、李袞，當先直殺過來。衛忠力怯，軍馬不曾擺成行列，大敗而走，◎3急退入無錫縣時，四個早隨馬後，趕入縣治。呂樞密便奔南門而走。關勝引著兵馬，已奪了無錫縣。衛忠、許定亦望南門走了，都回蘇州去了。關勝等得了縣治，便差人飛報宋先鋒。宋江與衆頭領都到無錫縣，便出榜安撫了本處百姓，復爲良民，引大隊軍馬，都屯住在本縣，卻使人申請張、劉二總兵，鎮守常州。

且說呂樞密會同衛忠、許定三個，引了敗殘軍馬，奔蘇州城來告三大王求救，訴說宋軍勢大，迎敵不住，兵馬席捲而來，以致失陷城池。三大王大怒，喝令武士，推轉呂樞密斬訖報來。衛忠等告說：「宋江部下軍將，皆是慣戰兵馬，多有勇烈好漢了得的人，更兼步卒，都是梁山泊小嘍囉，多曾慣鬥，因此難敵。」方貌道：「權且寄下你項上一刀，與你五千軍馬，首先出哨。我自分撥大將，隨後便來策應。」呂師囊拜謝了，全身披掛，手執丈八蛇矛，上馬引軍，首先出城。卻說三大王聚集手下八員戰將，名爲八驃騎，一個個都是身長力壯，武藝精熟的人。那八員：

飛龍大將軍劉贇　飛虎大將軍張威
飛熊大將軍徐方　飛豹大將軍郭世廣
飛天大將軍鄔福　飛雲大將軍苟正
飛山大將軍甄誠　飛水大將軍昌盛

註

※1會垓：會戰。劉邦曾率韓信等圍項羽於垓下，後來戲劇小說因謂會戰爲「會垓」。

評點

◎1.節節見宋江情重。（袁眉）
◎2.語出中心，情足動人，諸兄弟安得不以死極。（袁眉）
◎3.輸得如此容易，爲說嘴的下針。（芥眉）

當下三大王方貌，親自披掛，手持方天畫戟，上馬出陣，監督中軍人馬，前來交戰。馬前擺列著那八員大將，背後整整齊齊有三、二十個副將，引五萬南兵人馬，出閶闔門※2來，迎敵宋軍。前部呂師囊引著衛忠、許定，已過寒山寺了，望無錫縣而來。宋江已使人探知，盡引許多正偏將佐，把軍馬調出無錫縣，前進十里餘路。兩軍相遇，旗鼓相望，各列成陣勢。呂師囊忿那口氣，躍坐下馬，橫手中矛，親自出陣，要與宋江交戰。宋江在門旗下見了，回頭問道：「誰人敢拿此賊？」說猶未了，金槍手徐寧挺起手中金槍，驟坐下馬，出到陣前，便和呂樞密交戰。二將交鋒，左右助喊，約戰了二十餘合，呂師囊露出破綻來，被徐寧肋下刺著一槍，搠下馬去。兩軍一齊吶喊。黑旋風李逵手揮雙斧，喪門神鮑旭挺仗飛刀，項充、李袞各舞槍牌，殺過陣來，南兵大亂。宋江驅兵趕殺，正迎著方貌大隊人馬，兩邊各把弓箭射住陣腳，各列成陣勢。南軍陣上，一字擺開八將。方貌在中軍聽得說

寒山寺。位於蘇州市閶門外楓橋鎮。始建於梁天監年間（西元502年～519年），相傳唐貞觀年間高僧寒山在此住持。屢建屢毀，現存建築為清光緒年間所修。拍攝時間2001年。（吳暉／fotoe提供）

殺了呂樞密，心中大怒，便橫戟出馬來，大罵宋江道：「量你等只是梁山泊一夥打家劫舍的草賊！宋朝合敗，封你爲先鋒，領兵侵入吾地，我今直把你誅盡殺絕，方纔罷兵！」宋江在馬上指道：「你這廝只是睦州一夥村夫，量你有甚福祿，妄要圖王霸業。不如及早投降，免汝一死！天兵到此，尚自巧言抗拒！我若不把你殺盡，誓不回軍！」方貌喝道：「且休與你論口，我手下有八員猛將在此，你敢撥八個出來廝殺麼？」宋江笑道：「若是我兩個併你一個，也不算好漢。你使八個出來，我使八員首將，和你比試本事，便見輸贏。但是殺下馬的，各自擡回本陣，不許暗箭傷人，亦不許搶擄屍首。如若不見輸贏，不得混戰，明日再約廝殺。」方貌聽了，便叫八將出來，各執兵器，驟馬向前。宋江道：「諸將相讓馬軍出戰。」說言未絕，八將齊出，那八人：關勝、花榮、徐寧、秦明、朱仝、黃信、孫立、郝思文。宋江陣內，門旗開處，左右兩邊，分出八員首將，齊齊驟馬，直臨陣上。兩軍中花腔鼓擂，雜彩旗搖，各家放了一個號炮，兩軍助著喊聲，十六騎馬齊出，各自尋著敵手，捉對兒廝殺。那十六員將佐，如何見得尋著對手，配合交鋒？關勝戰劉贇，秦明戰張威，花榮戰徐方，徐寧戰鄔福，朱仝戰苟正，黃信戰郭世廣，孫立戰甄誠，郝思文戰昌盛，眞乃是難描難畫。但見：

征塵亂起，殺氣橫生。人人欲作哪吒，個個爭爲敬德。三十二條臂膊，如織錦穿梭；六十四隻馬蹄，似追風走雹。隊旗錯雜，難分赤白青黃；兵器交加，莫

註

※2閶闔門：古宮門名。指今天蘇州西北角的閶門。

辨槍刀劍戟。試看旋轉烽煙裏，眞似元宵走馬燈。

這十六員猛將，都是英雄，用心相敵，鬥到三十合之上，數中一將，翻身落馬，贏得的是誰？美髯公朱仝，一槍把苟正刺下馬來。兩陣上各自鳴金收軍，七對將軍分開，兩下各回本陣。三大王方貌，見折了一員大將，尋思不利，引兵退回蘇州城內。宋江當日催趲軍馬，直近寒山寺※3下寨，升賞朱仝。裴宣寫了軍狀，申覆張招討，不在話下。

且說三大王方貌退兵入城，堅守不出，分調諸將，守把各門，深栽鹿角。城上列著踏弩硬弓、擂木、炮石，窩鋪內熔煎金汁，女墻邊堆垛灰瓶，準備牢守城池。次日，宋江見南兵不出，引了花榮、徐寧、黃信、孫立，帶領三千餘騎馬軍，前來看城。見蘇州城郭，一周遭都是水港環繞，墻垣堅固，想道：「急不能夠打得城破。」回到寨中，和吳用計議攻城之策。有人報道：「水軍頭領正將李俊，從江陰來見主將。」宋江教請入帳中。見了李俊，宋江便問沿海消息。李俊答道：「自從撥領水軍，一同石秀等殺至江陰、太倉沿海等處，守將嚴勇、副將李玉部領水軍船隻，出戰交鋒。嚴勇在船上被阮小二一槍搠下水去，李玉已被亂箭射死，因此得了江陰、太倉。即日石秀、張橫、張順去取嘉定，三阮去取常熟，小弟特來報捷。」宋江見說大喜，賞賜了李俊，著令自往常州，去見張、劉二招討，投下申狀。◎4且說這李俊逕投常州來，見了張招討、劉都督，備說收復了江陰、太倉海島去處，殺了賊將嚴勇、李玉。張招討給與了賞賜，令回宋先鋒處聽調。李俊回到寒山寺寨中，來見宋先鋒。宋江因見蘇州城外，水面空闊，必用

評點

◎4.每捷必申張劉，見宋江小心事人，見張劉因人成事。(芥眉)

◎5.「是」字作句，傳中絕少。(芥眉)

水軍船隻廝殺，因此就留下李俊，教整點船隻，準備行事。李俊說道：「容俊去看水面闊狹，如何用兵，卻作道理。」宋江道：「是。」◎5李俊去了兩日，回來說道：「此城正南上相近太湖，兄弟欲得備舟一隻，投宜興小港，私入太湖裏去，出吳江，探聽南邊消息，然後可以進兵，四面夾攻，方可得破。」宋江道：「賢弟此言極當！只是沒有副手與你同去。」隨即便撥李大官人帶同孔明、孔亮、施恩、杜興四個，去江陰、太倉、昆山、常熟、嘉定等處，協助水軍，收復沿海縣治，便可替回童威、童猛，來幫助李俊行事。李應領了軍帖，辭別宋江，引四員偏將，投江陰去了。不過兩日，童威、童猛回來，參見宋先鋒。宋江撫慰了，就叫隨從李俊，乘駕小船，前去探聽南邊消息。

且說李俊帶了童威、童猛，駕起一葉扁舟，兩個水手搖櫓，五個人逕奔宜興小港裏去，盤旋直入太湖中來。看那太湖時，果然水天空闊，萬頃一碧。但見：

註

※3寒山寺：寒山寺在蘇州城西閶門外五公里外的楓橋鎮，建於六朝，距今已有一千四百多年。原名「妙利普明塔院」。唐代貞觀年間，傳說當時的名僧寒山和拾得曾由天臺山來此住持，改名寒山寺。唐朝詩人張繼途經寒山寺，寫有《楓橋夜泊》詩：「月落烏啼霜滿天，江楓漁火對愁眠，姑蘇城外寒山寺，夜半鐘聲到客船。」寒山古剎因此名揚天下。

李俊與童威兄弟入太湖。（日版畫，出自《新編水滸畫傳》，葛飾戴斗繪）

天連遠水，水接遙天。高低水影無塵，上下天光一色。雙雙野鷺飛來，點破碧琉璃，兩兩輕鷗驚起，衝開青翡翠。春光淡蕩，溶溶波皺魚鱗；夏雨滂沱，滾滾浪翻銀屋。秋蟾※4皎潔，金蛇游走波瀾；冬雪紛飛，玉蝶※5瀰漫天地。混沌鑿開元氣窟，馮夷※6獨佔水晶宮。

有詩為證：

溶溶漾漾白鷗飛，綠淨春深好染衣。

南去北來人自老，夕陽常送釣船歸。

當下李俊和童威、童猛並兩個水手，駕著一葉小船，逕奔太湖，漸近吳江，遠遠望見一派漁船，約有四、五十隻。李俊道：「我等只做買魚，去那裏打聽一遭。」五個人一逕搖到那打魚船邊，李俊問道：「漁翁，有大鯉魚嗎？」漁人道：「你們要大鯉魚，隨我家裏去賣與你。」李俊搖著船，跟那幾隻魚船去。沒多時，漸漸到一個處所。看時，團團一遭，都是駝腰柳樹，籬落中有二十餘家。那漁人先把船來纜了，隨即引李俊、童威、童猛三人上岸，到一個莊院裏。一腳入

太湖仙島，江蘇無錫太湖鼋頭渚風景區。拍攝時間2002年5月26日。（李金舉／fotoe提供）

得莊門，那人嗽了一聲，兩邊鑽出七、八條大漢，都拿著撓鉤，把李俊三人一齊搭住，逕捉入莊裏去，不問事情，便把三人都綁在樁木上。李俊把眼看時，只見草廳上坐著四個好漢。爲頭那個赤鬚黃髮，穿著領青綢衲襖；第二個瘦長短髯，穿著一領黑綠盤領木綿衫；第三個黑面長鬚；第四個骨臉闊腮，扇圈鬍鬚。兩個都一般穿著領青衲襖子，頭上各帶黑毡笠兒，身邊都倚著軍器。◎6爲頭那個喝問李俊道：「你等這廝們，都是那裏人氏？來我這湖泊裏做甚麼？」李俊應道：「俺是揚州人，來這裏做客，特來買魚。」那第四個骨臉的道：「哥哥休問他，眼見得是細作了。只顧與我取他心肝來吃酒。」李俊聽得這話，尋思道：「我在潯陽江上，做了許多年私商，梁山泊內又妝了幾年的好漢，卻不想今日結果性命在這裏！罷，罷，罷！」嘆了口氣，看著童威、童猛道：「今日是我連累了兄弟兩個，做鬼也只是一處去！」童威、童猛道：「哥哥休說這話，我們便死也夠了。只是死在這裏，埋沒了兄長大名。」三面廝覷著，腆起胸脯受死。那四個好漢，卻看了他們三個說了一回，互相廝覷道：「這個爲頭的人，必不是以下之人。」那爲頭的好漢又問道：「你三個正是何等樣人？可通個姓名，教我們知道。」李俊又應道：「你們要殺便殺，我等姓名，至死也不說與你，枉惹得好漢們恥笑！」那爲頭的見說了這話，便跳起來，把刀都割斷了繩索，放起這三個人來。◎7四個漁人，都扶他至屋內請坐。爲頭那個納頭便拜，說道：「我等做了一世強人，不曾見你這般好義氣人物！

註

※4秋蟾：秋月。

※5玉蝶：玉作的蝴蝶，形容雪花飛舞，猶如白色的蝴蝶一樣。

※6馮夷：馮夷是黃河水神的名字，通稱河伯。

評點

◎6.看他敘法分總之妙。（袁眉）

◎7.這人也不俗。（容夾）

好漢，三位老兄正是何處人氏？願聞大名姓字。」李俊道：「眼見得你四位大哥，必是個好漢了。便說與你，隨你們拿我三個那裏去。我三個是梁山泊宋公明手下副將。我是混江龍李俊。這兩個兄弟，一個是出洞蛟童威，一個是翻江蜃童猛。今來受了朝廷招安，新破遼國，班師回京，又奉敕命，來收方臘。你若是方臘手下人員，便解我三人去請賞，休想我們掙扎！」那四個聽罷，納頭便拜，◎8齊齊跪道：「有眼不識泰山，卻纔甚是冒瀆，休怪！休怪！俺四個兄弟，非是方臘手下，原舊都在綠林叢中討衣吃飯。今來尋得這個去處，地名喚做榆柳莊，四下裏都是深港，非船莫能進。俺四個只著打魚的做眼，太湖裏面尋些衣食。近來一冬，都學得些水勢，因此無人敢來侵傍。俺們也久聞你梁山泊宋公明招集天下好漢，並兄長大名，亦聞有個浪裏白跳張順，不想今日得遇哥哥！」李俊道：「張順是我弟兄，亦做同班水軍頭領，現在江陰地面，收捕賊人。改日同他來，卻和你

◎8 郭世廣命軍士檢查船隻，卻沒查出端倪。（日版畫，出自《新編水滸畫傳》，葛飾戴斗繪）

們相會。願求你等四位大名。」爲頭那一個道：「小弟們因在綠林叢中走，都有異名，哥哥勿笑！小弟是赤鬚龍費保，一個是捲毛虎倪雲，一個是太湖蛟卜青，一個是瘦臉熊狄成。」◎9李俊聽說了四個姓名，大喜道：「列位從此不必相疑，喜得是一家人！俺哥哥宋公明現做收方臘正先鋒，即日要取蘇州，不得次第※7，特差我三個人來探路。今既得遇你四位好漢，可隨我去見俺先鋒，都保你們做官，待收了方臘，朝廷升用。」費保道：「容覆。若是我四個要做官時，方臘手下，也得個統制做了多時。所以不願爲官，只求快活。◎10若是哥哥要我四人幫助時，水裏水裏去，火裏火裏去；若說保我做官時，其實不要。」◎11李俊道：「既是恁地，我等只就這裏結義爲兄弟如何？」四個好漢見說大喜，便叫宰了一口豬、一羫※8羊，致酒設席，結拜李俊爲兄。李俊叫童威、童猛都結義了。

七個人在榆柳莊上商議，說宋公明要取蘇州一事。「方貌又不肯出戰，城池四面是水，無路可攻，舟船港狹，難以准敵，似此怎得城子破？」費保道：「哥哥且寬心住兩日。杭州不時間有方臘手下人來蘇州公幹，可以乘勢智取城郭。小弟使幾個打魚的去緝聽，若還有人來時，便定計策。」李俊道：「此言極妙！」費保便喚幾個漁人，先行去了，自同李俊每日在莊上飲酒。在那裏住了兩、三日，只見打魚的回來報道：「平望鎮上，有十數隻遞運船隻，船尾上都插著黃旗，旗上寫著『承造王府衣甲』，眼見得是

註

※7 次第：次序、要領。

※8 羫：音腔。本意爲羊肋、羊骨，這裡指一頭羊。

評點

◎8.七個人都通得。（容眉）

◎9.此一段將英雄相識情事，說得明明烈烈，從梁山泊外現出一個扶餘國。想頭超遠，妙甚。（袁眉）

◎10.舉世都說做官是快活，那得有此高識！若說到做官不是快活，便是人品之幸，亦是世道之憂。（芥眉）

◎11.高人高人，李俊卻不羞？（容眉）

混江龍太湖小結義
（朱寶榮繪）

杭州解來的。每隻船上，只有五、七人。」李俊道：「既有這個機會，萬望兄弟們助力。」費保道：「只今便往。」李俊道：「但若是那船上走了一個，其計不諧了。」費保道：「哥哥放心，都在兄弟身上。」隨即聚集六、七十隻打魚小船。七籌好漢，各坐一隻，其餘都是漁人，各藏了暗器，盡從小港透入大江，四散接將去。當夜星月滿天，那十隻官船，都灣在江東龍王廟前。費保船先到，忽起一聲號哨，六、七十隻魚船，一齊攏來，各自幫住大船。那官船裏人急鑽出來，早被撓鈎搭住，三個、五個，做一串兒縛了。及至跳得下水的，都被撓鈎搭上船來。盡把小船帶住官船，都移入太湖深處，直到榆柳莊時，已是四更天氣。閑雜之人，都縛做一串，把大石頭墜定，抛在太湖裏淹死。捉得兩個爲頭的來問時，原來是守把杭州方臘大太子南安王方天定手下庫官，特奉令旨，押送新造完鐵甲三千副，解赴

李俊、童威、童猛兄弟與費保四兄弟在太湖邊喝酒。（朱寶榮繪）

蘇州三大王方貌處交割。李俊問了姓名，要了一應關防文書，也把兩個庫官殺了。李俊道：「須是我親自去和哥哥商議，方可行此一件事。」費保道：「我著人把船渡哥哥，從小港裏到軍前覺近便。」就叫兩個漁人，搖一隻快船送出去。李俊分付童威、童猛並費保等，且教把衣甲船隻，悄悄藏在莊後港內，休得吃人知覺了。費保道：「無事。」自來打併船隻。

　　卻說李俊和兩個漁人，駕起一葉快船，逕取小港，棹到軍前寒山寺上岸。來至寨中，見了宋先鋒，備說前事。吳用聽了大喜道：「若是如此，蘇州唾手可得！便請主將傳令，就差李逵、鮑旭、項充、李袞，帶領衝陣牌手二百人，跟隨李俊回太湖莊上，與費保等四位好漢，如此行計，約在第二日進發。」李俊領了軍令，帶同一行人，直到太湖邊來。三個先過湖去，卻把船隻接取李逵等一干人，都到榆柳莊上。李俊引著李逵、鮑旭、項充、李袞四個，和費保等相見了。費保看見李逵這般相貌，都皆駭然。邀取二百餘人，在莊上置備酒食相待。到第三日，眾人商議定了。費保扮做解衣甲正庫官，倪雲扮做副使，都穿了南官的號衣，將帶了一應關防文書，眾漁人都裝做官船上艄公水手，卻藏黑旋風等二百餘人將校在船艙裏；卜青、狄成押著後船，都帶了放火的器械。卻欲要行動，只見漁人又來報道：「湖面上有一隻船，在那裏搖來搖去。」◎12李俊道：「又來作怪！」急急自去看時，船頭上立著兩個人，看來卻是神行太保戴宗和轟天雷凌振。李俊唿了一聲號哨，那隻船飛也似奔來莊上，到得岸邊，上岸來，都相見了。

李俊問：「二位何來？甚事見報？」戴宗道：「哥哥急使李逵來了，正忘卻一件大事，特地差我與凌振齎一百號炮在船裏，湖面上尋趕不上，這裏又不敢攏來傍岸，教兄弟明早卯時進城，到得裏面，便放這一百個火炮爲號。」李俊道：「最好！」便就船裏，搬過炮籠炮架來，都藏埋衣甲船內。費保等聞知是戴宗，又置酒設席管待。凌振帶來十個炮手，都埋伏攏在第三隻船內。當夜四更，離莊望蘇州來，五更已後，到得城下。守門軍士，在城上望見南國旗號，慌忙報知管門大將，卻是飛豹大將軍郭世廣，親自上城來問了小校備細，接取關防文書，吊上城來看了。郭世廣使人齎至三大王府裏，辨看了來文，又差人來監視，卻纔教放入城門。郭世廣直在水門邊坐地，再叫人下船看時，滿滿地堆著鐵甲號衣，因此一隻隻都放入城去。放過十隻船了，便關水門。三大王差來的監視官員，引著五百軍，在岸上跟定，便著灣住了船。李逵、鮑旭、項充、李衮從船艙裏鑽出來。監視官見了四個人形容粗醜，急待問是甚人時，項充、李衮早舞起團牌，飛出一把刀來，把監視官剁下馬去。那五百軍欲待上船，被李逵掣起雙斧，早跳在岸上，一連砍翻十數個，那五百軍人都走了。船裏衆好漢並牌手二百餘人，一齊上岸，便放起火來。凌振就岸邊撒開炮架，搬出號炮，連放了十數個。那炮震得城樓也動，四下裏打將入去。三大王方貌正在府中計議，聽得火炮接連響，驚得魂不附體。各門守將，聽得城中炮響不絕，各引兵奔城中來。各門飛報南軍都被冷箭射死，宋軍已上城了。蘇州城內鼎沸起來，正不知多少宋軍入城。黑旋風李逵和鮑旭引著兩個牌手，在城裏橫衝直撞，

評點

◎12.有餘波。（容眉）

追殺南兵。李俊、戴宗引著費保四人，護持凌振，只顧放炮。宋江已調三路軍將取城。宋兵殺入城來，南軍漫散，各自逃生。

且說三大王方貌急急披掛上馬，引了五、七百鐵甲軍，奪路待要殺出南門，不想正撞見黑旋風李逵這一夥，殺得鐵甲軍東西亂竄，四散奔走。小巷裏又撞出魯智深，掄起鐵禪杖打將來。方貌抵當不住，獨自躍馬，再回府來。烏鵲橋下轉出武松，趕上一刀，掠斷了馬腳，方貌倒攧將下來，被武松再復一刀砍了，提首級逕來中軍，參見先鋒請功。此時宋江已進城中王府坐下，令諸將各自去城裏搜殺南軍，盡皆捉獲。單只走了劉贇一個，◎[13]領了此敗殘軍兵，投秀州去了。有詩為證：

神器從來不可干※[9]，僭王稱號詎能安？
武松立馬誅方貌，留與凶頑做樣看。

宋江到王府坐下，便傳下號令，休教殺害良民百姓，一面教救滅了四下裏火，便出安民文榜，曉諭軍民。次後聚集諸將，到府請功。已知武松殺了方貌，朱仝生擒徐方，史進生擒了甄誠，孫立鞭打死張威，李俊槍刺死昌盛，樊瑞殺死鄔福，宣贊和郭世廣鏖戰，你我相傷，都死於飲馬橋下。其餘都擒得牙將，解來請功。宋江見折了醜郡馬宣贊，傷悼不已，便使人安排花棺彩槨，迎去虎丘山下殯葬。把方貌首級並徐方、甄誠，解赴常州張招討軍前施行。張招討就將徐方、甄誠碎剮於市，方貌首級，解赴京師。回將許多賞賜，來蘇州給散衆將。張招討移文申狀，請劉光世鎮守蘇州，卻令宋先鋒沿便進兵，收捕賊寇。只見探馬報道：「劉都督、耿參謀來守蘇州。」當日衆將都跟著宋先鋒迎接劉光世等官入城王府安下。參賀已了，宋江衆將自來州治議事，使人去探沿海水軍頭領消息如何。卻早報說，沿海諸處縣治，聽得蘇州已破，群賊各自逃散，海僻縣道，盡皆平靜了。宋江大喜，申達文書到中軍報捷，請張招討曉諭舊官復職，另撥中軍統制，前去各處守禦安民，退回水軍頭領正偏將佐，來蘇州調用。數日之間，統制等官各自分投去了。水軍頭領都回蘇州，訴說三阮打常熟，折了施恩；又去攻取昆山，折了孔亮；石秀、李應等盡皆回了；施恩、孔亮不識水性，一時落水，俱被淹死。宋江見又折了二將，心中大憂，嗟嘆不已。武松念起舊日恩義，也大哭了一場。

且說費保等四人來辭宋先鋒，要回去。宋江堅意相留，不肯，重賞了四人，再令李俊送費保等回榆柳莊去。李俊當時又和童威、童猛送費保等四人到榆柳莊上，費保等又治酒設席相款。飲酒中間，費保起身與李俊把盞，說出幾句言語來，有分教：李俊離卻中原之境，別立化外之基。正是：了身達命蟾離殼，立業成名魚化龍。畢竟費保與李俊說出甚言語來？且聽下回分解。◎14

註

※9干：冒犯的意思。

評點

◎13.將軍走劉贇句提在前，見行文之妙。（芥眉）

◎14.當事者盡如費保等敬禮賢才，推心置腹，決不至盜賊縱橫，赤黎塗炭。奈何當事者，竟別具肺腸也！（袁評）

李載贄曰：戴紗帽中絕少人品如費保四人，不要做官，卻有見識。李俊要宋江保他做官，特地當一件事與費保說，正不知費保聽之失聲大笑也！人之知量不同如此。（容評）

第一百十四回

寧海軍宋江吊孝　湧金門張順歸神◎1

話說當下費保對李俊說道：「小弟雖是個愚鹵匹夫，曾聞聰明人道：『世事有成必有敗，爲人有興必有衰。』◎2哥哥在梁山泊，勛業到今，已經數十餘載，更兼百戰百勝。去破遼國時，不曾損折了一個兄弟。今番收方臘，眼見挫動銳氣，天數不久。爲何小弟不願爲官？爲因世情不好。有日太平之後，一個個必然來侵害你性命。自古道：『太平本是將軍定，不許將軍見太平。』此言極妙！今我四人既已結義了，哥哥三人，何不趁此氣數未盡之時，尋個了身達命之處，對付些錢財，打了一隻大船，聚集幾人水手，江海內尋個靜僻處安身，以終天年，◎3豈不美哉！」李俊聽罷，倒地便拜，說道：「仁兄，重蒙教導，指引愚迷，十分全美。◎4只是方臘未曾剿得，宋公明恩義難拋，行此一步未得。今日便隨賢弟去了，全不見平生相聚的義氣。◎5若是衆位肯姑待李俊，容待收伏方臘之後，李俊引兩個兄弟逕來相投，萬望帶挈。是必賢弟們先準備下這條門路。若負今日之言，天實厭之，非爲男子也！」那四個道：「我等準備下船隻，專望哥哥到來，切不可負約！」李俊、費保結義飲酒，都約定了，誓不負盟。

次日，李俊辭別了費保四人，自和童威、童猛回來參見宋先鋒，俱說費保等四人不願爲官，只願打魚快活。宋江又嗟嘆了一回，傳令整點水陸軍兵起程。吳江縣已無賊寇，直取平望鎮，長驅而進，前望秀州※1而來。本州守將段愷聞知蘇州三大王方貌已死，只思量收拾走路。使人探知大軍離城不遠，遙望水陸路上，旌旗蔽日，船馬相連，嚇得魂消膽喪。前隊大將關勝、秦明已到城下，便分調水軍船隻，圍住西門。段愷在城上叫道：「不須攻擊，準備納降。」隨即開放城門，段愷香花燈燭，牽羊擔酒，迎接宋先鋒入城，直到州治歇下。段愷為首參見了，宋江撫慰段愷，復為良臣，便出榜安民。段愷稟說：「愷等原是睦州良民，累被方臘殘害，不得已投順部下。今得天兵到此，安敢不降？」宋江備問：「杭州寧海軍城池，是甚人守據？有多少人馬良將？」段愷稟道：「杭州城郭闊遠，人煙稠密，東北旱路，南面大江，西面是湖，乃是方臘大太子南安王方天定守把，部下有七萬餘軍馬，二十四員戰將，四個元帥，共是二十八員。為首兩個最了得：一個是歙州僧人，名號寶光如來，俗姓鄧，法名元覺，使一條禪杖，乃是渾鐵打就的，可重五十餘斤，人皆稱為國師。◎6又一個，乃是福州人氏，姓石名寶，慣使一個流星錘，百發百中，又能使一口寶刀，名為劈風刀，可以裁銅截鐵，遮莫三層鎧甲，如劈風一般過去。外有二十六員，都是遴選之將，亦皆悍勇，主帥切不可輕敵。」宋江聽罷，賞了段愷，便教去張招討軍前，說知備細。後來段愷就跟了張招討行軍，守把蘇州，卻委副都督劉光世來秀州守禦，宋先鋒卻移兵在檇李亭※2下寨。當與諸將筵宴賞軍，商議調兵攻取杭州之策。只見小旋風柴進起身道：「柴某自蒙兄長高唐州救命已

註

※1秀州：古州名，今浙江省嘉興縣。

※2檇李亭：檇，音罪，同「槜」。位於今天浙江嘉興縣西南。

評點

◎1.看其立題之法，顯回中文字輕重伸縮之妙。（芥眉）

◎2.貴保是個大聰明人。（容眉）

◎3.好議論，好見識！此中亦有留侯，可敬可羨。（袁眉）

◎4.亦是晚人。（容夾）

◎5.李俊不即退步，愈見宋公明義結之深。（袁眉）

◎6.又是一個魯智深，奇奇。（容眉）

來，一向累蒙仁兄顧愛，坐享榮華，不曾報得恩義。今願深入方臘賊巢，去做細作，或得一陣功勛，報效朝廷，也與兄長有光。未知尊意肯容否？」◎7宋江大喜道：「若得大官人肯去直入賊巢，知得裏面溪山曲折，可以進兵，生擒賊首方臘，解上京師，方表微功，同享富貴。只恐賢弟路程勞苦，去不得。」柴進道：「情願捨死一往，只是得燕青為伴同行最好。此人曉得諸路鄉談，更兼見機而作。」宋江道：「賢弟之言，無不依允。只是燕青撥在盧先鋒部下，便可行文取來。」正商議未了，聞人報道：「盧先鋒特使燕青到來報捷。」宋江見報，大喜說道：「賢弟此行，必成大功矣！恰限燕青到來，也是吉兆。」柴進也喜。

燕青到寨中，上帳拜罷宋江，吃了酒食。問道：「賢弟水路來？旱路來？」燕青答道：「乘傳※3到此。」宋江又問道：「戴宗回時，說道已進兵攻取湖州，其事如何？」燕青稟道：「自離宣州，盧先鋒分

浙江省湖州市南潯古鎮百間樓。建於明代，因沿河兩岸，約有樓房百間左右，故稱「百間樓」。拍攝時間2006年11月25日。（汪順陵／fotoe提供）

兵兩處：先鋒自引一半軍馬攻打湖州，殺死僞留守弓溫並手下副將五員，收伏了湖州，殺散了賊兵，安撫了百姓，一面行文申覆張招討，撥統制守禦，特令燕青來報捷。主將所分這一半人馬，叫林沖引領前去，攻取獨松關，都到杭州聚會。小弟來時，聽得說獨松關※4路上每日廝殺，取不得關，先鋒又同朱武去了，◎8囑付委呼延灼將軍統領軍兵，守住湖州，待中軍招討調撥得統制到來，護境安民，纔一面進兵，攻取德清縣，到杭州會合。」宋江又問道：「湖州守禦取德清，並調去獨松關廝殺，兩處分的人將，你且說與我姓名，共是幾人去，並幾人跟呼延灼來。」燕青道：「有單在此。」

分去獨松關廝殺取關，現有正偏將佐二十三員：

先鋒盧俊義　朱武　林沖　董平　張清
解珍　解寶　呂方　郭盛　歐鵬
鄧飛　李忠　周通　鄒淵　鄒潤
孫新　顧大嫂　李立　白勝　湯隆
朱貴　朱富　時遷

現在湖州守禦，即日進兵德清縣，現有正偏將佐一十九員：

呼延灼　索超　穆弘　雷橫　楊雄

註

※3傳：音賺。驛站前的車馬。
※4獨松關：位於今浙江省安吉縣南獨松嶺上。東西有高山幽澗，南北有狹谷相通，爲古代臨安經廣德通建康（今江蘇南京）之咽喉要地。

評點

◎7.柴太官人紅鸞星動了。（容眉）
◎8.更傳所聞，作尾聲關目。（芥眉）

劉唐　單廷珪　魏定國　陳達　楊春
薛永　杜遷　穆春　李雲　石勇
龔旺　丁得孫　張青　孫二娘

「這兩處將佐，通計四十二員。小弟來時，那裏商議定了，目下進兵。」宋江道：「既然如此，兩路進兵攻取最好。卻纔柴大官人，要和你去方臘賊巢裏面去做細作，你敢去麼？」燕青道：「主帥差遣，安敢不從？小弟願陪侍柴大官人去。」柴進甚喜，便道：「我扮做個白衣秀才，你扮做個僕者，一主一僕，背著琴劍書箱上路去，無人疑忌。直去海邊尋船，使過越州，卻取小路去諸暨縣，就那裏穿過山路，取睦州不遠了。」◎9商議已定，擇一日，柴進、燕青辭了宋先鋒，收拾琴劍書箱，自投海邊，尋船過去，不在話下。

且說軍師吳用再與宋江道：「杭州南半邊，有錢塘大江，通達海島，若得幾個人駕小船從海邊去進赭山門，到南門外江邊，放起號炮，豎立號旗，城中必

❀ 宋江剿匪緊要關頭，軍醫安道全被召回京。（日版畫，出自《新編水滸畫傳》，葛飾戴斗繪）

慌。你水軍中頭領，誰人去走一遭。」說猶未了，張橫、三阮道：「我們都去。」宋江道：「杭州西路又靠著湖泊，亦要水軍用度，你等不可都去。」吳用道：「只可叫張橫同阮小七，駕船將引侯健、段景住去。」當時撥了四個人，引著三十餘個水手，將帶了十數個火炮號旗，自來海邊尋船，望錢塘江裏進發。

看官聽說，這回話都是散沙一般。先人書會留傳，一個個都要說到，只是難做一時說，慢慢敷演關目，下來便見。看官只牢記關目頭行，便知衷曲奧妙。◎10

再說宋江分調兵將已了，回到秀州，計議進兵，攻取杭州，忽聽得東京有使命齎捧御酒賞賜到州。◎11宋江引大小將校，迎接入城，謝恩已罷，作御酒供宴，管待天使。飲酒中間，天使又將出太醫院奏准，為上皇乍感小疾，索取神醫安道全回京，駕前委用，◎12降下聖旨，就今來取。宋江不敢阻當。次日，管待天使已了，就行起送安道全赴京。宋江等送出十里長亭餞行，安道全自同天使回京。有詩贊曰：

安子青囊※5藝最精，山東行散※6有聲名。
人誇脈得倉公※7妙，自負丹如薊子成。
刮骨立看金鏃出，解肌時見刃痕平。
梁山結義堅如石，此別難忘手足情。

註

※5青囊：古代醫家存放醫書的布袋。

※6行散：魏晉南北朝士大夫好服五石散（一名寒食散），服後須行走以散發藥性，叫做「行散」。也稱行藥。這裏做行醫解釋。

※7倉公：漢代醫學家淳于意，倉公是他的別名。

評點

◎9.作者於天罡頭領各顯倒能，獨柴進不能戰，此處才出。但疑樊瑞學公孫勝法，何不一見？（袁眉）

◎10.提掇一番，便有眼目。（袁眉）

◎11.於多緒中，偏又插入一緒。（袁眉）

◎12.先留馬醫，後取人醫，散做得好，此便是諸將近死之局。（袁眉）

再說宋江把頒降到賞賜，分俵衆將，擇日祭旗起軍，辭別劉都督、耿參謀，上馬進兵，水陸並行，船騎同發。路至崇德縣，守將聞知，奔回杭州去了。

且說方臘太子方天定，聚集諸將在行宮議事。今時龍翔宮基址，乃是舊日行宮。方天定手下有四員大將。那四員：

寶光如來國師鄧元覺　南離大將軍元帥石寶
鎮國大將軍厲天閏　護國大將軍司行方

這四個皆稱元帥大將軍名號，是方臘加封。又有二十四員偏將。那二十四員：

厲天佑　吳値　趙毅　黃愛　晁中
湯逢士　王勣　薛斗南　冷恭　張儉
元興　姚義　溫克讓　茅迪　王仁
崔彧　廉明　徐白　張道原　鳳儀
張韜　蘇涇　米泉　貝應夔

這二十四個，皆封爲將軍。共是二十八員，在方天定行宮，聚集計議。方天定說道：「即日宋江水陸並進，過江南來，平折了與他三個大郡。止有杭州，是南國之屏障。若有虧失，睦州焉能保守？前者司天太監浦文英，奏是『罡星侵入吳地，就裏爲禍不小』，正是這夥人了。今來犯吾境界，汝等諸官，各受重爵，務必赤心報國，休得怠慢。」衆將啓奏方天定道：「主上寬心！放著許多精兵良將，未曾與宋江對敵。目今雖

評點

◎13.千古中病之語。（袁眉）

是折陷了數處州郡，皆是不得其人，以致如此。◎13今聞宋江、盧俊義分兵三路，來取杭州，殿下與國師謹守寧海軍城郭，作萬年基業。臣等衆將，各各分調迎敵。」太子方天定大喜，傳下令旨，也分三路軍馬，前去策應，只留國師鄧元覺同保城池。分去那三員元帥？乃是：

護國元帥司行方，引四員首將，救應德清：

薛斗南　黃愛　徐白　米泉

鎮國元帥厲天閏，引四員首將，救應獨松關：

厲天佑　張儉　張韜　姚義

南離元帥石寶，引八員首將總軍，出郭迎敵大隊人馬：

溫克讓　趙毅　冷恭　王仁

張道原　吳值　廉明　鳳儀

三員大將，分調三路，各引軍三萬。分撥人馬已定，各賜金帛，催促起身。元帥司行方引了一枝軍馬，救應德清州，望餘杭州進發。

且不說兩路軍馬策應去了。卻說這宋先鋒大隊軍兵，

杭州西湖湧金池《水滸傳》裏的「浪裏白跳」張順雕像。拍攝時間2002年9月。（吳國方／fotoe提供）

迤邐前進，來至臨平山，望見山頂一面紅旗，在那裏磨動。宋江當下差正將二員——花榮、秦明先來哨路，隨即催趲戰船車過長安壩來。花榮、秦明兩個，帶領了一千軍馬，轉過山嘴，早迎著南軍石寶軍馬。手下兩員首將當先，望見花榮、秦明，一齊出馬。一個是王仁，一個是鳳儀，各挺一條長槍，便奔將來。宋軍中花榮、秦明，便把軍馬擺開出戰。秦明手舞狼牙大棍，直取鳳儀，花榮挺槍來戰王仁，四馬相交，鬥過十合，不分勝敗。秦明、花榮覷見南軍後有接應，都喝一聲：「少歇！」各回馬還陣。花榮道：「且休戀戰，快去報哥哥來，別作商議。」後軍隨即飛報去中軍。宋江引朱仝、徐寧、黃信、孫立四將，直到陣前。南軍王仁、鳳儀再出馬交鋒，大罵：「敗將敢再出來交戰！」秦明大怒，舞起狼牙棍，縱馬而出，和鳳儀再戰。王仁卻搦花榮出戰。只見徐寧一騎馬，便挺槍殺去。花榮與徐寧是一副一正——金槍手、銀槍手，花榮隨即也縱馬，便出在徐寧背後，拈弓取箭在手，不等徐寧、王仁交手，覷得較親，只一箭，把王仁射下馬去，南軍盡皆失色。鳳儀見王仁被箭射下馬來，吃了一驚，措手不及，被秦明當頭一棍打著，攧下馬去，南兵漫散奔走。宋軍衝殺過去，石寶抵當不住，退回皋亭山來，直近東新橋下寨。當日天晚，策立不定，南兵且退入城去。次日，宋先鋒軍馬已過了皋亭山，直抵東新橋下寨，傳令教分調本部軍兵，作三路夾攻杭州。那三路軍兵將佐是誰？

一路分撥步軍頭領正偏將，從湯鎮路去取東門，是：

朱仝　史進　魯智深　武松　王英　扈三娘

一路分撥水軍頭領正偏將，從北新橋取古塘，截西路，打靠湖城門：

李俊　張順　阮小二　阮小五　孟康

中路馬、步、水三軍，分作三隊進發，取北關門、艮山門。前隊正偏將是：

關勝　花榮　秦明　徐寧　郝思文　凌振

第二隊總兵主將宋先鋒、軍師吳用，部領人馬。正偏將是：

戴宗　李逵　石秀　黃信　孫立　樊瑞

鮑旭　項充　李袞　馬麟　裴宣　蔣敬

燕順　宋清　蔡福　蔡慶　郁保四

第三隊水路陸路助戰策應。正偏將是：

李應　孔明　杜興　楊林　童威　童猛

當日宋江分撥大小三軍已定，各自進發。

有話即長，無話即短。且說中路大隊軍兵前隊關勝，直哨到東新橋，不見一個南軍。關勝心疑，退回橋外，使人回覆宋先鋒。宋江聽了，使戴宗傳令，分付道：「且未可輕進。每日輪兩個頭領出哨。」頭一日，是花榮、秦明，第二日徐寧、郝思文，一連哨了數日，又不見出戰。此日又該徐寧、郝思文，兩個帶了數十騎馬，直哨到北關門來，見城門大開著，兩個來到吊橋邊看時，城上一聲擂鼓響，城裏早撞出一彪軍馬來。

徐寧、郝思文急回馬時，城西偏路喊聲又起，一百餘騎馬軍衝在前面。徐寧併力死戰，殺出馬軍隊裏，回頭不見了郝思文。再回來看時，見數員將校，把郝思文活捉了入城去。徐寧急待回身，項上早中了一箭，帶著箭飛馬走時，六將背後趕來，路上正逢著關勝，救得回來，血暈倒了。六員南將，已被關勝殺退，自回城裏去了，慌忙報與宋先鋒知道。宋江急來看徐寧時，七竅流血。宋江垂淚，便喚隨軍醫士治療，拔去箭矢，用金鎗藥敷貼。宋江且教扶下戰船內將息，自來看視。當夜三四次發昏，方知中了藥箭。宋江仰天嘆道：「神醫安道全已被取回京師，此間又無良醫可救，必損吾股肱也！」◎[14]傷感不已。吳用來請宋江回寨，主議軍情，勿以兄弟之情，誤了國家重事。◎[15]宋江使人送徐寧到秀州去養病，不想箭中藥毒，調治不痊。且說宋江又差人去軍中打聽郝思文消息，次日，只見小軍來報道：「杭州北關門城上，把竹竿挑起郝思文頭來示眾。」方知道被方天定碎剮了。宋江見報，好生傷感。後半月徐寧已死，申文來報。宋江因折了二將，按兵不動，且守住大路。

卻說李俊等引兵到北新橋住扎，分軍直到古塘深山去處探路，聽得飛報道：「折了郝思文，徐寧中箭而死。」李俊與張順商議道：「尋思我等這條路道，第一要緊，是去獨松關、湖州、德清二處衝要路口。抑且賊兵都在這裏出沒，我們若當住他咽喉道路，被他兩面來夾攻，我等兵少，難以迎敵。不若一發殺入西山深處，卻好屯扎。西湖水面好做我們戰場。山西後面，通接西溪，卻又好做退步。」便使小校，報知先鋒，請取軍令。次後引兵直過桃源嶺西山深處，在今時靈隱寺屯駐。山北面西溪山口，亦扎小寨，在今時古塘深處。前軍卻來唐家瓦出哨。當日張順對李俊說道：「南兵都已收入杭州城裏去了。我們在此屯兵，今經半月之久，不見出戰，只在山裏，幾時能夠獲功？小弟今欲從湖裏沒水過去，從水門中暗入城去，放火爲號。哥哥便可進兵取他水門，就報與主將先鋒，教三路一齊打城。」李俊道：「此計雖好，恐兄弟獨力難成。」張順道：「便把這命報答先鋒哥哥許多年好情分，也不多了。」◎16李俊道：「兄弟且慢去，待我先報與哥哥，整點人馬策應。」張順道：「我這裏一面行事，哥哥一面使人去報。比及兄弟到得城裏，先鋒哥哥已自知了。」當晚張順身邊藏了一把蓼葉尖刀，飽吃了一頓酒食，來到西湖岸邊，看見那三面青山，一湖綠水，◎17遠望城郭，四座禁門，臨著湖岸。那四座門：錢塘門、湧金門、清波門、錢湖門。看官聽說，原來這杭州舊宋以前，喚做清河鎭。錢王※8手裏，改爲杭州寧海軍，設立十座城門：東有菜市門、薦橋門；南有候潮門、嘉會門；西有錢湖門、清波門、湧金門、錢塘門；北有北關門、艮山門。高宗車駕南渡之後，建都於此，喚做花花臨安府，又添了三座城門。◎18目今方臘佔據時，還是錢王舊都。城子方圓八十里，雖不比南渡以後，安排得十分的富貴，從來江山秀麗，人物奢華，所以相傳道：「上有天堂，下有蘇杭。」怎見得？

江浙昔時都會，錢塘自古繁華。休言城內風光，且說西湖景物：有一萬頃碧

註

※8錢王：五代時期吳越的創建者錢鏐，字具美，小字婆留，杭州臨安人。生於唐宣宗中元年（西元八五二年），卒於後唐長興三年（西元九三二年）。

評點

◎14.杭州醫派如此。（容夾）
◎15.自招安以後，宋江處處傷惜弟兄，吳用並不作懊悔語，每以軍情國事爲解，乃見忠義，乃可同死。（袁眉）
◎16.如何令人感念至此！（袁眉）
◎17.只兩句已說盡。（袁夾）
◎18.提揭出一番，沿革，有典有制。（袁眉）

澄澄掩映琉璃，列三千面青娜娜參差翡翠。春風湖上，豔桃濃李如描；夏日池中，綠蓋紅蓮似畫；秋雲涵如，看南國嫩菊堆金；冬雪紛飛，觀北嶺寒梅破玉。九里松青煙細細，六橋水碧響泠泠。曉霞連映三天竺※9，暮雲深鎖二高峰。風生在猿呼洞口，雨飛來龍井山頭。三賢堂畔，一條鰲背侵天，四聖觀前，百丈祥雲繚繞。蘇公堤※10東坡古蹟，孤山路和靖舊居※11。訪友客投靈隱※12去，簪花人逐淨慈※13來。平昔只聞三島遠，豈知湖北勝蓬萊？

蘇東坡學士有詩贊道：

湖光瀲灩晴偏好，山色空濛雨亦奇。
若把西湖比西子，淡妝濃抹也相宜。

又有古詞名浣溪沙爲證：

湖上朱橋響畫輪※14，溶溶春水浸春雲，碧琉璃滑淨無塵。
當路游絲迎醉客，入花黃鳥喚行人，日斜歸去奈何春！

這西湖，故宋時果是景致無比，說之不盡。◎19張順來到西陵橋上，看了半晌。時當春暖，西湖水色拖藍，四面山光疊翠。◎20張順看了道：「我身生在潯陽江上，大風巨浪，經了萬千，何曾見這一湖好水？便死在這裏，也做個快活鬼！」◎21說罷，脫下布衫，放在橋下，頭上挽著個穿心紅的鬏兒，下面著腰生絹水裙，繫一條搭膊，掛一口尖刀，赤著腳，鑽下湖裏去，卻從水底下摸將過湖來。此時已是初更天氣，月色微明，張順摸近湧金門邊，探起頭來，在水面上聽時，城上更鼓，卻打一更四點。城外靜悄悄地，沒一個人。城上女墻邊，有四、五個人在那裏探望。張順再伏在水裏去了，又等半回，再探起頭來看時，女墻邊悄不見一個人。◎22張順摸到水口邊看時，一帶都是鐵窗櫺隔著。摸裏面時，都是水簾護定，簾子上有繩索，索上縛著一串銅鈴。張順見窗櫺牢固，不能夠入城，舒隻手入去，扯那水簾時，牽得索子上鈴響，城上人早發起喊來。張順從水底下，再鑽入湖裏伏了。聽得城上人馬下來，看那水簾時，又不見有人，都在城上說道：「鈴子響得蹺蹊，莫不是個大魚，順水游來，撞動了水簾。」眾軍漢看了一回，並不見一物，又各自去睡了。張順再聽時，城樓上已打三更，打了好一回更點，想必軍人各自去東倒西歪睡熟了。張順再鑽向城邊去，料是水裏入不得城。爬上岸來看時，那城上不見一個人在上面，便欲要爬上城去，◎23且又尋思道：「倘或城上有人，卻不干折了性命，我且試探一試探。」摸些土塊，擲撒上城去。有不曾睡的軍士，叫將起來，再下來看水門時，又沒動靜。再上城來敵樓上看湖面上時，又沒一隻船隻。原來西

註

※9 三天竺：杭州飛來峰南有天竺山，山上有上、中、下三座天竺寺。

※10 蘇公堤：蘇堤俗稱蘇公堤，在西湖的西南面，是「西湖十景」之首。當年蘇東坡在杭州做官時開浚西湖，取湖泥葑草築成，因此而名。

※11 和靖舊居：和靖先生的舊居。和靖是北宋詩人林逋（西元九六七～一〇二八年），字君復，宋錢塘（今浙江杭州）人，有《林和靖先生詩集》。

※12 靈隱：靈隱寺，又名雲林禪寺，位於杭州西湖西北面，中國最早的佛教寺院和中國十大古剎之一。

※13 淨慈：淨慈寺，是西湖歷史上四大古剎之一。因為寺內鐘聲宏亮，「南屏晚鐘」成為「西湖十景」之一。西元九五四年五代吳越國錢弘俶為高僧永明禪師而建，原名永明禪院，南宋時改稱淨慈寺。

※14 畫輪：彩飾的車輪。亦指裝飾華麗的車子。

評點

◎19.又贊幾句，有餘味。（袁夾）
◎20.又即事贊兩句，妙。（袁夾）
◎21.於兄弟有情，於山水有情，才是好男子。（袁眉）
生著貪愛心了。（容夾）
此心一起，所以至今不能擺脫。可憐可憐。（容眉）
◎22.此一段寫出悄慘徘徊情景，使人淒颯。（袁眉）
◎23.這番再去，不是不是。（容眉）

◎張順在水中扯動了銅鈴。
（朱寶榮繪）

湖上船隻，已奉方天定令旨，都收入清波門外和淨慈港內，別門俱不許泊船。眾人道：「卻是作怪？」口裏説道：「定是個鬼！我們各自睡去，休要睬他！」◎24口裏雖説，卻不去睡，盡伏在女墻邊。◎25張順又聽了一個更次，不見些動靜，卻鑽到城邊來聽，上面更鼓不響。張順不敢便上去，又把些土石拋擲上城去，又沒動靜。張順尋思道：「已是四更，將及天亮，不上城去，更待幾時？」卻纔爬到半城，只聽得上面一聲梆子響，眾軍一齊起。張順從半城上跳下水池裏去，待要趁水沒時，城上踏弩、硬弓、苦竹箭、鵝卵石，一齊都射打下來。可憐張順英雄，就湧金門外水池中身死！詩曰：

曾聞善戰死兵戎，善溺終然喪水中。
瓦罐不離井上破，勸君莫但逞英雄。

話分兩頭，卻說宋江日間已接了李俊飛報，説張順沒水入城，放火爲號，便轉報與東門軍士去了。當夜宋江在帳中和吳用議事，到四更，覺道神思困倦，退了左右，在帳中伏几而臥。猛然一陣冷風，宋江起身看時，只見燈燭無光，寒氣逼人。定睛看時，見一個似人非人，似鬼非鬼，立於冷氣之中。看那人時，渾身血污著，低低道：「小弟跟隨哥哥許多年，恩愛至厚。今以殺身報答，死於湧金門下槍箭之中，今特來辭別哥哥。」宋江道：「這個不是張順兄弟？」回過臉來這邊，又見三、四個，都是鮮血滿身，看不仔細。宋江大哭一聲，驀然覺來，乃是南柯一夢。帳外左右，聽得哭聲，入來看時，宋江道：「怪哉！」叫請軍師圓夢。吳用道：「兄長卻纔困倦暫時，有何異

評點

◎24.不是鬼，卻是個金華太保。（容夾）
◎25.疑魚疑鬼，似睡不睡，一路來俱說得精細有情。（袁眉）

夢？」宋江道：「適間冷氣過處，分明見張順一身血污，立在此間，告道：『小弟跟著哥哥許多年，蒙恩至厚。今以殺身報答，死於湧金門下槍箭之中，特來辭別。』轉過臉來，這面又立著三、四個帶血的人，看不分曉，就哭覺來。」吳用道：「早間李俊報說張順要過湖裏去，越城放火爲號，莫不只是兄長記心，卻得這惡夢？」宋江道：「只想張順是個精靈的人，必然死於無辜。」吳用道：「西湖到城邊，必是險隘，想端的送了性命。張順魂來，與兄長托夢。」宋江道：「若如此時，這三、四個又是甚人？」和吳學究議論不定，坐而待旦，絕不見城中動靜，心中越疑。看看午後，只見李俊使人飛報將來說：「張順去湧金門越城，被箭射死於水中，現今西湖城上，把竹竿挑起頭來，掛著號令。」宋江見報了，又哭得昏倒，吳用等衆將亦皆傷感。原來張順爲人甚好，深得弟兄情分。宋江道：「我喪了父母，也不如此傷悼，不由我連心透骨苦痛！」◎26吳用及衆將勸道：「哥哥以國家大事爲念，休爲弟兄之情，自傷貴體。」宋江道：「我必須親自到湖邊，與他吊孝。」吳用諫道：「兄長不可親臨險地，若賊兵知得，必來攻擊。」宋江道：「我自有計較。」隨即點李逵、鮑旭、項充、李袞四個，引五百步軍去探路，宋江隨後帶了石秀、戴宗、樊瑞、馬麟，引五百軍士，暗暗地從西山小路裏去李俊寨裏。李俊等接著，請到靈隱寺中方丈內歇下。宋江又哭了一場，便請本寺僧人，就寺裏誦經，追薦張順。次日天晚，宋江叫小軍去湖邊揚一首白旛，上寫道：「亡弟正將張順之魂。」插於水邊。西陵橋上，排下許多祭物，卻分付李逵道：「如此如此。」埋伏在

❀張順被杭州守軍射死在湧金門。（選自《水滸傳版刻圖錄》，江蘇廣陵古籍刻印社）

北山路口，樊瑞、馬麟、石秀左右埋伏，戴宗隨在身邊。只等天色相近一更時分，宋江掛了白袍，金盔上蓋著一層孝絹，同戴宗並五、七個僧人，卻從小行山轉到西陵橋上。軍校已都列下黑豬、白羊、金銀祭物，點起燈燭熒煌，焚起香來。宋江在當中證盟，朝著湧金門下哭奠，戴宗立在側邊。先是僧人搖鈴誦咒，攝招呼名，祝贊張順魂魄，降墜神旛。次後戴宗宣讀祭文，宋江親自把酒澆奠，仰天望東而哭。正哭之間，只聽得橋下兩邊，一聲喊起，南北兩山，一齊鼓響，兩彪軍馬來拿宋江。正是：只因恩義如天大，惹起兵戈捲地來。畢竟宋江、戴宗怎地迎敵？且聽下回分解。◎27

評點

◎26.看至此未有不墮淚者，情之感人如此。（袁眉）

◎27.李和尚曰：張順沒水入城，極莽極痴，不是白著送了性命！（容評）

第一百十五回

張順魂捉方天定　宋江智取寧海軍

話說宋江和戴宗正在西陵橋上祭奠張順，已有人報知方天定，差下十員首將，分作兩路，來拿宋江，殺出城來。南山五將，是吳值、趙毅、晁中、元興、蘇涇；北山路也差五員首將，是溫克讓、崔彧、廉明、茅迪、湯逢士。南北兩路，共十員首將，各引三千人馬，半夜前後開門，兩頭軍兵一齊殺出來。宋江正和戴宗奠酒化紙，只聽得橋下喊聲大舉。左有樊瑞、馬麟，右有石秀，各引五千人埋伏，聽得前路火起，一齊也舉起火來，兩路分開，趕殺南北兩山軍馬。南兵見有準備，急回舊路。兩邊宋兵追趕。溫克讓引著四將，急回過河去時，不提防保叔

宋江在西陵橋上祭奠張順。（朱寶榮繪）

塔※1山背後，撞出阮小二、阮小五、孟康，引五千軍殺出來，正截斷了歸路，活捉了茅迪，亂槍戳死湯逢士。南山吳値也引著四將，迎著宋兵追趕，急退回來，不提防定香橋正撞著李逵、鮑旭、項充、李袞，引五百步隊軍殺出來。那兩個牌手，直搶入懷裏來，手舞蠻牌，飛刀出鞘，早剁倒元興。鮑旭刀砍死蘇涇，李逵斧劈死趙毅，軍兵大半殺下湖裏去了，都被淹死。投到城裏救軍出來時，宋江軍馬已都入山裏去了，都到靈隱寺取齊，各自請功受賞。兩路奪得好馬五百餘匹。宋江分付留下石秀、樊瑞、馬麟，相幫李俊等同管西湖山寨，準備攻城。宋江只帶了戴宗、李逵等回皋亭山寨中。吳用等接入中軍帳坐下，宋江對軍師說道：「我如此行計，也得他四將之首，活捉了茅迪，將來解赴張招討軍前，斬首施行。」

宋江在寨中，惟不知獨松關、德清二處消息，便差戴宗去探，急來回報。戴宗去了數日，回來寨中，參見先鋒，說知盧先鋒已過獨松關了，早晚便到此間。宋江聽了，憂喜相半，就問兵將如何。戴宗答道：「我都知那裏廝殺的備細，更有公文在此。先鋒請休煩惱。」宋江道：「莫非又損了我幾個弟兄？你休隱避我，與我實說情由。」戴宗道：「盧先鋒自從去取獨松關，那關兩邊，都是高山，只中間一條路。山上蓋著關所，關邊有一株大樹，可高數十餘丈，望得諸處皆見，下面盡是叢叢雜雜松樹。關上守把三員賊將，爲首的喚做吳升，第二個是蔣印，第三個是衛亨。初時連日下關，和林冲廝

註

※1保叔塔：位於浙江省杭州市寶石山上，又名應天塔、寶石塔。建於宋初。相傳是吳越王錢弘叔奉如入京面見宋太祖趙匡胤，久留未返。他的母舅吳延爽爲了祝其平安，特建此塔，所以叫保叔塔。

殺，被林沖蛇矛戳傷蔣印。吳升不敢下關，只在關上守護。次後厲天閏又引四將到關救應，乃是厲天佑、張儉、張韜、姚義四將。次日下關來廝殺，賊兵內厲天佑首先出馬，和呂方相持，約鬥五、六十合，被呂方一戟刺死厲天佑，賊兵上關去了，並不下來。連日在關下等了數日，盧先鋒爲見山嶺險峻，卻差歐鵬、鄧飛、李忠、周通四個上山探路，不提防厲天閏要替兄弟復仇，引賊兵衝下關來，首先一刀，斬了周通。李忠帶傷走了。若是救應得遲時，都是休了的。救得三將回寨。次日，雙槍將董平焦躁，要去復仇，勒馬在關下大罵賊將，不提防關上一火炮打下來，炮風正傷了董平左臂，回到寨裏，就使槍不得，把夾板綁了臂膊。次日定要去報仇，盧先鋒當住了，不曾去。過了一夜，臂膊料好，不教盧先鋒知道，自和張清商議了，兩個不騎馬，先行上關來。關上走下厲天閏、張韜來交戰。董平要捉厲天閏，步行使槍，厲天閏也使長槍來迎，與董平鬥了十合。董平心裏只要廝殺，爭奈左手使槍不應，只得退步。厲天閏趕下關來，張清便挺槍去搠厲天閏。厲天閏卻閃去松樹背後，張清手中那條槍，卻搠在松樹上。急要撥時，搠牢了，拽不脫，被厲天閏還一槍來，腹上正著，戳倒在地。董平見搠倒張清，急使雙槍去戰時，不提防張韜卻在背後攔腰一刀，把董平剁做兩段。盧先鋒得知，急去救應，兵已上關去了，下面又無計可施。得了孫新、顧大嫂夫妻二人，扮了逃難百姓，去到深山裏，尋得一條小路，引著李立、湯隆、時遷、白勝四個，從小路過到關上，半夜裏卻摸上關，放起火來。賊將見關上火起，知有宋兵已透過關，一齊棄了關隘便走。盧先鋒上關點兵將時，孫新、顧大嫂活捉得原守關將吳升，李立、湯隆活捉得原守關將蔣印，時遷、白勝活捉得原守關將衛亨。將此三人，都解赴張招討軍前去了。收拾得董平、張清、周通三人屍骸，葬於關上。盧先鋒追過關四十五里，趕上賊兵，與厲天閏交戰，約鬥了三十餘合，被盧先鋒殺死厲天閏，止存張儉、張韜、姚義，引著敗殘軍馬，勉強迎敵，得便退回，只在早晚便到。主帥不信，可看公文。」宋江看了公文，心中添悶，眼淚如泉。

吳用道：「既是盧先鋒得勝了，可調軍將去夾攻，南兵必敗，就行接應湖州呼延灼那路軍馬。」宋江應道：「言之極當！」便調李逵、鮑旭、項充、李袞，引三千步軍，從山路接將去。黑旋風引了軍兵，歡天喜地去了。且說宋江軍馬，攻打東門，正將朱仝等原撥五千馬步軍兵，從湯鎮路上村中奔到菜市門外，攻取東門。那時東路沿江，都是人家村居道店，賽過城中，茫茫蕩蕩，田園地段。

魯智深大戰鄧元覺。（日版畫，出自《新編水滸畫傳》，葛飾戴斗繪）

當時來到城邊，把軍馬排開，魯智深首先出陣，步行搦戰，提著鐵禪杖，直來城下大罵：「蠻撮鳥們，出來和你廝殺！」那城上見是個和尚挑戰，慌忙報入太子宮中來。當有寶光國師鄧元覺，聽得是個和尚勒戰，便起身奏太子道：「小僧聞梁山泊有這個和尚，名爲魯智深，慣使一條鐵禪杖，請殿下去東門城上，看小僧和他步鬥幾合。」方天定見說大喜，傳令旨，遂引八員猛將，同元帥石寶，都來菜市門城上，看國師迎敵。當下方天定和石寶在敵樓上坐定，八員戰將簇擁在兩邊，看寶光國師戰時，那寶光和尚怎生結束，但見：

穿一領烈火猩紅直裰，繫一條虎觔打就圓縧，掛一串七寶瓔珞數珠，著一雙九環鹿皮僧鞋。襯裏是香線金獸掩心※2，雙手使錚光渾鐵禪杖。

當時開城門，放吊橋，那寶光國師鄧元覺引五百刀手步軍，飛奔出來。魯智深見了道：「原來南軍也有這

杭州西湖西陵橋，又稱西泠橋。（劉兆明／fotoe提供）

禿廝出來。洒家教那廝吃俺一百禪杖！」也不打話，掄起禪杖，便奔將來。寶光國師也使禪杖來迎。兩個一齊都使禪杖相併。但見：

魯智深忿怒，全無清淨之心；鄧元覺生嗔，豈有慈悲之念。這個何曾尊佛道，只於月黑殺人；那個不會看經文，惟要風高放火。這個向靈山會※3上，惱如來懶坐蓮臺；那個去善法堂※4前，勒揭諦使回金杵。一個盡世不修梁武懺※5，一個平生那識祖師禪。◎1

這魯智深和寶光國師，鬥過五十餘合，不分勝敗。方天定在敵樓上看了，與石寶道：「只說梁山泊有個花和尚魯智深，不想原來如此了得，名不虛傳！鬥了這許多時，不曾折半點兒便宜與寶光和尚。」石寶答道：「小將也看得呆了，不曾見這一對敵手。」正說之間，只聽得飛馬又報道：「北關

杭州武林門。武林門是杭州城最古老的北大門，始建於隋代，有一千三百多年歷史，明代改稱武林門。拍攝時間2003年1月14日。（樹影／fotoe提供）

註

※2掩心：胸甲。
※3靈山會：佛祖在靈鷲山講經說法，成爲靈山會。
※4善法堂：佛祖講述經文的大堂。
※5梁武懺：《梁武懺》，總共有十卷，又稱爲《梁皇懺》、《梁皇寶懺》，是梁武帝爲了超度其夫人郗氏所制的《慈悲道場懺法》。

評點

◎1.好看好看，還須李和尚看耳。（容眉）

門下，又有軍到城下。」石寶慌忙起身去了。且說城下宋軍中，行者武松見魯智深戰寶光不下，恐有疏失，心中焦躁，便舞起雙戒刀，飛出陣來，直取寶光。寶光見他兩個併一個，拖了禪杖，望城裏便走。武松奮勇直趕殺去，忽地城門裏突出一員猛將，乃是方天定手下貝應夔，便挺槍躍馬，接住武松廝殺。兩個正在吊橋上撞著，被武松閃個過，撇了手中戒刀，搶住他槍桿，只一拽，連人和軍器拖下馬來，槅察的一刀，把貝應夔剁下頭來。魯智深隨後接應了回來，方天定急叫拽起吊橋，收兵入城。這裏朱仝也叫引軍退十里下寨，使人去報捷宋先鋒知會。當日宋江引軍到北關門搦戰，石寶帶了流星鎚上馬，手裏橫著劈風刀，開了城門，出來迎敵。宋軍陣上大刀關勝出馬，與石寶交戰。兩個鬥到二十餘合，石寶撥回馬便走，關勝急勒住馬，也回本陣。宋江問道：「緣何不去追趕？」關勝道：「石寶刀法不在關勝之下，雖然回馬，必定有計。」吳用道：「段愷曾說，此人慣使流星鎚，◎2回馬詐輸，漏人深入重地。」宋江道：「若去追趕，定遭毒手。」且收軍回寨，一面差人去賞賜武松。

　卻說李逵等引著步軍去接應盧先鋒，來到山路裏，◎3正撞著張儉等敗軍，併力衝殺入去，亂軍中殺死姚義。有張儉、張韜二人，再奔回關上那條路去，正逢著盧先鋒，大殺一陣，便望深山小路而走。背後追趕得緊急，只得棄了馬，奔走山下逃命。不期竹篠※6中鑽出兩個人來，各拿一把鋼叉，張儉、張韜措手不及，被兩個拿叉戳翻，直捉下山來。原來戳翻張儉、張韜的，是解珍、解寶。盧先鋒見拿二人到來，大喜，與李逵等合兵一處，會同衆將，同到皋亭山大寨中來，參見宋先鋒等，訴說折了董平、張清、周通一事，彼各傷感。諸將盡來參拜了宋江，合兵一處下寨。次日，教把張儉解赴蘇州張招討軍前，梟首示衆。將張韜就寨前割腹剜心，遙空祭奠董平、張清、周通了當。宋先鋒與吳用計議道：「啓請盧先鋒領本部人馬，去接應德清縣路上呼延灼等這支軍，同到此間，計合取城。」盧俊義得令，便點本部兵馬起程，取路望奉口鎮進發。三軍路上到得奉口，正迎著司行方敗殘軍兵回來。盧俊義接著，大殺一陣，司行方墜水而死，其餘各自逃散去了。呼延灼參見盧先鋒，合兵一處，回來皋亭山總寨，參見宋先鋒等，諸將會合計議。宋江見兩路軍馬都到了杭州，那宣州、湖州、獨松關等處，皆是張招討、從參謀自調統制前去各處護境安民，不在話下。◎4宋江看呼延灼部內，不見了雷橫、龔旺二人。呼延灼訴說：「雷橫在德清縣南門外，和司行方交鋒，鬥到三十合，被司行方砍下馬去。龔旺因和黃愛交戰，趕過溪來，和人連馬，陷倒在溪裏，被南軍亂槍戳死。米泉卻是索超一斧劈死。黃愛、徐白，衆將向前活捉在此。司行方趕逐在水裏淹死。薛斗南亂軍中逃難，不知去向。」宋江聽得又折了雷橫、龔旺兩個兄弟，淚如雨下，對衆將道：「前日張順與我托夢時，見右邊立著三、四個血污衣襟之人，在我面前現形，正是董平、張清、周通、雷橫、龔旺這夥陰魂了。我若得了杭州寧海軍時，重重地請僧人設齋，做好事，追薦超度衆兄弟。」將黃愛、徐白解赴張招討軍前斬首，不在話下。

註

※6竹篠：篠同「筱」，細竹子。亦稱「箭竹」。

評點

◎2.又照出段愷。（芥眉）
◎3.過接處都無痕跡，文至此妙矣。（容眉）
◎4.又是一樣書法。（袁眉）

當日宋江叫殺牛宰馬，宴勞衆軍。次日，與吳用計議定了，分撥正偏將佐，攻打杭州。

副先鋒盧俊義，帶領正偏將一十二員，攻打候潮門：

林沖 呼延灼 劉唐 解珍 解寶 單廷珪
魏定國 陳達 楊春 杜遷 李雲 石勇

花榮等正偏將一十四員，攻打艮山門：

花榮 秦明 朱武 黃信 孫立 李忠
鄒淵 鄒潤 李立 白勝 湯隆 穆春
朱貴 朱富

穆弘等正偏將十一員，去西山寨內，幫助李俊等，攻打靠湖門：

李俊 阮小二 阮小五 孟康 石秀 樊瑞
馬麟 穆弘 楊雄 薛永 丁得孫

孫新等正偏將八員，去東門寨幫助朱仝攻打菜市、薦橋等門：

朱仝 史進 魯智深 武松 孫新 顧大嫂

杭州重建的鼓樓。拍攝時間2005年11月。
（黃瓊／fotoe提供）

張青　孫二娘

東門寨內，取回偏將八員，兼同李應等，管領各寨探事，各處策應：

李應　孔明　楊林　杜興　童威　童猛

王英　扈三娘

正先鋒使宋江帶領正偏將二十一員，攻打北關門大路：

吳用　關勝　索超　戴宗　李逵　呂方

郭盛　歐鵬　鄧飛　燕順　凌振　鮑旭

項充　李袞　宋清　裴宣　蔣敬　蔡福

蔡慶　時遷　郁保四

當下宋江調撥將佐，取四面城門。

宋江等部領大隊人馬，直近北關門城下勒戰。城上鼓響鑼鳴，大開城門，放下吊橋，石寶首先出馬來戰。宋軍陣上，急先鋒索超平生性急，揮起大斧，也不打話，飛奔出來，便鬥石寶。兩馬相交，二將猛戰，未及十合，石寶賣個破綻，回馬便走。索超追趕，關勝急叫休去時，索超臉上著一鎚，打下馬去。鄧飛急去救時，石寶馬到，鄧飛措手不及，又被石寶一刀，砍做兩段。城中寶光國師引了數員猛將，衝殺出來，宋兵大敗，望北而走。卻得花榮、秦明等刺斜裏殺將來，衝退南軍，救得宋江回寨。石寶得勝，歡天喜地，回城中去了。

宋江等回到皋亭山大寨歇下，升帳而坐，又見折了索超、鄧飛二將，心中好生納悶。吳用諫道：「城中有此猛將，只宜智取，不可對敵。」宋江道：「似此損兵折將，用何計可取？」吳用道：「先鋒計會各門了當，再引軍攻打北關門，城裏兵馬必然出來迎敵，我卻佯輸詐敗，誘引賊兵，遠離城郭，放炮爲號，各門一齊打城。但得一門軍馬進城，便放起火來應號，賊兵必然各不相顧，可獲大功。」宋江便喚戴宗傳令知會。次日，令關勝引些少軍馬，去北關門城下勒戰。城上鼓響，石寶引軍出城，和關勝交馬。戰不過十合，關勝急退。石寶軍兵趕來，凌振便放起炮來。號炮起時，各門都發起喊來，一齊攻城。

且說副先鋒盧俊義引著林沖等調兵攻打候潮門，軍馬來到城下，見城門不關，下著吊橋。劉唐要奪頭功，一騎馬一把刀，直搶入城去。城上看見劉唐飛馬奔來，一斧砍斷繩索，墜下閘板，可憐悍勇劉唐，連馬和人同死於門下。原來杭州城子，乃錢王建都，制立三重門：關外一重閘板，中間兩扇鐵葉大門，裏面又是一層排柵門。劉唐搶到城門下，上面早放下閘板來。兩邊又有埋伏軍兵，劉唐如何不死！林沖、呼延灼見折了劉唐，領兵回營，報覆盧俊義。各門都入不去，只得且退，使人飛報宋先鋒大寨知道。宋江聽得又折了劉唐，被候潮門閘死，痛哭道：「屈死了這個兄弟！自鄆城縣結義，◎5跟著晁天王上梁山泊，受了許多年辛苦，不曾快樂。大小百十場出戰交鋒，出百死，得一生，未嘗折了銳氣。誰想今日卻死於此處！」軍師吳用道：「此非良法。這計不成，倒送了一個兄弟。且教各門退軍，別作道理。」宋江心焦，急欲要報仇雪恨，嗟嘆不已。部下黑旋風便道：「哥哥放心，我明日和鮑旭、項充、李袞四個人，好歹要拿石寶那廝！」宋江道：「那人英雄了得，你如何近傍得他？」李逵道：「我不信！我明日不捉得他，不來見哥哥面。」宋江道：「你只小心在意，休覷得等閑。」黑旋風李逵回到自己帳房裏，篩下大碗酒、大盤肉，請鮑旭、項充、李袞來吃酒，說道：「我四個，從來做一路廝殺。今日我在先鋒哥哥面前，砍了大嘴※7，明日要捉石寶那廝，你三個不要心懶。」鮑旭道：「哥哥今日也教馬軍向前，明日也教馬軍向前，今晚我等約定了，來日務要齊心向前，捉石寶那廝。我們四個都爭口氣！」◎6次日早晨，李逵等四人吃得醉飽了，都拿軍器出寨，請先鋒哥哥看廝殺。宋江見四個都半醉，便道：「你四個兄弟，休把性命作戲！」李逵道：「哥哥，休小覷我們！」宋江道：「只願你們應得口便好！」宋江上馬，帶同關勝、歐鵬、呂方、郭盛四個馬軍將佐來到北關門下，擂鼓搖旗搦戰。李逵火雜雜地，掿著雙斧，立在馬前；鮑旭挺著板刀，睜著怪眼，只待廝殺；項充、李袞各挽一面團牌，插著飛刀二十四把，挺鐵槍伏在兩側。只見城上鼓響鑼鳴，石寶騎著一匹瓜黃馬，拿著劈風刀，引兩員首將，出城來迎敵：上首吳值，下首廉明。三員將卻纔出得城來，李逵是個不怕天地的人，大吼了一聲，四個直奔到石寶馬頭前來。石寶便把劈風刀去迎時，早來到懷裏。李逵一斧，砍斷馬腳，石寶便跳下來，望馬軍群

註

※7 砍了大嘴：說了大話，吹牛。

評點

◎5.各記哭語，淺深處俱稱情而出，不疏不濫，行文有分寸之妙。（芥眉）
◎6.樊瑞如何不來用法？悶煞人。然決駁不得，一怕駁便要生發小說家厭惡事出來，不可不知。（芥眉）
眞同調也。（容眉）

裏躲了。鮑旭早把廉明一刀，砍下馬來。兩個牌手，早飛出刀來，空中似玉魚亂躍，銀葉交加。宋江把馬軍衝到城邊時，城上擂木、炮石亂打下來。宋江怕有疏失，急令退軍，不想鮑旭早鑽入城門裏去了，宋江只叫得苦。石寶卻伏在城門裏面，看見鮑旭搶將入來，剌斜裏只一刀，早把鮑旭砍做兩斷。項充、李袞急護得李逵回來。◎7宋江軍馬，退還本寨，又見折了鮑旭，宋江越添愁悶，李逵也哭奔回寨裏來。◎8吳用道：「此計亦非良策。雖是斬得他一將，卻折了李逵的副手。」

正是眾人煩惱間，只見解珍、解寶到寨來報事。宋江問其備細時，解珍稟道：「小弟和解寶直哨到南門外二十餘里，地名范村，見江邊泊著一連有數十隻船，下去問時，原來是富陽縣袁評事解糧船。小弟欲要把他殺了，本人哭道：『我等皆是大宋良民，累被方臘不時科斂，但有不從者，全家殺害。我等今得天兵到來翦除，只指望再見太平之日，誰想又遭橫亡。』小弟見他說得情切，不忍殺他，又問他道：『你緣何卻來此處？』他說：『為近奉方天定令旨，行下各縣，要

解珍、解寶得到糧船。
（朱寶榮繪）

刷洗村坊，著科斂白糧五萬石。老漢爲頭，斂得五千石，先解來交納。今到此間，爲大軍圍城廝殺，不敢前去，屯泊在此。』小弟得了備細，特來報知主將。」吳用大喜道：「此乃天賜其便，這些糧船上，定要立功。◎9便請先鋒傳令，就是你兩個弟兄爲頭，帶將炮手凌振，並杜遷、李雲、石勇、鄒淵、鄒潤、李立、白勝、穆春、湯隆，王英、扈三娘、孫新、顧大嫂、張青、孫二娘三對夫妻，扮作艄公、艄婆，都不要言語，混雜在艄後，一攬進得城去，便放連珠炮爲號，我這裏自調兵來策應。」解珍、解寶喚袁評事上岸來，傳下宋先鋒言語道：「你等既宋國良民，可依此行計。事成之後，必有重賞。」此時不由袁評事不從，許多將校，已都下船。卻把船上艄公人等，都只留在船上雜用，卻把艄公衣服脫來，與王英、孫新、張青穿了，裝扮做艄公。扈三娘、顧大嫂、孫二娘三人女將，扮做艄婆，小校人等都做搖船水手。軍器、衆將都埋藏在船艙裏，把那船一齊都放到江岸邊。此時各門圍哨的宋軍，也都不遠。袁評事上岸，解珍、解寶和那數個艄公跟著，直到城下叫門。城上得知，問了備細來情，報入太子宮中。方天定便差吳值開城門，直來江邊，點了船隻，回到城中，奏知方天定。方天定差下六員將，引一萬軍出城，攔住東北角上，著袁評事搬運糧米，入城交納。此時衆將人等，都雜在艄公、水手人內，混同搬糧運米入城，三個女將也隨入城裏去了。五千糧食，須臾之間，都搬運已了。六員首將卻統引軍入城中。宋兵分投而來，復圍住城郭，離城三、二里，列著陣勢。當夜二更時分，凌振取出九箱子母等炮，直去吳山頂上，放將起來；衆將各

評點

◎7. 四人眞是好漢，不必論成敗也。（容眉）
◎8. 李逵淚出不易，哭娘、哭鮑旭兩次耳。（袁眉）
◎9. 此法三見矣，賴袁評事前哭訴數語不同耳。（袁眉）

取火把，到處點著。城中不一時，鼎沸起來，正不知多少宋軍在城裏。方天定在宮中聽了大驚，急急披掛上馬時，各門城上軍士已都逃命去了。宋兵大振，各自爭功奪城。

且說城西山內李俊等，得了將令，引軍殺到淨慈港，奪得船隻，便從湖裏使將過來湧金門上岸。眾將分投去搶各處水門，李雲、石秀首先登城。就夜城中混戰，止存南門不圍，亡命敗軍都從那門下奔走。卻說方天定上得馬，四下裏尋不著一員將校，止有幾個步軍跟著，出南門奔走，忙忙似喪家之狗，急急如漏網之魚。走得到五雲山下，只見江裏走起一個人來，口裏銜著一把刀，赤條條跳上岸來。方天定在馬上見來得凶，便打馬要走。可奈那匹馬作怪，百般打也不動，卻似有人籠住嚼環的一般。那漢搶到馬前，把方天定扯下馬來，一刀便割了頭，卻騎了方天定的馬，一手提了頭，一手執刀，奔回杭州城來。林沖、呼延灼領兵趕到六和塔時，恰好正迎著那漢。二將認得是

張順還魂張橫，殺死方天定。（選自《水滸傳版刻圖錄》，江蘇廣陵古籍刻印社）

船火兒張橫，吃了一驚。呼延灼便叫：「賢弟那裏來？」張橫也不應，一騎馬直跑入城裏去。此時宋先鋒軍馬大隊已都入城了，就在方天定宮中爲帥府，衆將校都守住行宮。望見張橫一騎馬跑將來，衆人皆吃一驚。張橫直到宋江面前，滾鞍下馬，把頭和刀，撇在地下，納頭拜了兩拜，便哭起來。◎10宋江慌忙抱住張橫道：「兄弟，你從那裏來？阮小七又在何處？」◎11張橫道：「我不是張橫。」宋江道：「你不是張橫，卻是誰？」張橫道：「小弟是張順。因在湧金門外，被槍箭攢死，一點幽魂，不離水裏飄蕩，感得西湖震澤龍君，收做金華太保，留於水府龍宮爲神。今日哥哥打破了城池，兄弟一魂纏住方天定，半夜裏隨出城去，見哥哥張橫在大江裏，來借哥哥身殼，飛奔上岸，跟到五雲山腳下，殺了這賊，逕奔來見哥哥。」說了，驀然倒地。宋江親自扶起，張橫睜開眼，看了宋江並衆將，刀劍如林，軍士叢滿，張橫道：「我莫不在黃泉見哥哥麼？」宋江哭道：「卻纔你與兄弟張順附體，殺了方天定這賊，你不曾死，我等都是陽人，你可精細著。」張橫道：「恁地說時，我的兄弟已死了！」宋江道：「張順因要從西湖水底下去摸水門，入城放火，不想至湧金門外越城，被人知覺，槍箭攢死在彼。」張橫聽了，大哭一聲：「兄弟！」驀然倒了。衆人看張橫時，四肢不舉，兩眼朦朧，七魄悠悠，三魂杳杳。正是：未從五道將軍去，定是無常二鬼催。畢竟張橫悶倒，性命如何？且聽下回分解。◎12

評點

◎10.此一段見夕心靈幻，不可測度。（袁眉）
◎11.問得驚切，且有關目。（袁眉）
◎12.衆英雄之死，宋公明之哭，公義私恩各極其至。若捉方天定，則又張睢陽厲鬼殺賊肝腸也，出色處佳甚。（袁評）

第一百十六回　盧俊義分兵歙州道　宋公明大戰烏龍嶺※1

話說當下張橫聽得道沒了他兄弟張順，煩惱得昏暈了，半晌卻救得甦醒。宋江道：「且扶在帳房裏調治，卻再問他海上事務。」宋江令裴宣、蔣敬寫錄衆將功勞，辰巳時分，都在營前聚集。李俊、石秀生擒吳值，三員女將生擒張道原，林冲蛇矛戳死冷恭，解珍、解寶殺了崔彧，只走了石寶、鄧元覺、王勣、晁中、溫克讓五人。宋江便出榜安撫百姓，賞勞三軍，把吳值、張道原解赴張招討軍前，斬首

宋江見御使，想起死去的弟兄，不由得流淚。　（朱寶榮繪）

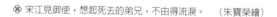

施行。獻糧袁評事申文保舉作富陽縣令，張招討處關領空頭官誥，不在話下。衆將都到城中歇下，左右報道：「阮小七從江裏上岸，入城來了。」宋江喚到帳前問時，說道：「小弟和張橫並侯健、段景住帶領水手，海邊覓得船隻，行至海鹽等處，指望便使入錢塘江來。不期風水不順，打出大洋裏去了。急使得回來，又被風打破了船，衆人都落在水裏。侯健、段景住不識水性，落下去淹死海中，衆多水手各自逃生，四散去了。小弟赴水到海口，進得赭山門，被潮直漾到半墦山，赴水回來。卻見張橫哥哥在五雲山江裏，本待要上岸來，又不知他在那地裏。◎1昨夜望見城中火起，又聽得連珠炮響，想必是哥哥在杭州城廝殺，以此從江裏上岸來。不知張橫曾到岸也不曾？」宋江說張橫之事與阮小七知道，令和他自己兩個哥哥相見了，◎2依前管領水軍頭領船隻。宋江傳令，先調水軍頭領，去江裏收拾江船，伺候征進睦州。想起張順如此通靈顯聖，去湧金門外靠西湖邊，建立廟宇，題名「金華太保」，宋江親去祭奠。後來收伏方臘，有功於朝，宋江回京，奏知此事，特奉聖旨，敕封爲「金華將軍」，廟食杭州。◎3

再說宋江在行宮內，因思渡江以來，損折許多將佐，心中十分悲愴。卻去淨慈寺修設水陸道場七晝夜，判施斛食，濟拔沉冥，超度衆將，各設靈位享祭。◎4做了好事已畢，將方天定宮中一應禁物，盡皆毀壞，所有金銀、寶貝、羅緞等項，分賞諸將軍校。杭州城百姓俱寧，設宴慶賞。當與軍師從長計議，調兵收復睦州。此時已是四月盡間，

註

※1烏龍嶺：位於浙江省建德縣北烏龍山上。

評點

◎1.張橫來蹤，留在阮小七口中說出，便有含蘊，有精彩。（袁眉）
◎2.有意味。（袁夾）
◎3.說得的確，即可使千古信爲實然。（芥眉）
◎4.應前語。（芥眉）

忽聞報道：「副都督劉光世並東京天使，都到杭州。」宋江當下引衆將出北關門迎接入城，就行宮開讀聖旨：「敕先鋒使宋江等收剿方臘，累建大功，敕賜皇封※2御酒三十五瓶，錦衣三十五領，賞賜正將。其餘偏將，照名支給賞賜緞匹。」原來朝廷只知公孫勝不曾渡江收剿方臘，卻不知折了許多頭領。宋江見了三十五員錦衣、御酒，驀然傷心，淚不能止。天使問時，宋江把折了衆將的話，對天使說知。天使道：「如此折將，朝廷怎知？下官回京，必當奏聞。」那時設宴款待天使，劉光世主席※3，其餘大小將佐，各依次序而坐。御賜酒宴，各各沾恩。現亡正偏將佐，留下錦衣、御酒賞賜，次日設位，遙空享祭。宋江將一瓶御酒、一領錦衣，去張順廟裏，呼名享祭。錦衣就穿泥神身上，其餘的都只遙空焚化。天使住了幾日，送回京師。

不覺迅速光陰，早過了數十日。張招討差人齎文書來，催促先鋒進兵。宋江與吳用請盧俊義商議：「此去睦州，沿江直抵賊巢。此去歙州，卻從昱嶺關※4小路而去。今從此處分兵征剿，不知賢弟兵取何處？」盧俊義道：「主兵遣將，聽從哥哥嚴令，安敢選擇？」宋江道：「雖然如此，試看天命。」作兩隊分定人數，寫成兩處鬮子，焚香祈禱，各鬮一處。宋江拈鬮得睦州，盧俊義拈鬮得歙州。宋江道：「方臘賊巢，正是清溪縣幫源洞中。賢弟取了歙州，可屯住軍馬，申文飛報知會，約日同攻清溪賊洞。」盧俊義便請宋公明酌量分調將佐軍校。

先鋒使宋江帶領正偏將佐三十六員，攻取睦州並烏龍嶺：

軍師吳用　關勝　花榮　秦明　李應
戴宗　朱仝　李逵　魯智深　武松
解珍　解寶　呂方　郭盛　樊瑞
馬麟　燕順　宋清　項充　李衮
王英　扈三娘　凌振　杜興　蔡福
蔡慶　裴宣　蔣敬　郁保四

水軍頭領正偏將佐七員，部領船隻，隨軍征進睦州：

李俊　阮小二　阮小五　阮小七　童猛　童威　孟康

副先鋒盧俊義管領正偏將佐二十八員，收取歙州並昱嶺關：

軍師朱武　林沖　呼延灼　史進　楊雄
石秀　單廷珪　魏定國　孫立　黃信
歐鵬　杜遷　陳達　楊春　李忠
薛永　鄒淵　李立　李雲　鄒潤
湯隆　石勇　時遷　丁得孫　孫新
顧大嫂　張青　孫二娘

註

※2皇封：舊稱皇帝賞賜的茶、酒等。外加封口，故稱。亦指封口用的羅帕。羅帕色黃，故又稱黃封。
※3主席：酒席上的主位。
※4昱嶺關：昱，音玉。關隘名。位於歙縣竹鋪星嶺頂的皖、浙交界處。建於五代。

當下盧先鋒部領正偏將校，共計二十九員，隨行軍兵三萬人馬，擇日辭了劉都督，別了宋江，引兵望杭州取山路，經過臨安縣，進發登程去了。卻說宋江等整頓船隻軍馬，分撥正偏將校，選日祭旗出師，水陸並進，船騎相迎。此時杭州城內瘟疫盛行，已病倒六員將佐：是張橫、穆弘、孔明、朱貴、楊林、白勝。患體未痊，不能征進，就撥穆春、朱富看視病人，共是八員，寄留杭州。其餘眾將，盡隨宋江攻取睦州，共計三十七員，取路沿江望富陽縣進發。

且不說兩路軍馬起程，再說柴進同燕青，自秀州檇李亭別了宋先鋒，行至海鹽縣前，到海邊乘船，使過越州，迤邐來到諸暨縣，渡過漁浦，前到睦州界上。把關隘將校攔住，柴進告道：「某乃是中原一秀士，能知天文地理，善會陰陽，識得六甲風雲※5，辨別三光※6氣色，九流三教，無所不通，遙望江南有天子氣而來，何故

杭州淨慈寺。拍攝時間2003年1月25日。（樹影／fotoe提供）

閉塞賢路？」把關將校，聽得柴進言語不俗，便問姓名。柴進道：「某乃姓柯名引，一主一僕，投上國而來，別無他故。」守將見說，留住柴進，差人逕來睦州，報知右丞相祖士遠、參政沈壽、僉書桓逸、元帥譚高，四個跟前稟了。便使人接取柴進至睦州相見，各敘禮罷。柴進一段話，聳動那四個，更兼柴進一表非俗，那裏坦然不疑。◎5右丞相祖士遠大喜，便叫僉書桓逸，引柴進去清溪大內朝覲。原來睦州、歙州，方臘都有行宮大殿，內卻有五府六部總制在清溪縣幫源洞中。且說柴進、燕青跟隨桓逸，來到清溪帝都，先來參見左丞相婁敏中。柴進高談闊論，一片言語，婁敏中大喜，就留柴進在相府管待。看了柴進、燕青出言不俗，知書通禮，先自有八分歡喜。這婁敏中原是清溪縣教學的先生，雖有些文章，苦不甚高，被柴進這一段話，說得他大喜。◎6過了一迄，次日早朝，等候方臘王子升殿，內列著侍御、嬪妃、彩女，外列九卿四相、文武兩班、殿前武士、金瓜長隨侍從。◎7當有左丞相婁敏中出班啓奏：「中原是孔夫子之鄉。今有一賢士，姓柯名引，文武兼資，智勇足備，善識天文地理，能辨六甲風雲，貫通天地氣色，三教九流，諸子百家，無不通達，望天子氣而來，現在朝門外，伺候我主傳宣。」方臘道：「既有賢士到來，便令白衣朝見。」各門大使傳宣，引柴進到於殿下。拜舞起居，山呼萬歲已畢，宣入簾前。方臘看見柴進一表非俗，有龍子龍孫氣象，先有八分

註

※5六甲風雲：古代用甲、乙、丙、丁、戊、己、庚、辛、壬、癸十干和子、丑、寅、卯、辰、巳、午、未、申、酉、戌、亥十二支依次相配成六十組干支，其中起頭是「甲」字的有六組，故稱六甲。以此來計算天時，所以稱爲六甲風雲。

※6三光：指日、月、星。

評點

◎5.屢言「不俗」二字，可見人之所重在此。（袁眉）
◎6.好消遣，好解釋。（袁眉）
◎7.好一班君君臣臣。（容眉）

喜氣。方臘問道：「賢士所言，望天子氣而來，在於何處？」柴進奏道：「臣柯引賤居中原，父母雙亡，隻身學業，傳先賢之秘訣，授祖師之玄文。近日夜觀乾象，見帝星明朗，正照東吳。因此不辭千里之勞，望氣而來。特至江南，又見一縷五色天子之氣，起自睦州。今得瞻天子聖顏，抱龍鳳之姿，挺天日之表※7，正應此氣。臣不勝欣幸之至！」言訖再拜。方臘道：「寡人雖有東南地土之分，近被宋江等侵奪城池，將近吾地，如之奈何？」柴進奏道：「臣聞古人有言：『得之易，失之易；得之難，失之難。』◎8今陛下東南之境，開基以來，席捲長驅，得了許多州郡。今雖被宋江侵了數處，不久氣運復歸於聖上。陛下非止江南之境，他日中原社稷，亦屬陛下。」方臘見此等言語，心中大喜，敕賜錦墩命坐，管待御宴，加封爲中書侍郎。自此柴進每日得近方臘，無非用些阿諛美言諂佞，以取其事。◎9未經半月，方臘及內外官僚，無一人不喜柴進。次後，方臘見柴進署事公平，盡心喜愛，◎10卻令左丞相婁敏中做媒，把金芝公主招贅柴進爲駙馬，封官主爵都尉。◎11燕青改名雲璧，人都稱爲雲奉尉。柴進自從與公主成親之後，出入宮殿，都知內外備細。方臘但有軍情重事，便宣柴進至內宮計議。柴進時常奏說：「陛下氣色眞正，只被罡星沖犯，尙有半年不安，直待並得宋江手下無了一員戰將，罡星退度，陛下復興基業，席捲長驅，直佔中原之地。」方臘道：「寡人手下愛將數員，盡被宋江殺死，似此奈何？」柴進又奏道：「臣夜觀天象，陛下氣數，將星雖多數十位，不爲正氣，未久必亡。卻有二十八宿星象，正來輔

評點

◎8.有恁學識，一味奉承而已。（容眉）
◎9.極警策語，點出羞殺世上取富貴人。（袁眉）
◎10.此處又少不得，可見奸人必有所借。（袁夾）
◎11.折了一個女兒了。（容夾）
好一個強盜女婿。（容眉）
◎12.伏李俊案，可解後疑駁。（袁眉）

助陛下，復興基業。宋江夥內，亦有十數員來降。此也是數中星宿，盡是陛下開疆展土之臣也！」◎12方臘聽了大喜。有詩爲證：

蠶室※8當時懲太史※9，何人不罪李陵降？
誰知貴寵柯駙馬，一念原來爲宋江。

且不說柴進做了駙馬，卻說宋江部領大隊人馬軍兵，離了杭州，望富陽縣進發，時有寶光國師鄧元覺並元帥石寶、王勣、晁中、溫克讓五個，引了敗殘軍馬，守住富陽縣關隘，卻使人來睦州求救。右丞相祖士遠當差兩員親軍指揮使，引一萬軍馬，前來策應。正指揮白欽、副指揮景德，兩個都有萬夫不當之勇，來到富陽縣，和寶光國師等合兵一處，佔住山頭。宋江等大隊軍馬，已到七里灣，水軍引著馬軍，一發前進。石寶見了，上馬帶流星錘，拿劈風刀，離了富陽縣山頭，來迎宋江。關勝

王矮虎、一丈青古代版畫形象。（選自《水滸傳版刻圖錄》，江蘇廣陵古籍刻印社）

註

※7天日之表：天子的儀表。
※8蠶室：古代執行宮刑及受宮刑者所居之獄室。
※9太史：漢代歷史學家司馬遷，被漢武帝判罰了宮刑。

正欲出馬，呂方叫道：「兄長少停，看呂方和這廝鬥幾合。」宋江在門旗影裏看時，呂方一騎馬，一枝戟，直取石寶，那石寶使劈風刀相迎。兩個鬥到五十合，呂方力怯，郭盛見了，便持戟縱馬，前來夾攻。那石寶一口刀戰兩枝戟，沒半分漏泄。正鬥到至處，南邊寶光國師急鳴鑼收軍。原來見大江裏戰船乘著順風，都上灘來，卻來傍岸。怕他兩處夾攻，因此鳴鑼收軍。呂方、郭盛纏住廝殺，那裏肯放。石寶又鬥了三、五合，宋兵陣上，朱仝一騎馬、一條槍，又去夾攻。石寶戰不過三將，分開兵器便走。宋江鞭梢一指，直殺過富陽山嶺。石寶軍馬，於路屯扎不住，直到桐廬縣界內。宋江連夜進兵，過白蜂嶺下寨。當夜差遣解珍、解寶、燕順、王矮虎、一丈青取東路，李逵、項充、李袞、樊瑞、馬麟取西路，各帶一千步軍，去桐廬縣劫寨。江裏卻教李俊、三阮、二童、孟康七人取水路進兵。且說解珍等引著軍兵殺到桐廬縣時，已是三更天氣。寶光國師正和石寶計議軍務，猛

浙江桐廬山間清溪。（龍毅／fotoe提供）

聽得一聲炮響，衆人上馬不迭。急看時，三路火起，諸將跟著石寶，只顧逃命，那裏敢來迎敵。三路軍馬，橫衝直撞殺將來。溫克讓上得馬遲，便望小路而走，正撞著王矮虎、一丈青。他夫妻二人一發上，把溫克讓橫拖倒拽，活捉去了。李逵和項充、李衮、樊瑞、馬麟只顧在縣裏殺人放火。宋江見報，催趲軍兵，拔寨都起，直到桐廬縣駐屯軍馬。王矮虎、一丈青獻溫克讓請功。宋江教把溫克讓解赴杭州張招討前斬首，不在話下。

　次日，宋江調兵，水陸並進，直到烏龍嶺下，過嶺便是睦州。此時寶光國師引著衆將，都上嶺去把關隘，屯駐軍馬。那烏龍關隘，正靠長江，山峻水急，上立關防，下排戰艦。宋江軍馬近嶺下屯駐，扎了寨柵。步軍中差李逵、項充、李衮，引五百牌手，出哨探路。到得烏龍嶺下，上面擂木、炮石打將下來，不能前進，無計可施，回報宋先鋒。宋江又差阮小二、孟康、童猛、童威四個，先掉一半戰船上灘。當下阮小二帶了兩個副將，引一千水軍，分作一百隻船上，搖旗擂鼓，唱著山

❀ 王矮虎、一丈青活捉溫克讓。（日版畫，出自《新編水滸畫傳》，葛飾戴斗繪）

歌，漸近烏龍嶺邊來。原來烏龍嶺下那面靠山，卻是方臘的水寨。那寨裏也屯著五百隻戰船，船上有五千來水軍。爲頭的四個水軍總管，名號浙江四龍。那四龍：

玉爪龍都總管成貴　錦鱗龍副總管翟源
衝波龍左副管喬正　戲珠龍右副管謝福

這四個總管，原是錢塘江裏艄公，投奔方臘，卻受三品職事。當日阮小二等，乘駕船隻，從急流下水，搖上灘去。南軍水寨裏四個總管，已自知了，準備下五十連火排。原來這火排，只是大松杉木穿成，排上都堆草把，草把內暗藏著硫黃焰硝引火之物，把竹索編住，排在灘頭。這裏阮小二和孟康、童威、童猛四個，只顧搖上灘去。那四個水軍總管在上面看見了，各打一面乾紅號旗，駕四隻快船，順水搖將下來。阮小二看見，喝令水手放箭，那四隻快船便回。阮小二便叫乘勢趕上灘去，四隻快船，傍灘住了，四個總管卻跳上岸，許多水手們也都走了。阮小二望見灘上水寨裏船廣，不敢上去，正在遲疑間，只見烏龍嶺上把旗一招，金鼓齊鳴，火排一齊點著，望下灘順風衝將下來，背後大船一齊喊起，都是長槍、撓鈎，盡隨火排下來。童威、童猛見勢大難近，便把船傍岸，棄了船隻，爬過山邊，上了山，尋路回寨。阮小二和孟康兀自在船上迎敵，火排連燒將來。阮小二急下水時，後船趕上，一撓鈎搭住。阮小二心慌，怕吃他拿去受辱，扯出腰刀，自刎而亡。◎13孟康見不是頭，急要下水時，火排上火炮齊發，一炮正打中孟康頭盔，透頂打做肉泥。四個水軍總管，卻上火船，殺將下來。李俊和阮小五、阮小七都在後船，見前船失利，沿江岸殺來，只得急忙轉船，便隨順水放下桐廬岸來。再說烏龍嶺上寶光國師並元帥石寶，見水軍總管得勝，乘勢引軍殺下嶺來。水深不能相趕，路遠不能相追，宋兵復退在桐廬駐扎，南兵也收軍上烏龍嶺去了。

宋江在桐廬扎駐寨柵，又見折了阮小二、孟康，在帳中煩惱，寢食俱廢，夢寐不安。吳用與衆將苦勸不得，阮小七、阮小五，掛孝已了，自來諫勸宋江道：「我哥哥今日爲國家大事，折了性命，◎14也強似死在梁山泊，埋沒了名目。先鋒主兵不須煩惱，且請理國家大事。我弟兄兩個，自去復仇。」宋江聽了，稍稍回顏。次日，仍復整點軍馬，再要進兵。吳用諫道：「兄長未可急性，且再尋思計策，度嶺未遲。」只見解珍、解寶便道：「我弟兄兩個，原是獵戶出身，巴山度嶺得慣。我兩個裝做此間獵戶，爬上山去，放起一把火來，教那賊兵大驚，必然棄了關去。」吳用道：「此計雖好，◎15只恐這山險峻，難以進步，倘或失腳，性命難保。」解珍、解寶便道：「我弟兄兩個，自登州越獄上梁山泊，托哥哥福蔭，做了許多年好漢，又受了國家誥命，穿了錦襖子，今日爲朝廷，便粉骨碎身，報答仁兄，也不爲多。」◎16宋江道：「賢弟休說這凶話！只願早早幹了大功回京，朝廷不肯虧負我們。◎17你只顧盡心竭力，與國家出力。」解珍、解寶便去拴束，穿了虎皮套襖，腰裏各跨一口快刀，提了鋼叉。兩個來辭了宋江，便取小路望烏龍嶺上來。此時纔有一更天氣，路上撞著兩個伏路小軍。二人結果了兩個，到得嶺下時，已有二更。聽得嶺上寨內，更鼓分明，兩個不敢從大路走，攀藤攬葛，一步步爬

評點

◎13.眞漢子。（容夾）
◎14.這番說話，此時倒出自衆頭領口中，見宋江忠義感人之深，亦見衆人皆有忠義之性。（袁眉）
◎15.此計極不好。（容眉）
◎16.看此一段，知結人心與得人死命者，皆在當事之一人，莫輒謂時事掣肘。（袁眉）
◎17.說至此愈可憐。（袁夾）

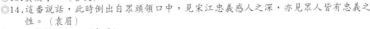

上嶺來。是夜月光明朗，如同白日，兩個三停爬了二停之上，望見嶺上燈光閃閃。兩個伏在嶺門邊聽時，上面更鼓，已打四更。解珍暗暗地叫兄弟道：「夜又短，天色無多時了。我兩個上去罷。」兩個又攀援上去。正爬到岩壁崎嶇之處，懸崖險峻之中，兩個只顧爬上去，手腳都不閑，卻把搭膊拴住鋼叉，拖在背後，刮得竹藤亂響，◎18山嶺上早吃人看見了。解珍正爬在山凹處，只聽得上面叫聲：「著！」一撓鈎正搭住解珍頭髻。解珍急去腰裏拔得刀出來時，上面已把他提得腳懸了。解珍心慌，連忙一刀砍斷撓鈎，卻從空裏墜下來。可憐解珍做了半世好漢，從這百十丈高岩上倒撞下來，死於非命。◎19下面都是狼牙亂石，粉碎了身軀。解寶見哥哥顛將下去，急退步下嶺時，上頭早滾下大小石塊，並短弩弓箭，從竹藤裏射來。可憐解寶爲了一世獵戶，做一塊兒射死在烏龍嶺邊，竹藤叢裏，兩個身死。◎20

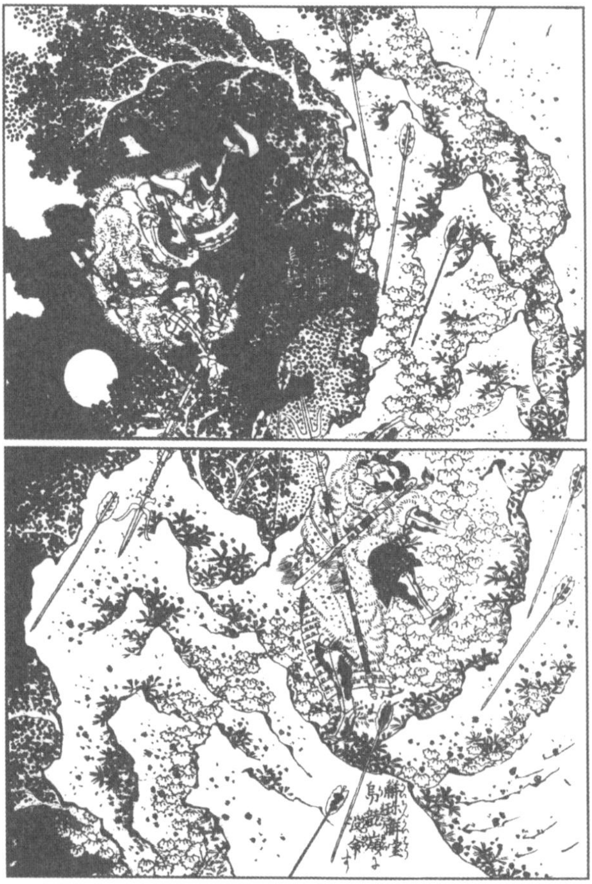

解珍、解寶命喪烏龍嶺。（日版畫，出自《新編水滸畫傳》，葛飾戴斗繪）

天明，嶺上差人下來，將解珍、解寶屍首，就風化在嶺上。探子聽得備細，報與宋先鋒知道，解珍、解寶已死在烏龍嶺。宋江聽得又折了解珍、解寶，哭得幾番昏暈，便喚關勝、花榮點兵取烏龍嶺關隘，與四個兄弟報仇。吳用諫道：「仁兄不可性急，已死者皆是天命。若要取關，不可造次。須用神機妙策，智取其關，方可調兵遣將。」宋江怒道：「誰想把我們弟兄手足，三停損了一停。不忍那賊們把我兄弟風化在嶺上，今夜必須提兵先去，奪屍首回來，具棺槨埋葬。」◎21吳用阻道：「賊兵將屍風化，誠恐有計，兄長未可造次。」宋江那裏肯聽軍師諫勸，隨即點起三千精兵，帶領關勝、花榮、呂方、郭盛四將，連夜進兵，到烏龍嶺時，已是二更時分。小校報道：「前面風化起兩個人在那裏，敢是解珍、解寶的屍首。」宋江縱馬親自來看時，見兩株樹上，把竹竿挑起兩個屍首，樹上削去了一片皮，寫兩行大字在上，月黑不見分曉。宋江令討放炮火種，吹起燈來看時，上面寫道：「宋江早晚也號令在此處。」宋江看了大怒，卻傳令人上樹去取屍首，只見四下裏火把齊起，金鼓亂鳴，團團軍馬圍住。當前嶺上，早亂箭射來。江裏船內水軍，都紛紛上岸來。宋江見了，叫聲苦，不知高低。◎22急退軍時，石寶當先截住去路，轉過側首，又是鄧元覺殺將下來。直使：規模有似馬陵道※10，光景渾如落鳳坡※11。畢竟宋江軍馬怎地脫身？且聽下回分解。◎23

註

※10馬陵道：戰國時期著名的戰役爲馬陵道之戰。魏國進攻韓國，後者求救於齊國，齊國進攻魏國首都，魏國不得不撤兵，後又引誘魏軍追趕，後齊軍師孫臏在馬陵伏擊魏國大將龐涓。

※11落鳳坡：落鳳坡位於白馬關龐統祠東北一公里的古驛道，爲蜀劉璋大將張任伏兵射殺龐統之處。

評點

◎18.好關目。（袁夾）
◎19.艄公死於水，獵戶死於山，皆是說法醒人處。（袁眉）
◎20.兩人原是自討死，不足惜也。（容眉）
◎21.婦人之仁，匹夫之勇。（容眉）
◎22.宋江也是自取，可恨可恨。（容眉）
◎23.李生曰：此內盡有不必死而死之人，如解珍、解寶等是也。（容評）

第一百十七回

睦州城箭射鄧元覺　烏龍嶺神助宋公明

話說宋江因要救取解珍、解寶的屍，到於烏龍嶺下，正中了石寶計策。四下裏伏兵齊起，前有石寶軍馬，後有鄧元覺截住回路。石寶厲聲高叫：「宋江不下馬受降，更待何時？」關勝大怒，拍馬掄刀戰石寶。兩將交鋒未定，後面喊聲又起。腦背後卻是四個水軍總管，一齊登岸，會同王勣、晁中，從嶺上殺將下來。花榮急出，當住後隊，便和王勣交戰。鬥無數合，花榮便走。王勣、晁中乘勢趕來，被花榮手起，急放連珠二箭，射中二將，翻身落馬。衆軍吶聲喊，不敢向前，退後便走。四個水軍總管見一連射死王勣、晁中，不敢向前，因此花榮抵敵得住。刺斜裏又撞出兩陣軍來：一隊是指揮白欽，一隊是指揮景德。這裏宋江陣中二將齊出，呂方便迎住白欽交戰，郭盛便與景德相持，四下裏分頭廝殺，敵對死戰。宋江正慌促間，只聽得南軍後面喊殺連天，衆軍奔走。原來卻是李逵引兩個牌手——項充、李衮，一千步軍，從石寶馬軍後面殺來。鄧元覺引軍卻待來救應時，背後撞過魯智深、武松。兩口戒刀，橫剁直砍，渾鐵禪杖，一衝一戳，兩個引一千步軍，直殺入來。隨後又是秦明、李應、朱仝、燕順、馬麟、樊瑞、一丈青、王矮虎，各帶馬軍步軍，捨死撞殺入來。四面宋兵，殺散石寶、鄧元覺軍馬，救得宋江等回桐廬縣去，石寶也自收兵上嶺去了。宋江在寨中稱謝衆將：「若非我兄弟相救，宋江已與解珍、解寶同爲泉下之鬼。」吳用道：「爲是兄長此去，不合愚意，惟恐有失，便遣衆將相援。」宋江稱謝不已。

且說烏龍嶺上，石寶、鄧元覺兩個元帥在寨中商議道：「即目宋江兵馬退在桐廬縣駐扎，倘或被他私越小路，度過嶺後，睦州咫尺危矣。不若國師親往清溪大內※1，面見天子，奏請添調軍馬，守護這條嶺隘，可保長久。」鄧元覺道：「元帥之言極當，小僧便往。」鄧元覺隨即上馬，先來到睦州，見了右丞相祖士遠說：「宋江兵強人猛，勢不可當，軍馬席捲而來，誠恐有失。小僧特來奏請添兵遣將，保守關隘。」祖士遠聽了，便同鄧元覺上馬，離了睦州，一同到清溪縣幫源洞中，先見了左丞相婁敏中說過了，奏請添調軍馬。次日早朝，方臘升殿，左右二丞相，一同鄧元覺，朝見拜舞已畢，鄧元覺向前起居萬歲，便奏道：「臣僧元覺領著聖旨，與太子同守杭州。不想宋江軍馬兵強將勇，席捲而來，勢難迎敵，致被袁評事引誘入城，以致失陷杭州，太子貪戰，出奔而亡。今來元覺與元帥石寶，退守

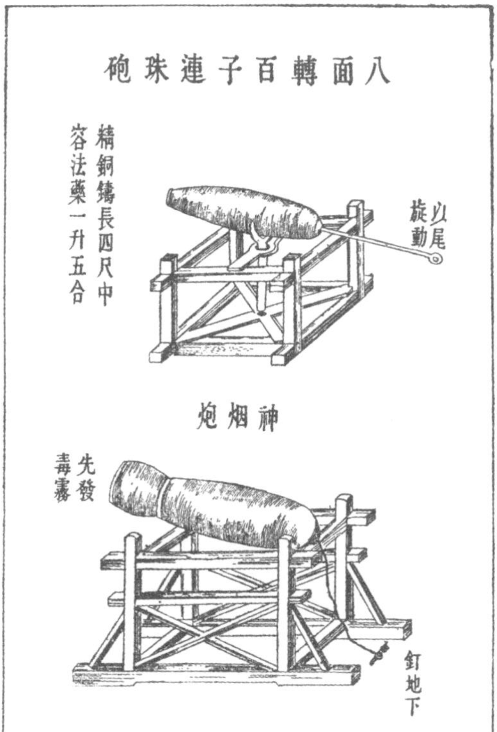

《天工開物》——八面轉百子連珠砲和神煙炮。（fotoe提供）

註
※1大內：皇宮。

烏龍嶺關隘，近日連斬宋江四將，聲勢頗振。即目宋江已進兵到桐廬駐扎，誠恐早晚賊人私越小路，透過關來，嶺隘難保。請陛下早選良將，添調精銳軍馬，同保烏龍嶺關隘，以圖退賊，克復城池。」方臘道：「各處軍兵，已都調盡。近日又為歙州昱嶺上關隘甚緊，又分去了數萬軍兵。◎1止有御林軍馬，寡人要護禦大內，如何四散調得開去？」鄧元覺又奏道：「陛下不發救兵，臣僧無奈。若是宋兵度嶺之後，睦州焉能保守？」左丞相婁敏中出班奏曰：「這烏龍嶺關隘，亦是要緊去處。臣知御林軍兵總有三萬，可分一萬，跟國師去保守關隘。乞我王聖鑑。」方臘不聽婁敏中之言，堅執不肯調撥御林軍馬，去救烏龍嶺。當日朝罷，眾人出內。婁丞相與眾官商議，只教祖丞相睦州分一員將，撥五千軍，與國師去保烏龍嶺。因此，鄧元覺同祖士遠回睦州來，選了五千精銳軍馬，首將一員夏侯成，回到烏龍嶺寨內，與石寶說知此事。石寶道：「既是朝廷不撥御林軍馬，我等且守住

安徽休寧齊雲山方臘寨。（Phoyobase／fotoe提供）

關隘，不可出戰。著四個水軍總管，牢守灘頭江岸邊，但有船來，便去殺退，不可進兵。」

且不說寶光國師同石寶、白欽、景德、夏侯成五個守住烏龍嶺關隘。卻說宋江自折了將佐，只在桐廬縣駐扎，按兵不動。一住二十餘日，不出交戰。忽有探馬報道：「朝廷又差童樞密齎賞賜，已到杭州。◎2聽知分兵兩路，童樞密轉差大將王稟，分齎賞賜，投昱嶺關盧先鋒軍前去了。童樞密即目便到，親齎賞賜。」宋江見報，便與吳用眾將，都離縣二十里迎接。來到縣治裏，開讀聖旨，便將賞賜分給眾將。宋江等參拜童樞密，隨即設宴管待。童樞密問道：「征進之間，多聽得損折將佐。」宋江垂淚稟道：「往年跟隨趙樞相北征遼虜，兵將全勝，端的不曾折了一個將校。自從奉敕來征方臘，未離京師，首先去了公孫勝，駕前又留下了數人。進兵渡得江來，但到一處，必折損數人。近又有八、九個將佐，病倒在杭州，存亡未保。前面烏龍嶺廝殺二次，又折了幾將。蓋因山險水急，難以對陣，急切不能打透關隘。正在憂惶之際，幸得恩相到此。」童樞密道：「今上天子，多知先鋒建立大功，後聞損折將佐，特差下官引大將王稟、趙譚前來助陣。已使王稟齎賞往盧先鋒處，◎3分俵給散眾將去了。」隨喚趙譚與宋江等相見，俱於桐廬縣駐扎，飲宴管待已了。

次日，童樞密整點軍馬，欲要去打烏龍嶺關隘。吳用諫道：「恩相未可輕動。且差燕順、馬麟去溪僻小徑去處，尋覓當村土居百姓，問其向道，別求小路，度得關那邊

評點

◎1.又映帶那一邊，妙。（芥眉）
◎2.插出意外，不悖正史。（芥眉）
◎3.又映帶。（芥夾）

去。兩面夾攻，彼此不能相顧，此關唾手可得。」宋江道：「此言極妙。」隨即差遣馬麟、燕順，引數十個軍健，去村落中尋訪百姓問路。去了一日，至晚，引將一個老兒來見宋江。宋江問道：「這老者是甚人？」馬麟道：「這老的是本處土居人戶，都知這裏路徑溪山。」宋江道：「老者，你可指引我一條路徑，過烏龍嶺去，我自重重賞你。」老兒告道：「老漢祖居是此間百姓，累被方臘殘害，無處逃躲，幸得天兵到此，萬民有福，再見太平。老漢指引一條小路：過烏龍嶺去，便是東管，取睦州不遠。便到北門，卻轉過西門，便是烏龍嶺。」宋江聽了大喜，隨即叫取銀物，賞了引路老兒，留在寨中，又著人與酒飯管待。次日，宋江請啓童樞密守把桐廬縣，自領正偏將一十二員，取小路進發。那十二員是：花榮、秦明、魯智深、武松、戴宗、李逵、樊瑞、王英、扈三娘、項充、李袞、凌振。隨行馬步軍兵一萬人數，跟著引路老兒便行。馬摘鑾鈴，軍士銜枚疾走。至小牛嶺，已有一夥軍兵攔路。宋江便叫李逵、項充、李袞衝殺入去，約有三、五百守路賊兵，都被李逵等殺盡。四更前後，已到東管。本處守把將伍應星，聽得宋兵已透過東管，思量部下只有二千人馬，如何迎敵得，當時一哄都走了。逕回睦州，報與祖丞相等知道：「今被宋江軍兵私越小路，已透過烏龍嶺這邊，盡到東管來了。」祖士遠聽了大驚，急聚衆將商議。宋江已令炮手凌振放起連珠炮。烏龍嶺上寨中石寶等聽得大驚，急使指揮白欽引軍探時，見宋江旗號，遍天遍地，擺滿山林。急退回嶺上寨中，報與石寶等。石寶便道：「既然朝廷不發救兵，我等只堅守關隘，不要去救。」鄧元覺便道：「元帥差矣！如今若不調兵救應睦州，也自由可。倘或內苑有失，我等亦不能保。你不去時，我自去救應睦州。」石寶苦勸不住。鄧元覺點了五千人馬，綽了禪杖，帶領夏侯成下嶺去了。

且說宋江引兵到了東管，且不去打睦州，先來取烏龍嶺關隘，卻好正撞著鄧元覺。軍馬漸近，兩軍相迎，鄧元覺當先出馬挑戰。花榮看見，便向宋江耳邊低低道：「此人則除如此如此可獲。」宋江點頭道是，就囑付了秦明。兩將都會意了。秦明首先出馬，便和鄧元覺交戰。鬥到五、六合，秦明回馬便走，衆軍各自東西四散。鄧元覺看見秦明輸了，倒撇了秦明，逕奔來捉宋江。原來花榮已準備了，護持著宋江，只待鄧元覺來得較近，花榮滿滿地攀著弓，覷得親切，照面門上颼地一箭。弓開滿月，箭發流星，正中鄧元覺面門，墜下馬去，被衆軍殺死，一齊捲殺攏來，南兵大敗，夏侯成抵敵不住，便奔睦州去了。宋兵直殺到烏龍嶺上，擂木、

❀ 花榮射倒鄧元覺，後者翻身落馬。（日版畫，出自《新編水滸畫傳》，葛飾戴斗繪）

炮石，打將下來，不能上去。宋兵卻殺轉來，先打睦州。

且說祖丞相見首將夏侯成逃來報說：「宋兵已度過東管，殺了鄧國師，即日來打睦州。」祖士遠聽了，便差人同夏侯成去清溪大內，請婁丞相入朝啓奏：「現今宋兵已從小路透過到東管，前來攻打睦州甚急，乞我王早發軍兵救應，遲延必至失陷。」方臘聽了大驚，急宣殿前太尉鄭彪，點與一萬五千御林軍馬，星夜去救睦州。◎4鄭彪奏道：「臣領聖旨，乞請天師同行策應，可敵宋江。」方臘准奏，便宣靈應天師包道乙。當時宣詔天師，直至殿下面君。包道乙打了稽首。方臘傳旨道：「今被宋江兵馬，看看侵犯寡人地面，累次陷了城池兵將。即目宋兵俱到睦州，可望天師闡揚道法，護國救民，以保江山社稷。」包天師奏道：「主上寬心，貧道不纔，凭胸中之學識，仗陛下之洪福，一掃宋江兵馬。」方臘大喜賜坐，設宴管待。包道乙飲筵罷，辭帝出朝。包天師便和鄭彪、夏侯成商議起軍。

原來這包道乙祖是金華山中人，幼年出家，學左道之法。向後跟了方臘，謀叛造反，但遇交鋒，必使妖法害人，有一口寶劍，號爲玄元混天劍，能飛百步取人。協助方臘，行不仁之事。因此尊爲靈應天師。那鄭彪原是婺州蘭溪縣都頭出身，自幼使得槍棒慣熟，遭際方臘，做到殿帥太尉。酷愛道法，禮拜包道乙爲師，學得他許多法術在身，但遇廝殺之處，必有雲氣相隨。因此，人呼爲鄭魔君。這夏侯成，亦是婺州山中人，原是獵戶出身，慣使鋼叉，自來隨著祖丞相管領睦州。當日三個在殿帥府中，商議起軍，門吏報道：「有司天太監浦文英來見。」天師問其來故，浦文英說道：「聞知天師與太尉將軍三位，提兵去和宋兵戰。文英夜觀乾象，南方將星，皆是無光，宋江等將星，尚有一半明朗者。天師此行雖好，只恐不利。何不回奏主上，商量投拜爲上，且解一國之厄。」包天師聽了大怒，掣出玄元混天劍，把這浦文英一劍揮爲兩段，急動文書，中奏方臘去訖，不在話下。史官有詩曰：

王氣東南已漸消，猶凭左道用人妖。
文英既識眞天命，何事捐生在僞朝？

當下便遣鄭彪爲先鋒，調前部軍馬出城前進。包天師爲中軍，夏侯成爲合後，軍馬進發，來救睦州。

且說宋江兵將，攻打睦州，未見次第，忽聞探馬報來，清溪救軍到了。宋江聽罷，便差王矮虎、一丈青兩個出哨迎敵。夫妻二人帶領三千馬軍，投清溪路上來，正迎著鄭彪，首先出馬，便與王矮虎交戰。兩個更不打話，排開陣勢，交馬便鬥。纔到八、九合，只見鄭彪口裏念念有詞，喝聲道：「疾！」就頭盔頂上，流出一道黑氣來。黑氣之中，立著一個金甲天神，手持降魔寶杵，從半空裏打將下來。王矮虎看見，吃了一驚，手忙腳亂，失了槍法，被鄭魔君一槍，戳下馬去。一丈青看見戳了他丈夫落馬，急舞雙刀去救時，鄭彪便來交戰。略戰一合，鄭彪回馬便走。一丈青要報丈夫之仇，急趕將來。鄭魔君歇住鐵槍，舒手去身邊錦袋內，摸出一塊鍍金銅磚，扭回身，看著一丈

評點

◎4.何不早些？（容夾）

青面門上只一磚，打落下馬而死。可憐能戰佳人，到此一場春夢。◎5那鄭魔君招轉軍馬，卻趕宋兵。宋兵大敗，回見宋江，訴說王矮虎、一丈青都被鄭魔君戳打傷死，帶去軍兵，折其大半。宋江聽得又折了王矮虎、一丈青，心中大怒，急點起軍馬，引了李逵、項充、李袞，帶了五千人馬，前去迎敵。早見鄭魔君軍馬已到。宋江怒氣塡胸，當先出馬，大喝鄭彪道：「逆賊怎敢殺吾二將！」鄭彪便提槍出馬，要戰宋江。李逵見了大怒，掣起兩把板斧，便飛奔出去，項充、李袞急舞蠻牌遮護，三個直衝殺入鄭彪懷裏去。那鄭魔君回馬便走，三個直趕入南兵陣裏去。宋江恐折了李逵，急招起五千人馬，一齊掩殺，南兵四散奔走。宋江且叫鳴金收兵，兩個牌手當得李逵回來，只見四下裏烏雲罩合，黑氣漫天，不分南北東西，白晝如夜。宋江軍馬，前無去路。但見：

陰雲四合，黑霧漫天。下一陣風雨滂沱，起數聲怒雷猛烈。山川震動，高低渾似天崩；溪澗顛狂，左右卻如地陷。悲悲鬼哭，袞袞※2神號。定睛不見半分形，滿耳惟聞千樹響。

宋江軍兵，當被鄭魔君使妖法，黑暗了天地，迷蹤失路，撞到一個去處，黑漫漫不見一物，本部軍兵，自亂起來。宋江仰天嘆曰：「莫非吾當死於此地矣！」從巳時直至未牌，方纔黑霧消散，微有些光亮，看見一周遭都是金甲大漢，團團圍住。宋江見了，驚倒在地，口中只稱：「乞賜早死！」不敢仰面，◎6耳邊只聽得風雨之聲。手下衆軍將士，一個個都伏地受死，只等刀來砍殺。須臾，風雨過處，宋江卻見刀不砍來，有一人來擒宋江，口稱：「請起！」宋江擡頭仰臉看時，只見面前一個秀才來扶。看那人時，怎生打扮，但見：

頭裹烏紗軟角唐巾，身穿白羅圓領涼衫。腰繫烏犀金鞓束帶，足穿四縫乾皂朝靴。面如傅粉，唇若塗朱。堂堂七尺之軀，楚楚三旬之上。若非上界靈官，定是九天進士。

宋江見了失驚，起身敘禮，便問秀才高姓大名。那秀才答道：「小生姓邵名俊，土居於此。今特來報知義士，方十三氣數將盡，只在旬日可破。小生多曾與義士出力，今雖受困，救兵已至，義士知否？」宋江再問道：「先生，方十三氣數，何時可獲？」邵秀才把手一推，宋江忽然驚覺，乃是南柯一夢。醒來看時，面前一周遭大漢，卻原來都是松樹。宋江大叫軍將起來，尋路出去。此時雲收霧斂，天朗氣清，只聽得松樹外面，發喊將來。宋江便領起軍兵，從裏面殺出去時，早望見魯智深、武松一路殺來，正與鄭彪交手。那包天師在馬上，見武松使兩口戒刀，步行直取鄭彪，包道乙便向鞘中掣出那口玄元混天劍來，從空飛下，正砍中武松左臂，血暈倒了。卻得魯智深一條禪杖，忿力打入去，救得武松時，已自左臂砍得伶仃※3將斷，卻奪得他那口混天劍。武松醒來，看見左臂已折，伶仃將斷，一發自把戒刀割斷了。◎7宋江先叫軍校扶送回寨將息。魯智深卻殺入後陣去，正遇著夏侯成交戰。兩個鬥了數合，夏侯成敗走，魯智深一條禪杖，直打入

註

※2 衮衮：連續不斷，眾多之意。
※3 伶仃：也作「零丁」。孤獨無依的樣子，這裏是快要斷的樣子。

評點

◎5. 傳中成對入夥，成對死，不免排比之病，然亦見同生同死處，正不必以假變幻爲奇。（芥眉）
◎6. 不是好漢。（容夾）
◎7. 好漢子能刮骨，眞頭陀能斷臂，英氣逼人，道心堅實。（芥眉）

⊗ 一個秀才和金甲神將救了宋江等人。
（朱寶榮繪）

去，南軍四散。夏侯成便望山林中奔走。魯智深不捨，趕入深山裏去了。◎8

且說鄭魔君那廝，又引兵趕將來，宋軍陣內，李逵、項充、李袞三個見了，便舞起蠻牌、飛刀、標槍、板斧，一齊衝殺入去。那鄭魔君迎敵不過，越嶺渡溪而走。三個不識路徑，只要立功，死命趕過溪去，緊追鄭彪。溪西岸邊，搶出三千軍來，截斷宋兵。項充急回時，早被岸邊兩將攔住。便叫李逵、李袞時，已過溪趕鄭彪去了。不想前面溪澗又深，李袞先一交跌翻在溪裏，被南軍亂箭射死。項充急鑽下岸來，又被繩索絆翻，卻待要掙扎，衆軍亂上，剁做肉泥。可憐李袞、項充到此，英雄怎使！只有李逵獨自一個，趕入深山裏去了。溪邊軍馬隨後襲將去，未經半里，背後喊聲振起，卻是花榮、秦明、樊瑞三將，引軍來救，殺散南軍，趕入深山，救得李逵回來，只不見了魯智深。◎9衆將齊來參見宋江，訴說追趕鄭魔君，過溪廝殺，折了項充、李袞，止救了李逵回來。宋江聽罷，痛哭不止。整點軍兵，折其一停。又不見了魯智深，武松已折了左臂。

宋江正哭之間，探馬報道：「軍師吳用和關勝、李應、朱仝、燕順、馬麟，提一萬軍兵，從水路到來。」宋江迎見吳用等，便問來情。吳用答道：「童樞密自有隨行軍馬，並大將王稟、趙譚，都督劉光世又有軍馬，已到烏龍嶺下。只留下呂方、郭盛、裴宣、蔣敬、蔡福、蔡慶、杜興、郁保四，並水軍頭領李俊、阮小五、阮小七、童威、童猛等十三人，其餘都跟吳用到此策應。」宋江訴說：「折了將佐，武松已成了廢人，魯智深又不知去向，不由我不傷感。」吳用勸道：「兄長且宜開懷，即目正是擒捉方臘之

評點

◎8.失著處卻是得手處，無意中入關目，甚妙。（袁夾）
◎9.同異處有襯貼。（芥眉）

時，只以國家大事爲重，不可憂損貴體。」宋江指著許多松樹，說夢中之事，與軍師知道。◎10吳用道：「既然有此靈驗之夢，莫非此處坊隅廟宇，有靈顯之神，故來護佑兄長。」宋江道：「軍師所見極當，就與足下進山尋訪。」吳用當與宋江信步行入山林，未及半箭之地，松樹林中，早見一所廟宇，金書牌額，上寫「烏龍神廟」。宋江、吳用入廟上殿看時，吃了一驚，殿上塑的龍君聖像，正和夢中見者無異。宋江再拜懇謝道：「多蒙龍君神聖救護之恩，未能報謝，望乞靈神助威。若平復了方臘，敬當一力申奏朝廷，重建廟宇，加封聖號。」宋江、吳用拜罷下階，看那石碑時，神乃唐朝一進士，姓邵名俊，應舉不第，墜江而死，天帝憐其忠直，賜作龍神。本處人民祈風得風，祈雨得雨，以此建立廟宇，四時享祭。宋江看了，隨即叫取烏豬、白羊，祭祀已畢。出廟來再看備細，見周遭松樹顯化，可謂異事。直至如今，嚴州北門外，有烏龍大王廟，亦名萬松林。古跡尙存，有詩爲證：

忠心一點鬼神知，暗裏維持信※4有之。
欲識龍君眞姓字，萬松林下讀殘碑。

且說宋江謝了龍君庇佑之恩，出廟上馬，回到中軍寨內，便與吳用商議打睦州之策。坐至半夜，宋江覺道神思困倦，伏几而臥，只聞一人報曰：「有邵秀才相訪。」宋江急忙起身，出帳迎接時，只見邵龍君長揖宋江道：「昨日若非小生救護，義士已被包道乙作起邪法，松樹化人，擒獲足下矣。適間深感祭奠之禮，特來致謝，就行報知睦州

註

※4信：確信。

來日可破，方十三旬日可擒。」宋江正待邀請入帳再問間，忽被風聲一攪，撒然覺來，又是一夢。宋江急請軍師圓夢，說知其事。吳用道：「既是龍君如此顯靈，來日便可進兵，攻打睦州。」宋江道：「言之極當。」至天明，傳下軍令，點起大隊人馬，攻取睦州。便差燕順、馬麟守住烏龍嶺這條大路，卻調關勝、花榮、秦明、朱仝四員正將，當先進兵，來取睦州，便望北門攻打。卻令凌振施放九廂子母等火炮，直打入城去。那火炮飛將起去，震得天崩地動，岳撼山搖，城中軍馬，驚得魂消魄喪，不殺自亂。且說包天師、鄭魔君後軍，已被魯智深殺散，追趕夏侯成，不知下落。那時已將軍馬退入城中屯駐，卻和右丞相祖士遠、參政沈壽、僉書桓逸、元帥譚高、守將伍應星等商議：「宋兵已至，何以解救？」祖士遠道：「自古兵臨城下，將至濠邊，若不死戰，何以解之！打破城池，必被擒獲，事在危急，盡須向前！」當下鄭魔君引著譚高、伍應星，並牙將十數員，領精兵一萬，開放城門，與宋江對敵。宋江教把軍馬略退半箭之地，讓他軍馬出城擺列。那包天師拿著把交椅，坐在城頭上，◎11祖丞相、沈參政並桓僉書，皆坐在敵樓上看。鄭魔君便挺槍躍馬出陣，宋江陣上大刀關勝，出馬舞刀，來戰鄭彪。二將交馬，鬥不數合，那鄭彪如何敵得關勝，只辦得架隔遮攔，左右躲閃。這包道乙正在城頭上看了，便作妖法，口中念念有詞，喝聲道：「疾！」念著那助咒法，吹口氣去，鄭魔君頭上滾出一道黑氣，黑氣中間顯出一尊金甲神人，手提降魔寶杵，望空打將下來。南

評點

◎10.恍然如見。（袁夾）
◎11.寫出驕狀。（袁眉）

軍隊裏，蕩起昏鄧鄧黑雲來。宋江見了，便喚混世魔王樊瑞來看，◎[12]急令作法，並自念天書上回風破暗的密咒秘訣。◎[13]只見關勝頭盔上，早捲起一道白雲，白雲之中，也顯出一尊神將，紅髮青臉，碧眼獠牙，騎一條烏龍，手執鐵錘，去戰鄭魔君頭上那尊金甲神人，◎[14]下面兩軍吶喊。二將交鋒，戰無數合，只見上面那騎烏龍的天將，戰退了金甲神人。下面關勝，一刀砍了鄭魔君於馬下。包道乙見宋軍中風起雷響，急待起身時，被凌振放起一個轟天炮，一個火彈子，正打中包天師，頭和身軀，擊得粉碎。南兵大敗，乘勢殺入睦州。朱仝把元帥譚高一槍，戳在馬下，李應飛刀殺死守將伍應星。睦州城下，見一火炮打中了包天師身軀，南軍都滾下城去了。宋江軍馬，已殺入城，眾將一發向前，生擒了祖丞相、沈參政、桓僉書，其餘牙將，不問姓名，俱被宋兵殺死。

❀ 宋江、吳用讀烏龍神廟石碑碑文。（朱寶榮繪）

鄭魔君與關勝頭上各自出現了金甲神人和騎龍的神將，戰在一起。（選自《水滸傳版刻圖錄》，江蘇廣陵古籍刻印社）

宋江等入城，先把火燒了方臘行宮，所有金帛，就賞與了三軍眾將，便出榜文安撫了百姓。尚兀自點軍未了，探馬飛報將來：「西門烏龍嶺上，馬麟被白欽一標槍標下去，石寶趕上，復了一刀，把馬麟剁做兩段。燕順見了，便向前來戰時，又被石寶那廝，一流星錘打死。◎15石寶得勝，即目引軍乘勢殺來。」宋江聽得又折了燕順、馬麟，扼腕痛哭不盡。急差關勝、花榮、秦明、朱仝四員正將，迎敵石寶、白欽，就要取烏龍嶺關隘。不是這四員將來烏龍嶺廝殺，有分教：清溪縣裏，削平哨聚賊兵；幫源洞中，活捉草頭天子。直教宋江等：名標青史千年在，功播清時萬古傳。畢竟宋江等怎地迎敵？且聽下回分解。◎16

評點

◎12.略一見，庶免嘲駁。（芥夾）
◎13.此處便有楊家府小說氣習。（袁眉）
◎14.荒謬至此，可發一笑。（容眉）
◎15.於勝捷之後，即接損兵折將事，文字緊動。（袁眉）
◎16.「能戰佳人」，「一場春夢」，兩言創有千古，偏覺婉麗淒涼。（袁評）
李和尚曰：水滸傳文字不好處只在說夢、說怪、說陣處；其妙處都在人情物理上，人亦知之否？（容評）

第一百十八回

盧俊義大戰昱嶺關　宋公明智取清溪洞

話說當下關勝等四將，飛馬引軍，殺到烏龍嶺上，正接著石寶軍馬。關勝在馬上大喝：「賊將安敢殺吾弟兄！」石寶見是關勝，無心戀戰。便退上嶺去，指揮白欽，卻來戰關勝。兩馬相交，軍器並舉，兩個鬥不到十合，烏龍嶺上急又鳴鑼收軍。關勝不趕，嶺上軍兵自亂起來。原來石寶只顧在嶺東廝殺，卻不提防嶺西已被童樞密大驅人馬，殺上嶺來。◎1宋軍中大將王稟，便和南兵指揮景德廝殺。兩個鬥了十合之上，王稟將景德斬於馬下。自此呂方、郭盛首先奔上山來奪嶺，未及到嶺邊，山頭上早飛下一塊大石頭，將郭盛和人連馬打死在嶺邊。這面嶺東關勝望見嶺上大亂，情知嶺西有宋兵上嶺了，急招眾將，一齊都殺上去。兩面夾攻，嶺上混戰。呂方卻好迎著白欽，兩個交手廝殺。鬥不到三合，白欽一槍搠來，呂方閃個過，白欽那條槍從呂方肋下戳個空。呂方這枝戟，卻被白欽撥個倒橫。兩將在馬上，各施展不得，都棄了手中軍器，在馬上你我廝相揪住。原來正遇著山嶺險峻處，那馬如何立得腳牢，二將使得力猛，不想連人和馬都滾下嶺去。這兩將做一處攧死在那嶺下。這邊關勝等眾將步行，都殺上嶺來，兩面盡是宋兵，已殺到嶺上。石寶看見兩邊全無去路，恐吃捉了受辱，便用劈風刀自刎而死。◎2宋江眾將奪了烏龍嶺關隘，關勝急令人報知宋先鋒。江裹水寨中四個水軍總管，見烏龍

評點

◎1.也放此輩出色，乃文章用意不拘煞處。（芥眉）
◎2.劈風刀如此用，利器何足恃！（芥眉）
◎3.承接又不同。（袁夾）
◎4.盧先鋒事，此處才實說。（芥眉）

嶺已失，睦州俱陷，都棄了船隻，逃過對江，被隔岸百姓生擒得成貴、謝福，解送獻入睦州。走了翟源、喬正，不知去向。宋兵大隊，回到睦州。宋江得知，出城迎接。童樞密、劉都督入城屯駐，安營已了，出榜招撫軍民復業，南兵投降者勿知其數。宋江盡將倉廒糧米，給散百姓，各歸本鄉，復為良民。將水軍總管成貴、謝福割腹取心，致祭兄弟阮小二、孟康，並在烏龍嶺亡過一應將佐，前後死魂，俱皆受享。再叫李俊等水軍將佐，管領了許多船隻，把獲到賊首偽官，解送張招討軍前去了。宋江又見折了呂方、郭盛，惆悵不已，按兵不動，等候盧先鋒兵馬，同取清溪。◎3

且不說宋江在睦州屯駐，卻說副先鋒盧俊義，自從杭州分兵之後，◎4統領三萬人馬，本部下正偏將佐二十八員，引兵取山路，望杭州進發，經過臨安鎮錢王故都，道近昱嶺關前。守關把隘，卻是方臘手下一員大將，綽號小養由基※1龐萬春，乃是江南方臘國中第一個會射弓箭的。帶領著兩員副將：一個喚做雷炯，一個喚做計稷。這兩個副將，都蹬得七、八百斤勁弩，各會使一枝蒺藜骨朵，手下有五千人馬。三個守把住昱嶺關隘，聽知宋兵分撥副先鋒盧俊義引軍到來，已都準備下了對敵器械，只待來軍

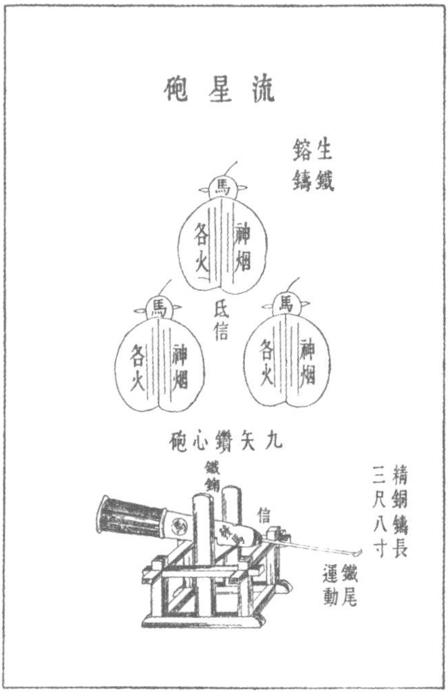

《天工開物》——流星炮和九矢鑽心炮。（fotoe提供）

註

※1 養由基：春秋時期楚國著名的神射手。

相近。且說盧先鋒軍馬將次近昱嶺關前，當日先差史進、石秀、陳達、楊春、李忠、薛永六員將校，帶領三千步軍，前去出哨。當下史進等六將，都騎戰馬，其餘都是步軍，迤邐哨到關下，並不曾撞見一個軍馬。史進在馬上心疑，和眾將商議。說言未了，早已來到關前。看時，見關上豎著一面彩繡白旗，旗下立著那小養由基龐萬春，看了史進等大笑，罵道：「你這夥草賊，只好在梁山泊裏住，揹勒※2宋朝招安誥命，如何敢來我這國土裏裝好漢！你也曾聞俺小養由基的名字麼？我聽得你這廝夥裏，有個甚麼小李廣花榮，著他出來，和我比箭。先教你看我神箭！」說言未了，颼的一箭，正中史進，攧下馬去。五將一齊急急向前，救得上馬便回。又見山頂上一聲鑼響，左右兩邊松樹林裏，一齊放箭。五員將顧不得史進，各人逃命而走。轉得過山嘴，對面兩邊山坡上，一邊是雷炯，一邊是計稷，那弩箭如雨一般射將來，總是有十分英雄，也躲不得這般的箭矢。可憐水滸六員將佐，

安徽歙縣昱嶺關。位於竹鋪星嶺頂的皖、浙交界處。建於五代，用大小不等的花岡岩疊砌而成。（黃金國提供）

都作南柯一夢。史進、石秀等六人，不曾透得一個出來，做一堆兒都被射死在關下。三千步卒，止剩得百餘個小軍，逃得回來，見盧先鋒說知此事。盧先鋒聽了大驚，如痴似醉，呆了半晌。◎5神機軍師朱武爲陳達、楊春垂淚已畢，諫道：「先鋒且勿煩惱，有誤大事。可以別商量一個計策，去奪關斬將，報此仇恨。」盧俊義道：「宋公明兄長特分許多將校與我，今番不曾贏得一陣，首先倒折了六將，更兼三千軍卒，止有得百餘人回來，似此怎生到歙州相見？」朱武答道：「古人有云：『天時不如地利，地利不如人和。』我等皆是中原、山東、河北人氏，不曾慣演水戰，因此失了地利。須獲得本處鄉民指引路徑，方纔知得他此間山路曲折。」盧先鋒道：「軍師言之極當，差誰去緝探路徑好？」朱武道：「論我愚意，可差鼓上蚤時遷。他是個飛檐走壁的人，好去山中尋路。」盧俊義隨即教喚時遷，領了言語，捎帶了乾糧，跨口腰刀，離寨去了。

且說時遷便望深山去處，只顧走尋路，去了半日，天色已晚，來到一個去處，遠遠地望見一點燈光明朗。時遷道：「燈光處必有人家。」趁黑地裏，摸到燈明之處看時，卻是個小小庵堂，裏面透出燈光來。時遷來到庵前，便鑽入去看時，見裏面一個老和尚，在那裏坐地誦經。時遷便乃敲他房門，那老和尚喚一個小行者來開門。時遷進到裏面，便拜老和尚。那老僧便道：「客官休拜。現今萬馬千軍廝殺之地，你如何走得到這裏？」時遷應道：「實不敢瞞師父說，小人是梁山泊宋江的部下一個偏將時遷的便是。

註

※2捎勒：勒索，刁難。

評點

◎5.便說得與宋江不同。（袁夾）

今來奉聖旨剿收方臘，誰想夜來被昱嶺關上守把賊將，亂箭射死了我六員首將，無計度關，特差時遷前來尋路，探聽有何小路過關。今從深山曠野尋到此間，萬望師父指迷，有何小徑，私越過關，當以厚報。」那老僧道：「此間百姓，俱被方臘殘害，無一個不怨恨他。老僧亦靠此間當方百姓施主，齎糧養口。如今村裏的人民都逃散了，老僧沒有去處，只得在此守死。今日幸得天兵到此，萬民有福。將軍來收此賊，與民除害，老僧只是不敢多口，恐防賊人知得。今既是天兵處差來的頭目，便多口也不妨。我這裏卻無路過得關去，直到西山嶺邊，卻有一條小路，可過關上。只怕近日也被賊人築斷了，過去不得。」時遷道：「師父，既然有這條小路，通得關上，只不知可到得賊寨裏麼？」老和尚道：「這條私路，一逕直到得龐萬春寨背後，下嶺去，便是過關的路了。只恐賊人已把大石塊築斷了，難得過去。」時遷道：「不妨！既有路徑，不怕他築斷了，我自有措置。既然如此，小人回去報知主將，卻來酬謝。」老和尚道：「將軍見外人時，休說貧僧多口。」時遷道：「小人是個精細的人，不敢說出老師父來。」

當日辭了老和尚，逕回到寨中，參見盧先鋒，說知此事。盧俊義聽了大喜，便請軍師，計議取關之策。朱武道：「若是有此路徑，覷此昱嶺關，唾手而得。再差一個人和時遷同去，幹此大事。」時遷道：「軍師要幹甚大事？」朱武道：「最要緊的是放火、放炮。你等身邊，將帶火炮、火刀、火石，直要去那寨背後，放起號炮火來，便是你幹大事了。」時遷道：「既然只是要放火、放炮，別無他事，不須再用別人同去，只兄弟自往便是。再差一個同去，也跟我做不得飛檐走壁的事，倒誤了時候。假如我去那裏行事，你這裏如何到得關邊？」朱武道：「這卻容易，他那賊人的埋伏，也只好使一遍。我如今不管他埋伏不埋伏，但是於路遇著樹木稠密去處，便放火燒將去，任他埋伏不妨。」時遷道：「軍師高見極明。」當下收拾了火刀、火石，並引火煤筒※3，脊梁上用包袱背著大炮，來辭盧先鋒便行。盧俊義叫時遷齎錢二十兩、糧米一石，送與老和尚，就著一個軍校挑去。

當日午後，時遷引了這個軍校挑米，再尋舊路來到庵裏，見了老和尚，說道：「主將先鋒，多多拜覆，些小薄禮相送。」便把銀兩、米糧，都與了和尚。老僧收受了，時遷分付小軍自回寨去，卻再來告覆老和尚：「望煩指引路徑，可著行者引小人去。」那老和尚道：「將軍少待，夜深可去，日間恐關上知覺。」當備晚飯待時遷。至夜，卻令行者引路：「送將軍到於那邊。」便教行者即回，休教人知覺。當時小行者領著時遷，

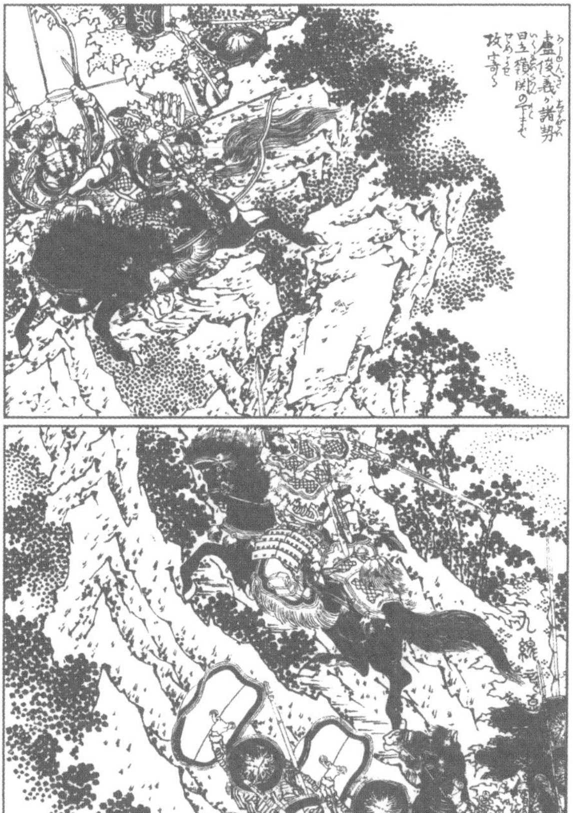

盧俊義大戰昱嶺關。（日版畫，出自《新編水滸畫傳》，葛飾戴斗繪）

註

※3引火煤筒：裝有引火紙或者火絨的竹筒。

離了草庵，便望深山徑裏尋路，穿林透嶺，攬葛攀藤，行過數里山徑野坡。月色微明，到一處山嶺險峻，石壁嵯峨，遠遠地望見開了個小路口。巔岩上盡把大石堆疊砌斷了，高高築成牆壁。小行者道：「將軍，關已望見，石疊牆壁那邊便是。過得那石壁，亦有大路。」時遷道：「小行者，你自回去，我已知路途了。」小行者自回，時遷卻把飛檐走壁、跳籬騙馬的本事出來，這些石壁，拈指爬過去了。望東去時，只見林木之間，半天價都紅滿了。卻是盧先鋒和朱武等拔寨都起，一路上放火燒著，望關上來。先使三、五百軍人，於路上打併※4屍首，沿山巴嶺，放火開路，使其埋伏軍兵，無處藏躲。昱嶺關上小養由基龐萬春聞知宋兵放火燒林開路，龐萬春道：「這是他進兵之法，使吾伏兵不能施展。我等只牢守此關，任汝何能得過？」望見宋兵漸近關下，帶了雷炯、計稷，都來關前守護。卻說時遷一步步摸到關上，爬在一株大樹頂頭，伏在枝葉稠密處，看那龐萬春、雷炯、計稷，都將弓箭踏弩，伏在關前伺候。看見宋兵時，一派價把火燒將來。中間林沖、呼延灼立馬在關下大罵：「賊將安敢抗拒天兵？」南兵龐萬春等卻待要放箭射時，不提防時遷已在關上。那時遷悄悄地溜下樹來，轉到關後，見兩堆柴草，時遷便摸在裏面，取出火刀、火石，發出火種，把火炮擱在柴堆上，先把些硫黃、焰硝去燒那邊草堆，又來點著這邊柴堆。卻纔方點著火炮，拿那火種帶了，直爬上關屋脊上去點著。那兩邊柴草堆裏，一齊火起，火炮震天價響。關上眾將，不殺自亂，發起喊來，眾軍都只顧走，那裏有心來迎敵。龐萬春和兩個副將急來關後救火時，時遷就在屋脊上又放起火炮來。那火炮震得關屋也動，嚇得南兵都棄了刀槍、弓箭、衣袍、鎧甲，盡望關後奔走。時遷在屋上大叫道：「已有一萬宋兵先過關了，汝等及早投降，免汝一死！」龐萬春聽了，驚得魂不附體，只管跌腳。雷炯、計稷驚得痲木了，動彈不得。林沖、呼延灼首先上山，早趕到關頂，衆將都要爭先，一齊趕過關去三十餘里，追著南兵。孫立生擒得雷炯，魏定國活拿了計稷，單單只走了龐萬春。手下軍兵，擒捉了大半。宋兵已到關上，屯駐人馬。盧先鋒得了昱嶺關，厚賞了時遷，將雷炯、計稷就關上割腹取心，享祭史進、石秀等六人，收拾屍骸，葬於關上，其餘屍首盡皆燒化。次日，與同諸將，披掛上馬，一面行文申覆張招討，飛報得了昱嶺關，一面引軍前進，迤邐追趕過關，直到歙州城邊下寨。

方垕大罵龐萬春。（朱寶榮繪）

註

※4 打併：打掃收拾在一起。併，收集在一起。

原來歙州守禦，乃是皇叔大王方垕※5，是方臘的親叔叔，與同兩員大將，官封文職，共守歙州。一個是尚書王寅，一個是侍郎高玉，統領十數員戰將，屯軍二萬之衆，守住歙州城郭。原來王尚書是本州山裏石匠出身，慣使一條鋼槍，坐下有一騎好馬，名喚轉山飛。那匹戰馬，登山渡水，如行平地。那高侍郎也是本州士人，故家子孫，會使一條鞭槍。因這兩個頗通文墨，方臘加封做文職官爵，管領兵權之事。當有小養由基龐萬春敗回到歙州，直至行宮，面奏皇叔，告道：「被土居人民透漏，誘引宋兵，私越小路過關。因此衆軍漫散，難以抵敵。」皇叔方垕聽了大怒，喝罵龐萬春道：「這昱嶺關是歙州第一處要緊的墻壁，今被宋兵已度關隘，早晚便到歙州，怎與他迎敵？」王尚書奏道：「主上且息雷霆之怒。自古道：『勝負兵家之常，非戰之罪。』今殿下權免龐將軍本罪，取了軍令必勝文狀，著他引軍，首先出戰迎敵，殺退宋兵。如或不勝，二罪俱併。」方垕然其言，撥與軍五千，跟龐萬春出城迎敵，得勝回奏。且說盧俊義度過昱嶺關之後，催兵直趕到歙州城下，當日與諸將上前攻打歙州。城門開處，龐萬春引軍出來交戰。兩軍各列成陣勢，龐萬春出到陣前勒戰。宋軍隊裏歐鵬出馬，使根鐵槍，便和龐萬春交戰。兩個鬥不過五合，龐萬春敗走，歐鵬要顯頭功，縱馬趕去。龐萬春扭過身軀，背射一箭。歐鵬手段高強，綽箭在手。原來歐鵬卻不提防龐萬春能放連珠箭，歐鵬綽了一箭，只顧放心去趕。弓弦響處，龐萬春又射第二隻箭來，歐鵬早著，墜下馬去。城上王尚書、高侍郎見射中了歐鵬落馬，龐萬春得勝，引領城中軍馬，一發趕殺出來。

宋軍大敗，退回三十里下寨，扎駐軍馬安營。整點兵將時，亂軍中又折了菜園子張青。孫二娘見丈夫死了，著令手下軍人，尋得屍首燒化，痛哭了一場。盧先鋒看了，心中納悶，思量不是良法，便和朱武計議道：「今日進兵，又折了二將，似此如之奈何？」朱武道：「輸贏勝負，兵家常事。今日賊兵見我等退回軍馬，自逞其能，衆賊計議，今晚乘勢，必來劫寨。我等可把軍馬衆將，分調開去，四下埋伏。中軍縛幾隻羊在彼，如此如此整頓。叫呼延灼引一支軍在左邊埋伏，林沖引一支軍在右邊埋伏，單廷珪、魏定國引一支軍在背後埋伏。其餘偏將，各於四散小路裏埋伏。夜間賊兵來時，只看中軍火起爲號，四下裏各自捉人。」盧先鋒都發放已了，各各自去守備。且說南國王尚書、高侍郎兩個頗有些謀略，便與龐萬春等商議，上啓皇叔方垕道：「今日宋兵敗回，退去三十餘里屯駐，營寨空虛，軍馬必然疲倦，何不乘勢去劫寨柵，必獲全勝。」方垕道：「你衆官從長計議，可行便行。」高侍郎道：「我便和龐將軍引兵去劫寨，尚書與殿下，緊守城池。」當夜二將披掛上馬，引領軍兵前進，馬摘鑾鈴，軍士銜枚疾走，前到宋軍寨柵。看見營門不開，南兵不敢擅進。初時聽得更點分明，向後更鼓便打得亂了。高侍郎勒住馬道：「不可進去！」龐萬春道：「相公如何不進兵？」高侍郎答道：「聽他營裏更點不明，必然有計。」龐萬春道：「相公誤矣！今日兵敗膽寒，必然困倦。睡裏打更，有甚分曉，因此不明。相公何必見疑，只顧殺去！」高侍郎道：「也見得是。」當

※5垕：音後。古同「厚」。

下催軍劫寨，大刀闊斧，殺將進去。二將入得寨門，直到中軍，並不見一個軍將，卻是柳樹上縛著數隻羊，羊蹄上拴著鼓槌打鼓，因此更點不明。兩將劫著空寨，心中自慌，急叫：「中計！」回身便走，中軍內卻早火起，只見山頭上炮響，又放起火來，四下裏伏兵亂起，齊殺將攏來。兩將衝開寨門奔走，正迎著呼延灼，大喝：「賊將快下馬受降，免汝一死！」高侍郎心慌，只要脫身，無心戀戰，被呼延灼趕進去，手起雙鞭齊下，腦袋骨打碎了半個天靈。龐萬春死命撞透重圍，得脫性命。正走之間，不提防湯隆伏在路邊，被他一鈎鐮槍拖倒馬腳，活捉了解來。眾將已都在山路裏趕殺南兵，至天明，都赴寨裏來。盧先鋒已先到中軍坐下，隨即下令，點本部將佐時，丁得孫在山路草中，被毒蛇咬了腳，毒氣入腹而死。◎6將龐萬春割腹剜心，祭獻歐鵬並史進等，把首級解赴張招討軍前去了。

次日，盧先鋒與同諸將再進兵到歙州城下，見城門不關，城上並無旌旗，城樓上亦無軍士。單廷珪、魏定國兩個要奪頭功，引軍便殺入城去。後面中軍盧先鋒趕到時，只叫得苦，那二將已到城門裏了。原來王尚書見折了劫寨人馬，只詐做棄城而走，城門裏卻掘下陷坑。二將是一夫之勇，卻不提防，首先入來，不想連人和馬，都陷在坑裏。那陷坑兩邊，卻埋伏著長槍手、弓箭軍士，一齊向前戳殺，兩將死於坑中。可憐聖水並神火，今日嗚呼葬土坑。◎7盧先鋒又見折了二將，心中忿怒，急令差遣前部軍兵，各人

宋元時期的銅質流星錘。
（朱丹／fotoe提供）

兜土塊入城，一面填塞陷坑，一面鏖戰廝殺，殺倒南兵人馬，俱填於坑中。當下盧先鋒當前，躍馬殺入城中，正迎著皇叔方垕，交馬只一合，盧俊義卻忿心頭之火，展平生之威，只一朴刀，剁方垕於馬下。城中軍馬開城西門，衝突而走。宋兵衆將，各各併力向前，剿捕南兵。

卻說王尙書正走之間，撞著李雲，截住廝殺。王尙書便挺槍向前，李雲卻是步鬥。那王尙書槍起馬到，早把李雲踏倒。石勇見衝翻了李雲，便衝突向前，急來救時，王尙書把條槍神出鬼沒，石勇如何抵當得住？王尙書戰了數合，得便處把石勇一槍，結果了性命，當下身死。城裏卻早趕出孫立、黃信、鄒淵、鄒潤四將，截住王尙書廝殺。那王寅奮勇力敵四將，並無懼怯。不想又撞出林沖趕到，這個又是個會廝殺的，那王寅便有三頭六臂，也敵不過五將。衆人齊上，亂戳殺王寅，可憐南國尙書將，今日方知志莫伸！當下五將取了首級，飛馬獻與盧先鋒。盧俊義已在歙州城內行宮歇下，平復了百姓，出榜安民，將軍馬屯駐在城裏，一面差人齎文報捷張招討，馳書轉達宋先鋒，知會進兵。卻說宋江等兵將在睦州屯駐，等候軍齊，同攻賊洞。收得盧俊義書，報平復了歙州，軍將已到城中屯駐，專候進兵，同取賊巢。又見折了史進、石秀、陳達、楊春、李忠、薛永、歐鵬、張青、丁得孫、單廷珪、魏定國、李雲、石勇一十三人，許多將佐，煩惱不已，痛哭哀傷。軍師吳用勸道：「生死人皆分定，主將何必自傷玉體？且請料理國家大事。」宋江道：「雖然如此，不由人不傷感！我想當初石碣天文所載一百八人，

評點

◎6.這個死得變化。（袁眉）
◎7.有此二句，必作一塊，又自佳。（袁眉）

誰知到此，漸漸凋零，損吾手足。」吳用勸了宋江煩惱，然後回書與盧先鋒，交約日期，起兵攻取清溪縣。

且不說宋江回書與盧俊義，約日進兵，卻說方臘在清溪幫源洞中大內設朝，與文武百官計議宋江用兵之事。只聽見西州敗殘軍馬回來，報說歙州已陷，皇叔、尚書、侍郎俱已陣亡了。今宋兵作兩路而來，攻取清溪。方臘見報大驚，當下聚集兩班大臣商議，方臘道：「汝等眾卿，各受官爵，同佔州郡城池，共享富貴。豈期今被宋江軍馬席捲而來，州城俱陷，止有清溪大內。今聞宋兵兩路而來，如何迎敵？」當有左丞相婁敏中出班啓奏道：「今次宋兵人馬，已近神州，內苑宮廷，亦難保守。奈緣兵微將寡，陛下若不御駕親征，誠恐兵將不肯盡心向前。」方臘道：「卿言極當！」隨即傳下聖旨：「命三省六部、御史臺官、樞密院、都督府護駕，二營金吾、龍虎，大小官僚，都跟隨寡人御駕親征，決此一戰。」婁丞相又奏：「差何將帥，可做前部先鋒？」方臘道：「著殿前金吾上將軍內外諸軍都招討皇侄方杰爲正先鋒，馬步親軍都太尉、驃騎上將軍杜微爲副先鋒，部領幫源洞大內護駕御林軍一萬三千，戰將三千餘員前進。」原來這方杰是方臘的親侄兒，是歙州皇叔方垕長孫，聞知宋兵盧先鋒殺了他公公，要來報仇，他願爲前部先鋒。這方杰平生習學，慣使一枝方天畫戟，有萬夫不當之勇。那杜微原是歙州市中鐵匠，會打軍器，亦是方臘心腹之人，會使六口飛刀，只是步鬥。方臘另行聖旨一道，差御林軍護駕都教師賀從龍，撥與御林軍一萬，總督兵馬，去敵歙州盧俊義軍馬。

評點

◎8.如何得勝反用投降？此是照應湊泊沒理處。然柯引入手便只好騙草頭王。此「山僻小人」四字，便可解釋前後漏綻。（芥眉）

◎9.仍用熟套。（袁夾）

不說方臘分調人馬，兩處迎敵，先說宋江大隊軍馬起程，水陸並進，離了睦州，望清溪縣而來。水軍頭領李俊等引領水軍船隻，撐駕從溪灘裏上去。且說吳用與宋江在馬上同行，並馬商議道：「此行去取清溪幫源，誠恐賊首方臘知覺逃竄，深山曠野，難以得獲。若要生擒方臘，解赴京師，面見天子，必須裏應外合，認得本人，可以擒獲。亦要知方臘去向下落，不致被其走失。」宋江道：「是若如此，須用詐降，將計就計，方可得裏應外合。前者柴進與燕青去做細作，至今不見些消耗，今次著誰去好？須是會詐投降的。」吳用道：「若論愚意，只除非教水軍頭領李俊等，就將船內糧米，去詐獻投降，教他那裏不疑。方臘那廝是山僻小人，◎8見了許多糧米、船隻，如何不收留了。」◎9宋江道：「軍師高見極明。」便喚戴宗，隨即傳令，從水路直至李俊處，說知如此如此：「教你等衆將行計。」李俊等領了計策，戴宗自回中軍。

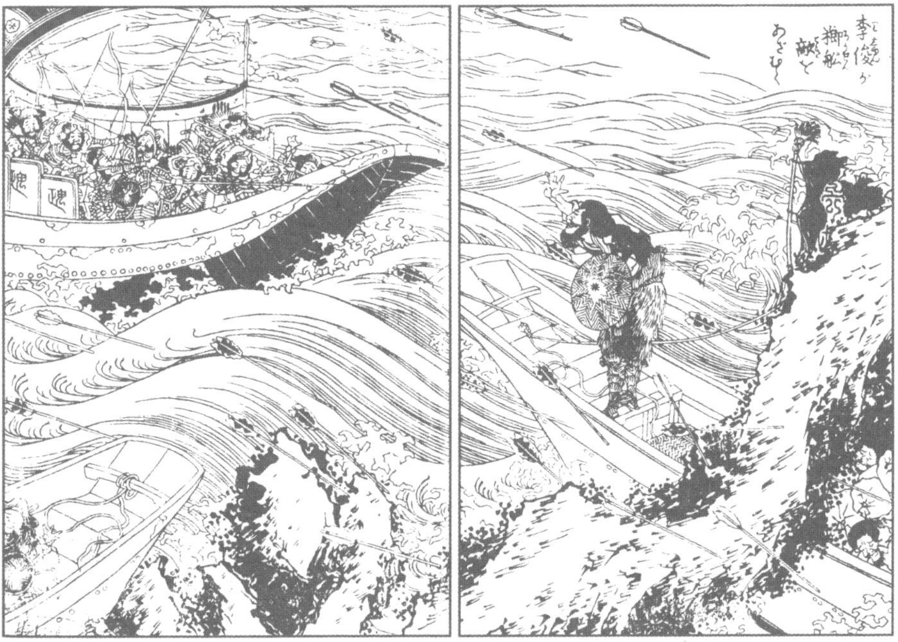

❀ 李俊假裝獻糧投降。（日版畫，出自《新編水滸畫傳》，葛飾戴斗繪）

李俊卻叫阮小五、阮小七扮做艄公，童威、童猛扮做隨行水手，乘駕六十隻糧船，船上都插著新換的獻糧旗號，卻從大溪裏使將上去。將近清溪縣，只見上水頭早有南國戰船迎將來，敵軍一齊放箭。李俊在船上叫道：「休要放箭，我有話說。俺等都是投拜的人，特將糧米獻納大國，接濟軍士，萬望收錄。」對船上頭目，看見李俊等船上並無軍器，因此就不放箭，使人過船來，問了備細，看了船內糧米，便去報知婁丞相，稟說李俊獻糧投降。婁敏中聽了，叫喚投拜人上岸來。李俊登岸，見婁丞相，拜罷，婁敏中問道：「汝是宋江手下甚人？有何職役？今番爲甚來獻糧投拜？」李俊答道：「小人姓李名俊，原是潯陽江上好漢。就江州劫法場，救了宋江性命。他如今受了朝廷招安，得做了先鋒，便忘了我等前恩，累次窘辱小人。現今宋江雖然佔得大國州郡，手下弟兄漸次折得沒了。他猶自不知進退，威逼小人等水軍向前。因此受辱不過，特將他糧米船隻，逕自私來獻納，投拜大國。」婁丞相見李俊說了這一席話，就便准信，便引李俊來大內朝見方臘，具說獻糧投拜一事。李俊見方臘再拜起居，奏說前事。方臘坦然不疑。◎[10]且教李俊、阮小五、阮小七、童威、童猛只在清溪管領水寨守船：「待寡人退了宋江軍馬還朝之時，別有賞賜。」李俊拜謝了，出內自去搬運糧米上岸，進倉交收，不在話下。

再說宋江與吳用分調軍馬，差關勝、花榮、秦明、朱仝四員正將爲前隊，引軍直進清溪縣界，正迎著南國皇侄方杰。兩下軍兵，各列陣勢。南軍陣上，方杰橫戟出馬，杜

微步行在後。那杜微橫身掛甲，背藏飛刀五把，手中仗口七星寶劍，跟在後面。兩將出到陣前。宋江陣上秦明首先出馬，手舞狼牙大棍，直取方杰。那方杰年紀後生，精神一撮，◎11那枝戟使得精熟，和秦明連鬥了三十餘合，不分勝敗。方杰見秦明手段高強，也放出自己平生學識，不容半點空閑。兩個正鬥到分際，秦明也把出本事來，不放方杰些空處。卻不提防杜微那廝，在馬後見方杰戰秦明不下，從馬後閃將出來，掣起飛刀，望秦明臉上早飛將來。秦明急躲飛刀時，卻被方杰一方天戟聳下馬去，死於非命。可憐霹靂火，滅地竟無聲。方杰一戟戳死了秦明，卻不敢追過對陣，宋兵小將急把撓鈎搭得屍首過來。宋軍見說折了秦明，盡皆失色。宋江一面叫備棺槨盛貯，一面再調軍將出戰。且說這方杰得勝誇能，卻在陣前高叫：「宋兵再有好漢，快出來廝殺！」宋江在中軍聽得報來，急出到陣前，看見對陣方杰背後便是方臘御駕，直來到軍前擺開。但見：

金瓜密布，鐵斧齊排。方天畫戟成行，龍鳳繡旗作隊。旗旄旌節，一攢攢綠舞紅飛；玉鐙雕鞍，一簇簇珠圍翠繞。飛龍傘散青雲紫霧，飛虎旗盤瑞靄祥煙。左侍下一代文官，右侍下滿排武將。雖是妄稱天子位，也須偽列宰臣班。

南國陣中，只見九曲黃羅傘下，玉轡逍遙馬上，坐著那個草頭王子方臘。怎生打扮，但見：

頭戴一頂沖天轉角明金幞頭，身穿一領日月雲肩九龍繡袍，腰繫一條金鑲寶嵌玲瓏玉帶，足穿一對雙金顯縫雲跟朝靴。

評點

◎10.恰好一君一臣。（容眉）
◎11.「精神一撮」四字，批點後生最透。（袁眉）

那方臘騎著一匹銀鬃白馬，出到陣前，親自監戰。看見宋江親在馬上，便遣方杰出戰，要拿宋江。這邊宋兵等眾將亦準備迎敵，要擒方臘。南軍方杰正要出陣，只聽得飛馬報道：「御林都教師賀從龍，總督軍馬，去救歙州，被宋兵盧先鋒活捉過陣去了。◎12軍馬俱已漫散，宋兵已殺到山後。」方臘聽了大驚，急傳聖旨，便教收軍，且保大內。當下方杰且委杜微押住陣腳，卻待方臘御駕先行，方杰、杜微隨後而退。方臘御駕，回至清溪州界，只聽得大內城中，喊起連天，火光遍滿，兵馬交加，卻是李俊、阮小五、阮小七、童威、童猛在清溪城裏放起火來。◎13方臘見了，大驅御林軍馬來救城中，入城混戰。宋江軍馬，見南兵退去，隨後追殺。趕到清溪，見城中火起，知有李俊等在彼行事，急令眾將招起軍馬，分頭殺將入去。此時盧先鋒軍馬也過山了，兩下接應，卻好湊著。四面宋兵，夾攻清溪大內。宋江等諸將，四面八方，殺將入去，各各自去搜捉南軍，打破了清溪城郭。方臘卻得方杰引軍保駕，防護送投幫源洞中去了。

宋江等大隊軍馬，都入清溪縣來。眾將殺入方臘宮中，收拾違禁器仗、金銀寶物，搜檢內裏庫藏，就殿上放起火來，把方臘內外宮殿，盡皆燒毀，府庫錢糧，搜索一空。宋江會合盧俊義軍馬，屯駐在清溪縣內，聚集眾將，都來請功受賞。整點兩處將佐時，長漢郁保四、女將孫二娘，都被杜微飛刀傷死；鄒淵、杜遷馬軍中踏殺；李立、湯隆、蔡福，各帶重傷，醫治不痊，身死；阮小五先在清溪縣，已被婁丞相殺死。眾將擒捉得南國偽官九十二員請功，賞賜已了，只不見婁丞相、杜微下落。一面且出榜文，安撫了百姓，把那活捉僞官解赴張招討軍前，斬首示衆。後有百姓報說，婁丞相因殺了阮小五，見大兵打破清溪縣，自縊松林而死。杜微那廝，躲在他原養的娼妓王嬌嬌家，被他社老※6獻將出來。◎14宋江賞了社老，卻令人先取了婁丞相首級，叫蔡慶將杜微剖腹剜心，滴血享祭秦明、阮小五、郁保四、孫二娘，並打清溪亡過衆將。宋江親自拈香祭奠已了，次日與同盧俊義起軍，直抵幫源洞口圍住。

且說方臘只得方杰保駕，走到幫源洞口大內，屯駐人馬，堅守洞口，不出迎敵。宋江、盧俊義把軍馬周迴圍住了幫源洞，卻無計可入。卻說方臘在幫源洞，如坐針毡。兩軍困住已經數日，方臘正憂悶間，忽見殿下錦衣繡襖一大臣，俯伏在金階殿下啓奏：「我王，臣雖不才，深蒙主上聖恩寬大，無可補報。憑夙昔所學之兵法，仗平日所韜※7之武功，六韜三略曾聞，七縱七擒曾習。願借主上一枝軍馬，立退宋兵，中興國祚。未知聖意若何？」方臘見了大喜，便傳敕令，盡點山洞內府兵馬，教此將引兵出洞去，與宋江相持。未知勝敗如何，先見威風出衆。不是方臘國中又出這個人來引兵，有分教：金階殿下人頭滾，玉砌朝門熱血噴。直使：掃清巢穴擒方臘，竪立功勛顯宋江。畢竟方臘國中出來引兵的是甚人，◎15且聽下回分解。◎16

註

※6社老：開妓院的男人。

※7韜：音韻，蘊含。此處指修練。

評點

◎12.忽然收煞賀從龍事，此文字超忽簡妙處。（芥眉）
◎13.李俊降，似與柴進說話相應，卻又不相見，先歸結了，變動不拘如此。（芥眉）
◎14.好計策。（容夾）
◎15.決是令婿了。（容眉）
◎16.禿翁曰：文字至此，都是強弩之末了，妙處還在前半截。（容評）
轉眼興亡，眞一局棋耳！古未醉臥沙場，都入春閨夢裏，信然信然。（袁評）

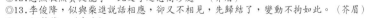

第一百十九回

魯智深浙江坐化　宋公明衣錦還鄉

話說當下方臘殿前啓奏，願領兵出洞征戰的，正是東床駙馬主爵都尉柯引。方臘見奏，不勝之喜。柯駙馬當下同領南兵，帶了雲璧奉尉，披掛上馬出師。方臘將自己金甲錦袍，賜與附馬，又選一騎好馬，叫他出戰。那柯駙馬與同皇侄方杰，引領洞中護御軍兵一萬人馬，駕前上將二十餘員，出到幫源洞口，列成陣勢。

卻說宋江軍馬困住洞口，已教將佐分調守護。宋江在陣中，因見手下弟兄，三停內折了二停，方臘又未曾拿得，南兵又不出戰，眉頭不展，面帶憂容。◎1只聽得前軍報來說：「洞中有軍馬出來交戰。」宋江、盧俊義見報，急令諸將上馬，引軍出戰，擺開陣勢，看南軍陣裏，當先是柯駙馬出戰。宋江軍中，誰不認得是柴進？宋江便令花榮出馬迎敵。花榮得令，便橫槍躍馬，出到陣前，高聲喝問：「你那廝是甚人，敢助反賊，與吾天

❀ 柴進假裝打敗梁山好漢，取得方臘信任。（日版畫，出自《新編水滸畫傳》，葛飾戴斗繪）

兵敵對？我若拿住你時，碎屍萬段，骨肉為泥！好好下馬受降，免汝一命！」柯駙馬答道：「我乃山東柯引，◎2誰不聞我大名？量你這廝們，是梁山泊一夥強徒草寇，何足道哉！偏俺不如你們手段？我直把你們殺盡，克復城池，是吾之願！」宋江與盧俊義在馬上聽了，尋思柴進口裏說的話，知他心裏的事。他把「柴」字改作「柯」字，「柴」即是「柯」也。「進」字改作「引」字，「引」即是「進」也。吳用道：「且看花榮與他迎敵。」當下花榮挺槍躍馬，來戰柯引。兩馬相交，二般軍器並舉。兩將鬥到間深裏，絞做一團，扭做一塊。◎3柴進低低道：「兄長可且詐敗，來日議事。」花榮聽了，略戰三合，撥回馬便走。柯引喝道：「敗將，吾不趕你！別有了得的，叫他出來，和俺交戰！」花榮跑馬回陣，對宋江、盧俊義說知就裏。吳用道：「再叫關勝出戰交鋒。」當時關勝舞起青龍偃月刀，飛馬出戰，大喝道：「山東小將，敢與吾敵？」那柯駙馬挺槍，便來迎敵。兩個交鋒，全無懼怯。二將鬥不到五合，關勝也詐敗佯輸，走回本陣。柯駙馬不趕，只在陣前大喝：「宋兵敢有強將出來，與吾對敵？」宋江再叫朱仝出陣，與柴進交鋒。往來廝殺，只瞞衆軍。兩個鬥不過五、七合，朱仝詐敗而走。柴進趕來盧搠一槍，朱仝棄馬跑歸本陣，南軍先搶得這匹好馬。柯駙馬招動南軍，搶殺過來，宋江急令諸將引軍退去十里下寨。柯駙馬引軍追趕了一程，收兵退回洞中。◎4

已自有人先去報知方臘，說道：「柯駙馬如此英雄，戰退宋兵，連勝三將。宋江等又折一陣，殺退十里。」方臘大喜，叫排下御宴，等待駙馬卸了戎裝披掛，請入後宮

評點

◎1.已逼入牛角尖上，何須更謀內應？得此數語，便可解嘲。（芥眉）
◎2.只山東二字，揭得甚醒。（袁眉）
◎3.從來不見柴進出戰，此便是變局。（袁眉）
◎4.此時公主聞知亦必大喜。（容眉）

賜坐。親捧金杯，滿勸柯駙馬道：「不想駙馬有此文武雙全！寡人只道賢婿只是文才秀士，若早知有此等英雄豪傑，不致折許多州郡。煩望駙馬大展奇才，立誅賊將，重興基業，與寡人共享太平無窮之富貴。」柯引奏道：「主上放心！爲臣子當以盡心報效，同興國祚。明日謹請聖上登山，看柯引廝殺，立斬宋江等輩。」方臘見奏，心中大喜，當夜宴至更深，各還宮中去了。次早，方臘設朝，叫洞中椎牛宰馬，令三軍都飽食已了，各自披掛上馬，出到幫源洞口，搖旗發喊，擂鼓搦戰。方臘卻領引內侍近臣，登幫源洞山頂，看柯駙馬廝殺。

且說宋江當日傳令，分付諸將：「今日廝殺，非比他時，正在要緊之際。汝等軍將，各各用心，擒獲賊首方臘，休得殺害。你衆軍士，只看南軍陣上柴進回馬引領，就便殺入洞中，併力追捉方臘，不可違誤！」三軍諸將得令，各自摩拳擦掌，掣劍拔槍，都要擄掠洞中金帛，盡要活捉方臘，建功請賞。◎5當時宋江諸將，都到洞前，把軍馬擺開，列成陣勢。只見南兵陣上，柯駙馬立在門旗之下，正待要出戰，只見皇侄方杰立馬橫戟道：「都尉且押手停騎，看方某先斬宋兵一將，然後都尉出馬，用兵對敵。」宋兵望見燕青跟在柴進後頭，衆將皆喜道：「今日計必成矣！」各人自行準備。且說皇侄方杰爭先縱馬搦戰，宋江陣上，關勝出馬，舞起青龍刀，來與方杰對敵。兩將交馬，一往一來，一翻一覆，戰不過十數合，宋江又遣花榮出陣，共戰方杰。方杰見二將來夾攻，全無懼怯，力敵二將。又戰數合，雖然難見輸贏，也只辦得遮攔躲避。宋江隊裏，再差李應、朱仝驟馬出陣，併力追殺。方杰見四將來夾攻，方纔撥回馬頭，望本陣中便走。柯駙馬卻在門旗下截住，把手一招，宋將關勝、花榮、朱仝、李應四將趕過來。柯駙馬便挺起手中鐵槍奔來，直取方杰。方杰見頭勢不好，急下馬逃命時，措手不及，早被柴進一槍戳著。背後雲奉尉燕青趕上一刀，殺了方杰。南軍衆將驚得呆了，各自逃生，柯駙馬大叫：「我非柯引，吾乃柴進，宋先鋒部下正將小旋風的便是！隨行雲奉尉，即是浪子燕青。今者已知得洞中內外備細，若有人活捉得方臘的，高官任做，細馬揀騎。三軍投降者，俱免血刃，抗拒者全家斬首！」回身引領四將，招起大軍，殺入洞中。方臘領著內侍近臣，在幫源洞頂上，看見殺了方杰，三軍潰亂，情知事急，一腳踢翻了金交椅，便望深山中奔走。宋江領起大隊軍馬，分開五路，殺入洞來，爭捉方臘，不想已被方臘逃去，止拿得侍從人員。燕青搶入洞中，叫了數個心腹伴當，去那庫裏擄了兩擔金珠細軟出來，◎6就內宮禁苑，放起火來。柴進殺入東宮時，那金芝公主自縊身死。◎7柴進見了，就連宮苑燒化，以下細人，放其各自逃生。衆軍將都入正宮，殺盡嬪妃彩女、親軍侍御、皇親國戚，都擄掠了方臘內宮金帛。宋江大縱軍將，入宮搜尋方臘。

卻說阮小七殺入內苑深宮裏面，搜出一箱，卻是方臘偽造的平天冠、袞龍袍、碧玉帶、白玉珪、無憂履※1。阮小七看見上面都是珍珠異寶，龍鳳錦文，心裏想道：「這是方臘穿的，我便著一著，也不打緊。」便把袞龍袍穿了，繫上碧玉帶，著了無憂履，

註

※1 無憂履：古時帝王所穿的鞋子。

評點

◎5.二語公私俱盡。（芥眉）
◎6.畢竟燕青伶俐，便有心腹人。（袁眉）
◎7.柴進忒薄情。（容夾）

戴起平天冠，卻把白玉珪插放懷裏，跳上馬，手執鞭，跑出宮前。三軍衆將，只道是方臘，一齊鬧動，搶將攏來看時，卻是阮小七，衆皆大笑。◎8這阮小七也只把做好嬉，騎著馬東走西走，看那衆將多軍搶擄。正在那裏鬧動，早有童樞密帶來的大將王稟、趙譚入洞助戰。聽得三軍鬧嚷，只說拿得方臘，逕來爭功。卻見是阮小七穿了御衣服，戴著平天冠，在那裏嬉笑。王稟、趙譚罵道：「你這廝莫非要學方臘，做這等樣子！」阮小七大怒，指著王稟、趙譚道：「你這兩個，直得甚鳥！若不是俺哥哥宋公明時，你這兩個驢馬頭，早被方臘已都砍下了！今日我等衆將弟兄成了功勞，你們顛倒來欺負！朝廷不知備細，只道是兩員大將來協助成功。」◎9王稟、趙譚大怒，便要和阮小七火併。當時阮小七奪了小校槍，便奔上來戳王稟。呼延灼看見，急飛馬來隔開，已自有軍校報知宋江。飛馬到來，見阮小七穿著御衣服，宋江、吳用喝下馬來，剝下違禁衣服，丟去一邊。宋江陪話解勸。王稟、趙譚二人雖被宋江並衆將勸和了，只是記恨於心。

當日幫源洞中，殺得屍橫遍野，流血成渠，按宋鑑所載，斬殺方臘蠻兵二萬餘級。當下宋江傳令，教四下舉火，監臨燒毀宮殿。龍樓鳳閣，內苑深宮，珠軒翠屋，盡皆焚化。有詩爲證：

黃屋朱軒半入雲，塗膏釁※2血自訢訢※3。
若還天意容奢侈，瓊室※4阿房※5可不焚。

當時宋江等衆將監看燒毀已了，引軍都來洞口屯駐，下了寨柵，計點生擒人數，只有賊首方臘未曾獲得。傳下將令，教軍將沿山搜捉。告示鄉民，但有人拿得方臘者，奏聞朝廷，高官任做。知而首者，隨即給賞。卻說方臘從幫源洞山頂落路而走，便望深山曠野，透嶺穿林，脫了赭黃袍，丟去金花幞頭，脫下朝靴，穿上草履麻鞋，爬山奔走，要逃性命。連夜退過五座山頭，走到一處山凹邊，見一個草庵，嵌在山凹裏。方臘肚中飢餓，卻待正要去茅庵內尋討些飯吃，只見松樹背後轉出一個胖大和尚來，一禪杖打翻，便取條繩索綁了。◎10那和尚不是別人，是花和尚魯智深。拿了方臘，帶到草庵中，取了些飯吃，正解出山來，卻好迎著搜山的軍健，一同綁住捉來見宋先鋒。宋江見拿得方臘，大喜，便問道：「吾師，你卻如何正等得這賊首著？」魯智深道：「洒家自從在烏龍嶺上萬松林裏廝殺，追趕夏侯成入深山裏去，被洒家殺了貪戰賊兵，直趕入亂山深處。迷蹤失徑，迤邐隨路尋去，正到曠野琳琅山內，忽遇一個老僧，引領洒家到此處茅庵中，囑付道：『柴米菜蔬都有，只在此間等候，但見個長大漢從松林深處來，你便捉住。』◎11夜來望見山前火起，小僧看了一夜，又不知此間山徑路數是何處。今早正見這賊爬過山來，因此，俺一禪杖打翻，就捉來綁，不想正是方臘！」◎12宋江又問道：「那一個老僧，今在何處？」魯智深道：「那個老僧自引小僧到茅庵裏，分付了柴米出來，竟不知投何處去了。」宋江道：「那和尚眼見得是聖僧羅漢，如此顯靈，令吾師成此大

註

※2 釁：音信。古代用牲畜的血塗器物的縫隙。

※3 訢訢：同「欣」。欣欣的意思。

※4 瓊室：商紂王所造的玉室。後亦泛指奢華的帝宮。

※5 阿房：阿房宮，秦始皇晚年修建的宮殿，後被項羽所燒。

評點

◎8.阮小七也是個趣人。（容眉）

◎9.說得透徹，罵得痛快。（芥眉）

妙人說得直恁快人意。（容眉）

◎10.勤王之功，到底讓這條禪杖。（芥眉）

◎11.得此一解，便醒前文。（袁眉）

◎12.向出意中，今出不意中。世出世同，功勛皆如此。（芥眉）

功，回京奏聞朝廷，可以還俗爲官，在京師圖個蔭子封妻，◎13光耀祖宗，報答父母劬勞之恩。」魯智深答道：「洒家心已成灰，不願爲官，只圖尋個淨了去處，安身立命足矣！」◎14宋江道：「吾師既不肯還俗，便到京師去住持一個名山大刹，爲一僧首，◎15也光顯宗風，亦報答得父母。」智深聽了，搖首叫道：「都不要，要多也無用。只得個囫圇屍首，便是強了。」◎16宋江聽罷，默上心來，各不喜歡。點本部下將佐，俱已數足，教將方臘陷車盛了，解上東京，面見天子，催起三軍，帶領諸將，離了幫源洞清溪縣，都回睦州。

卻說張招討會集劉都督、童樞密，從、耿二參謀，都在睦州聚齊，合兵一處，屯駐軍馬。見說宋江獲了大功，拿住方臘，解來睦州，衆官都來慶賀。宋江等諸將參拜已了，張招討道：「已知將軍邊塞勞苦，損折弟兄。今已全功，實爲萬幸。」宋江再拜泣涕道：「當初小將等一百八人，破遼還京，都不曾損了一個。誰想首先去了公孫勝，京師已留下數人。克復揚州，渡大江，怎知十停去七！今日宋江雖存，有何面目再見山東父老，故鄉親戚？」◎17張招討道：「先鋒休如此說。自古道：『貧富貴賤，宿生所載；壽夭短長，人生分定。』常言道：『有福人送無福人。』何以損折將佐爲恥！今日功成名顯，朝廷知道，必當重用。封官賜爵，光顯門閭，衣錦還鄉，誰不稱羨！閑事不須掛意，只顧收拾回軍。」宋江拜謝了總兵等官，自來號令諸將。張招討已傳下軍令，教把生擒到賊徒僞官等衆，除留方臘另行解赴東京，其餘從賊，都就睦州市曹，斬首施行。

評點

◎13. 只說得宋江話。（容夾）
◎14. 淨了二字妙。（袁夾）
　　氣消夢醒，不得潮生。（芥眉）
◎15. 俗人只說俗話。（容夾）
◎16. 絕頂透醒語，是眞說法。（袁眉）
◎17. 添「故鄉親戚」四字，便不見用文代肉麻處。（芥眉）

所有未收去處——衢、婺等縣賊役贓官，得知方臘已被擒獲，一半逃散，一半自行投首。張招討盡皆准首，復爲良民。就行出榜，去各處招撫，以安百姓。其餘隨從賊徒，不傷人者，亦准其自首投降，復爲鄉民，撥還產業田園。克復州縣已了，各調守禦官軍，護境安民，不在話下。再說張招討衆官，都在睦州設太平宴，慶賀衆將官僚，賞勞三軍將校，傳令教先鋒頭目，收拾朝京。軍令傳下，各各準備行裝，陸續登程。

且說先鋒使宋江思念亡過衆將，洒然淚下，不想患病在杭州張橫、穆弘等六人，朱富、穆春看視，共是八人在彼。後亦各患病身死，止留得楊林、穆春到來，隨軍征進。想起諸將勞苦，今日太平，當以超度，便就睦州宮觀淨處，揚起長旛，修設超度九幽拔罪好事，做三百六十分羅天大醮，追薦前亡後化列位偏正將佐已了。次日，椎牛宰馬，致備牲醴，與同軍師吳用等衆將，俱到烏龍神廟

宋江作法事超度陣亡將領。（日版畫，出自《新編水滸畫傳》，葛飾戴斗繪）

裏，焚帛享祭烏龍大王，謝祈龍君護佑之恩。回至寨中，所有部下正偏將佐陣亡之人，收得屍骸者，俱令各自安葬已了。宋江與盧俊義收拾軍馬將校人員，隨張招討回杭州，聽候聖旨，班師回京。眾多將佐功勞，俱各造冊，上了文簿，進呈御前。先寫表章，申奏天子。三軍齊備，陸續起程。宋江看了部下正偏將佐，止剩得三十六員回軍。◎18那三十六人是：

呼保義宋江	玉麒麟盧俊義	智多星吳用
大刀關勝	豹子頭林沖	雙鞭呼延灼
小李廣花榮	小旋風柴進	撲天鵰李應
美髯公朱仝	花和尚魯智深	行者武松
神行太保戴宗	黑旋風李逵	病關索楊雄
混江龍李俊	活閻羅阮小七	浪子燕青
神機軍師朱武	鎮三山黃信	病尉遲孫立
混世魔王樊瑞	轟天雷凌振	鐵面孔目裴宣
神算子蔣敬	鬼臉兒杜興	鐵扇子宋清
獨角龍鄒潤	一枝花蔡慶	錦豹子楊林
小遮攔穆春	出洞蛟童威	翻江蜃童猛
鼓上蚤時遷	小尉遲孫新	母大蟲顧大嫂

評點

◎18.仍不破壞「回來十八雙」之句。（芥眉）

當下宋江與同諸將，引兵馬離了睦州，前往杭州進發。正是收軍鑼響千山震，得勝旗開十里紅。於路無話，已回到杭州。因張招討軍馬在城，宋先鋒且屯兵在六和塔駐扎，諸將都在六和寺安歇使宋江、盧俊義早晚入城聽令。

且說魯智深自與武松在寺中一處歇馬聽候，看見城外江山秀麗，景物非常，心中歡喜。是夜月白風清，水天共碧，二人正在僧房裏，睡至半夜，忽聽得江上潮聲雷響。魯智深是關西漢子，不曾省得浙江潮信，只道是戰鼓響，賊人生發，跳將起來，摸了禪杖，大喝著，便搶出來。衆僧吃了一驚，都來問道：「師父何爲如此？趕出何處去？」魯智深道：「洒家聽得戰鼓響，待要出去廝殺。」衆僧都笑將起來道：「師父錯聽了！不是戰鼓響，乃是錢潮信響。」魯智深見說，吃了一驚，問道：「師父，怎地喚做潮信響？」寺內衆僧，推開窗，指著那潮頭，叫魯智深看，說道：「這潮信日夜兩番來，並不違時刻。今朝是八月十五日，合當三更子時潮來。因不失

❀《錢塘觀潮圖》，宋代夏圭繪，團扇，絹本設色，25.3公分×25.5公分。蘇州市博物館藏。夏圭，也作夏珪，字禹玉，宋臨安（今杭州）人，南宋寧宗時畫院待詔。（夏圭／fotoe提供）

信，謂之潮信。」魯智深看了，從此心中忽然大悟，拍掌笑道：「俺師父智眞長老，曾囑付與洒家四句偈言，道是『逢夏而擒』，俺在萬松林裏廝殺，活捉了個夏侯成；『遇臘而執』，俺生擒方臘；今日正應了『聽潮而圓，見信而寂』，俺想既逢潮信，合當圓寂。衆和尙，俺家問你，如何喚做圓寂？」寺內衆僧答道：「你是出家人，還不省得佛門中圓寂便是死？」◎19魯智深笑道：「既然死乃喚做圓寂，洒家今已必當圓寂。◎20煩與俺燒桶湯來，洒家沐浴。」寺內衆僧，都只道他說耍，又見他這般性格，不敢不依他，只得喚道人燒湯來，與魯智深洗浴。換了一身御賜的僧衣，便叫部下軍校：「去報宋公明先鋒哥哥，來看洒家。」又問寺內衆僧處討紙筆，寫了一篇頌子，去法堂上捉把禪椅，當中坐了，焚起一爐好香，放了那張紙在禪床上，自疊起兩隻腳，左腳搭在右腳，自然天性騰空。比及宋公明見報，急引衆頭領來看時，魯智深已自坐在禪椅上不動了。◎21頌曰：

平生不修善果，只愛殺人放火。忽地頓開金繩※6，這裏扯斷玉鎖※7。咦！錢塘江上潮信來，今日方知我是我。

宋江與盧俊義看了偈語，嗟嘆不已。衆多頭領都來看視魯智深，焚香拜禮。城內張招討並童樞密等衆官，亦來拈香拜禮。宋江自取出金帛，俵散衆僧，做個三晝夜功果，合個朱紅龕子盛了，直去請徑山住持大惠禪師，來與魯智深下火。五山十刹禪師，都來誦經。迎出龕子，去六和塔後燒化。那徑山大惠禪師手執火把，直來龕子前，指著魯智深，道幾句法語，是：

魯智深，魯智深！起身自綠林。兩隻放火眼，一片殺人心。忽地隨潮歸去，果然無處跟尋。咄！解使滿空飛白玉，能令大地作黃金。

大惠禪師下了火已了，衆僧誦經懺悔，焚化龕子，在六和塔山後，收取骨殖，葬入塔院。所有魯智深隨身多餘衣鉢，及朝廷賞賜金銀，並各官布施，盡都納入六和寺裏，常住公用。渾鐵禪杖並皂布直裰，亦留於寺中供養。當下宋江看視武松，雖然不死，已成廢人。武松對宋江說道：「小弟今已殘疾，不願赴京朝覲。盡將身邊金銀賞賜，都納此六和寺中，陪堂公用，已作清閑道人，十分好了。哥哥造冊，休寫小弟進京。」◎22宋江見說：「任從你心！」武松自此，只在六和寺中出家，後至八十善終，這是後話。

再說先鋒宋江，每日去城中聽令，待張招討中軍人馬前進，已將軍兵入城屯扎。半月中間，朝廷天使到來，奉聖旨令先鋒宋江等班師回京。張招討、童樞密、都督劉光世，從、耿二參謀，大將王稟、趙譚，中軍人馬，陸續先回京師去了。宋江等隨即收拾軍馬回京。比及起程，不想林沖染患風病癱了，◎23楊雄發背瘡而死，時遷又感攪腸痧而死。宋江見了，感傷不已。丹徒縣又申將文書來，報說楊志已死，葬於本縣山園。林沖風癱，又不能痊，就留在六和寺中，教武松看視，後半載而亡。

再說宋江與同諸將離了杭州，望京師進發，只見浪子燕青私自來勸主人盧俊義道：

註

※6金繩：佛經謂離垢國用以分別界限的金製繩索。
※7玉鎖：鎖的美稱。比喻羈身之物。

評點

◎19.如今知道許多教典的，反不濟事。（容眉）
◎20.不曉得的，到實證得。妙，妙。（袁眉）
◎21.不見宋公明等，省多少葛藤。（袁眉）
◎22.傳中獨智深、武松二人出色，其結果如此，方見英雄收場本色。（袁眉）
◎23.此後敘述收場，使人意消。（袁眉）

「小乙自幼隨侍主人，蒙恩感德，一言難盡。今既大事已畢，欲同主人納還原受官誥，私去隱跡埋名，尋個僻靜去處，以終天年。未知主人意下若何？」盧俊義道：「自從梁山泊歸順宋朝已來，俺弟兄們身經百戰，勤勞不易，邊塞苦楚，弟兄損折，幸存我一家二人性命。正要衣錦還鄉，圖個封妻蔭子，你如何卻尋這等沒結果？」燕青笑道：「主人差矣！小乙此去，正有結果，只恐主人此去無結果耳。」◎24若燕青，可謂知進退存亡之機矣。◎25有詩爲證：

略地攻城志已酬，陳辭欲伴赤松※8遊。
時人苦把功名戀，只怕功名不到頭。

盧俊義道：「燕青，我不曾存半點異心，朝廷如何負我？」燕青道：「主人豈不聞韓信立下十大功勞，只落得未央宮裏斬首。彭越醢爲肉醬，英布弓弦藥酒？主公，你可尋思，禍到臨頭難走！」盧俊義道：「我聞韓信三齊擅自稱王，教陳豨※9造反；彭越殺身亡家，◎26大梁不朝高祖；英布九江受任，要謀漢帝江山。以此漢高帝詐遊雲夢，令呂后斬之。我雖不曾受這般重爵，亦不曾有此等罪過。」◎27燕青道：「既然主公不聽小乙之言，只怕悔之晚矣！小乙本待去辭宋先鋒，他是個義重的人，必不肯放，只此辭別主公。」盧俊義道：「你辭我，待要那裏去？」燕青道：「也只在主公前後。」◎28盧俊義

註
※8赤松：赤松子，古代神話人物，相傳爲神農的雨師。
※9豨：音西。

魯智深夜裏聽到江上潮聲雷響，從而悟道。（朱寶榮繪）／左頁圖

評點
◎24.已自說破。（容眉）
◎25.一部書說至此，使人熱腸憤氣一時俱消，並英雄忠義等字都應掃卻。（袁眉）
◎26.只爲記問壞了事。（容夾）
◎27.痴人不可與言。（容眉）
◎28.妙人妙語。（袁夾）

笑道：「原來也只恁地。看你到那裏？」燕青納頭拜了八拜，當夜收拾了一擔金珠寶貝挑著，竟不知投何處去了。次日早晨，軍人收拾字紙一張，來報覆宋先鋒。宋江看那一張字紙時，上面寫道是：

辱弟燕青百拜懇告先鋒主將麾下：自蒙收錄，多感厚恩。效死幹功，補報難盡。今自思命薄身微，不堪國家任用，情願退居山野，爲一閑人。本待拜辭，恐主將義氣深重，不肯輕放，連夜潛去。今留口號四句拜辭，望乞主帥恕罪：

雁序分飛自可驚，納還官誥不求榮。
身邊自有君王赦，洒脫風塵過此生。

宋江看了燕青的書，並四句口號，心中鬱悒不樂。當時盡收拾損折將佐的官誥牌面，送回京師，繳納還官。

宋兵人馬，迤邐前進，比及行至蘇州城外，只見混江龍李俊詐中風疾，倒在床上。◎29手下軍人來報宋先鋒。宋江見報，親自領醫人來看治，李俊道：「哥哥休誤了回軍的程限，朝廷見責，亦恐張招討先回日久。哥哥憐憫李俊時，可以丟下童威、童猛，看視兄弟。待病體痊可，隨後趕來朝覲。哥哥軍馬，請自赴京。」宋江見說，心雖不然，倒不疑慮，只得引軍前進。又被張招討行文催趲，宋江只得留下李俊、童威、童猛三人，自同諸將上馬赴京去了。且說李俊三人竟來尋見費保四個，不負前約，七人都在榆柳莊上商議定了，盡將家私打造船隻，從太倉港乘駕出海，自投化外國去了，後來爲暹羅國

評點

◎29.燕青去得伶俐，李俊留得隱秀，俱得高人一著。（袁眉）
◎30.隨他兄弟們心情不一，宋江只是一心歸朝廷，一心護眾弟兄，千難萬難。（袁眉）

之主。童威、費保等都做了化外官職，自取其樂，另霸海濱，這是李俊的後話。詩曰：

知幾君子事，明哲邁夷倫※10。
重結義中義，更全身外身。
潯水舟無繫，榆莊柳又新。
誰知天海闊，別有一家人。

再說宋江等諸將一行軍馬，在路無話，復過常州、潤州相戰去處，宋江無不傷感。◎30軍馬渡江，十存二三。過揚州，進淮安，望京師不遠了。宋江傳令，叫眾將各各準備朝覲。三軍人馬，九月二十後，回到東京。張招討中軍人馬，先進城去。宋江等軍馬，只就城外屯住，扎營於舊時陳橋驛，聽候聖旨。此時有先前留下伏侍李俊等小校，從蘇州來，報說李俊原非患病，只是不願朝京為官，今與童威、童猛不知何處去了。宋江又復嗟嘆，叫裴宣寫錄現在朝京大小正偏將佐數目，共計二十七員，

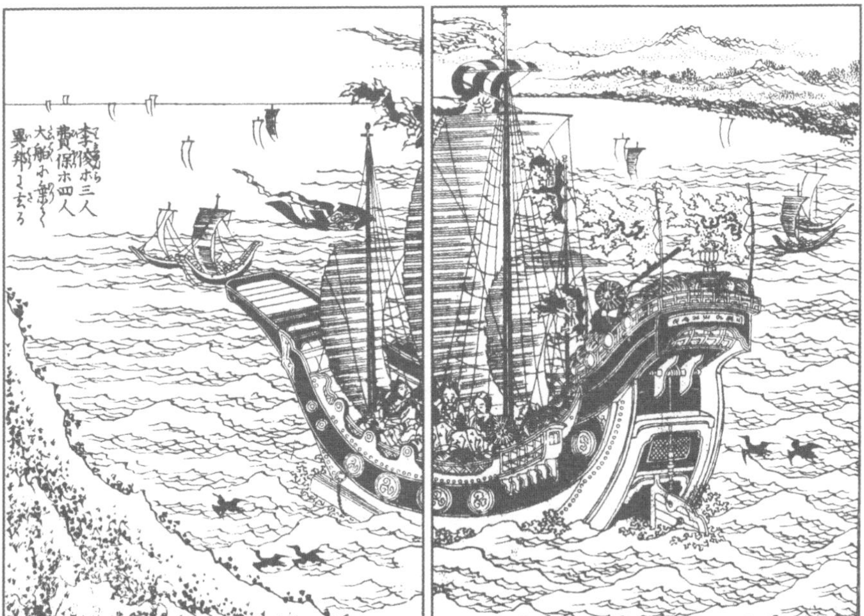

⊗李俊與費保等人乘船出海。（日版畫，出自《新編水滸畫傳》，葛飾戴斗繪）

註

※10 夷倫：常類，平常之輩。

並歿於王事者，俱錄其名數，寫成謝恩表章，仍令正偏將佐，俱各準備幞頭公服，伺候朝見天子。三日之後，上皇設朝，近臣奏聞天子，教宣宋江等面君朝見。此日東方漸明，宋江、盧俊義等二十七員將佐，奉旨即忙上馬入城。東京百姓看了時，此是第三番朝見。◎31想這宋江等初受招安時，卻奉聖旨，都穿御賜的紅綠錦襖子，懸掛金銀牌面，入城朝見。破遼兵之後，回京師時，天子宣命，都是披袍掛甲，戎裝入朝朝見。今番太平回朝，天子特命文扮，卻是幞頭公服，入城朝覲。東京百姓看了，只剩得這幾個回來，衆皆嗟嘆不已。◎32宋江等二十七人，來到正陽門下，齊齊下馬入朝。侍御史引至丹墀玉階之下，宋江、盧俊義爲首，上前八拜，退後八拜，進中八拜，三八二十四拜，揚塵舞蹈，山呼萬歲。君臣禮足，徽宗天子看見宋江等只剩得這些人員，心中嗟念。上皇命都宣上殿，宋江、盧俊義引領衆將，都上金階，齊跪在珠簾之

杭州市西湖，宋義士武松之墓。（邵風雷／fotoe提供）

下。上皇命賜衆將平身，左右近臣，早把珠簾捲起。天子乃曰：「朕知卿等衆將，收剿江南，多負勞苦。卿等弟兄，損折大半，朕聞不勝傷悼。」宋江垂淚不止，仍自再拜奏曰：「以臣鹵鈍薄才，肝腦塗地，亦不能報國家大恩。昔日念臣共聚義兵一百八人，登五臺發願，誰想今日十損其八。謹錄人數，未敢擅便具奏，伏望天慈，俯賜聖鑑。」上皇曰：「卿等部下，歿於王事者，朕命各墳加封，不沒其功。」宋江再拜，進上表文一通。表曰：

平南都總管正先鋒使臣宋江等謹上表：伏念臣江等愚拙庸才，孤陋俗吏，往犯無涯之罪，幸蒙莫大之恩。高天厚地豈能酬，粉骨碎身何足報！股肱竭力，離水泊以除邪；兄弟同心，登五臺而發願。全忠秉義，護國保民。幽州城鏖戰遼兵，清溪洞力擒方臘。雖則微功上達，奈緣良將下沉。臣江日夕憂懷，旦暮悲愴。伏望天恩，俯賜聖鑑，使已歿者皆蒙恩澤，在生者得庇洪休※11。臣江乞歸田野，願作農民，實陛下仁育之賜。臣江等不勝戰悚之至！謹錄存歿人數，隨表上進以聞。

陣亡正偏將佐五十九員：

正將一十四員：

秦明　徐寧　董平　張清　劉唐

註

※11 洪休：猶洪福。

評點

◎31. 三番朝見，只此一語，多少增寵，多少增悲。（芥眉）
◎32. 敘此一段百姓看見的話，情景慘然，最是刺人利害，而一輩賊臣令不動念，豈不可恨！（芥眉）

史進　索超　張順　阮小二　阮小五
雷橫　石秀　解珍　解寶

偏將四十五員：

宋萬　焦挺　陶宗旺　韓滔　彭玘
鄭天壽　曹正　王定六　宣贊　孔亮
施恩　郝思文　鄧飛　周通　龔旺
鮑旭　段景住　侯健　孟康　王英
扈三娘　項充　李袞　燕順　馬麟
單廷珪　魏定國　呂方　郭盛　歐鵬
陳達　楊春　郁保四　李忠　薛永
李雲　石勇　杜遷　丁得孫　鄒淵
李立　湯隆　蔡福　張青　孫二娘

於路病故正偏將佐一十員：

正將五員：

林沖　楊志　張橫　穆弘　楊雄

偏將五員：

孔明　朱貴　朱富　白勝　時遷

杭州六和寺坐化正將一員：◎33

魯智深

折臂不願恩賜，六和寺出家正將一員：

武松

舊在京回還薊州出家正將一員：

公孫勝

不願恩賜，於路上去正偏將四員：

正將二員：

燕青　李俊

偏將二員：

童威　童猛

舊留在京師，並取回醫士，現在京偏將五員：

安道全　皇甫端　金大堅　蕭讓　樂和

現在朝覲正偏將佐二十七員：

正將一十二員：

宋江　盧俊義　吳用　關勝　呼延灼

花榮　柴進　李應　朱仝　戴宗　李逵　阮小七

評點

◎33.有此等開除人目，奇絕奇絕。（袁眉）

偏將一十五員：

朱武　黃信　孫立　樊瑞　凌振
裴宣　蔣敬　杜興　宋清　鄒潤
蔡慶　楊林　穆春　孫新　顧大嫂

宣和五年九月　日，先鋒使臣宋江　副先鋒臣盧俊義等謹上表。

上皇覽表，嗟嘆不已。乃曰：「卿等一百八人，上應星曜，今止有二十七人見存，又辭去了四個，眞乃十去其八矣！」隨降聖旨，將這已歿於王事者，正將偏將，各授名爵。正將封爲忠武郎，偏將封爲義節郎。如有子孫者，就令赴京，照名承襲官爵；如無子孫者，敕賜立廟，所在享祭。惟有張順顯靈有功，敕封金華將軍。僧人魯智深擒獲賊寇有功，善終坐化於大剎，加贈義烈照暨禪師。武松對敵有功，傷殘折臂，現於六和寺出家，封清忠祖師，賜錢十萬貫，以終天年。已故女將二人：扈三娘加贈花陽郡夫人，孫二娘加贈旌德郡君。現在朝覲，除先鋒使另封外，正將十員，各授武節將軍，諸州統制；偏將十五員，各授武奕郎，諸路都統領；管軍管民，省院聽調。女將一員顧大嫂，封授東源縣君。

先鋒使宋江加授武德大夫※12、楚州安撫使，兼兵馬都總管。

副先鋒盧俊義加授武功大夫※13、廬州安撫使，兼兵馬副總管。

軍師吳用授武勝軍承宣使※14。

關勝授大名府正兵馬總管。
呼延灼授御營兵馬指揮使。
花榮授應天府兵馬都統制。
柴進授橫海軍滄州都統制。
李應授中山府鄆州都統制。
朱仝授保定府都統制。
戴宗授袞州府都統制。
李逵授鎮江潤州都統制。◎34
阮小七授蓋天軍都統制。

上皇敕命，各各正偏將佐，封官授職，謝恩聽命，給付賞賜。偏將一十五員，各賜金銀三百兩、彩緞五表裏。正將一十員，各賜金銀五百兩、彩緞八表裏。先鋒使宋江、盧俊義，各賜金銀一千兩、錦緞十表裏、御花袍一套、名馬一匹。宋江等謝恩畢，又奏睦州烏龍大王，二次顯靈，護國保民，救護軍將，以致全勝。上皇准奏，聖敕加封忠靖靈德普佑孚惠龍王。御筆改睦州爲嚴州，歙州爲徽州，因是方臘造反之地，各帶反文字體。◎35清溪縣改爲淳安縣，幫源洞鑿開爲山島。敕委本州官庫內支錢，起建烏龍大王

註

※12武德大夫：宋朝武官中等官制。宋武官五十二級，此爲二十七級。
※13武功大夫：宋朝武官中等官制。宋武官五十二級，此爲二十六級。
※14承宣使：宋代沒有定額限制，亦沒有職責的備官官職。按書中所述，宋江一夥的封賞十分低。

評點

◎34.不必壽張做知縣矣。（容夾）
◎35.亦典亦俚，是小說當行語。（芥眉）

廟，御賜牌額，至今古蹟尚存。江南但是方臘殘破去處，被害人民，普免差徭三年。當日宋江等各各謝恩已了，天子命設太平筵宴，慶賀功臣。文武百官、九卿四相，同登御宴。是日，賀宴已畢，衆將謝恩。宋江又奏：「臣部下自梁山泊受招安，軍卒亡過大半，尚有願還家者，乞陛下聖恩優恤。」天子准奏，降敕：「如願爲軍者，賜錢一百貫、絹十匹，於龍猛、虎威二營收操，月支俸糧養贍。如不願者，賜錢二百貫、絹十匹，各令回鄉，爲民當差。」宋江又奏：「臣生居鄆城縣，獲罪以來，自不敢還鄉，乞聖上寬恩給假，回鄉拜掃，省視親族，卻還楚州之任。未敢擅便，乞請聖旨。」上皇聞奏大喜，再賜錢十萬貫，作還鄉之資。◎36宋江謝恩已罷，辭駕出朝。次日，中書省作太平筵宴，管待衆將。第三日，樞密院又設宴慶賀太平。其張招討、劉都督、童樞密，從、耿二參謀，王、趙二大將，朝廷自升重爵，不在此本話內。太乙院題本，奏請聖旨，將方臘於東京市曹上凌遲處死，剮了三日示衆。有詩爲證：

宋江重賞升官日，方臘當刑受剮時。
善惡到頭終有報，只爭來早與來遲！

再說宋江奏請了聖旨，給假回鄉省親。部下軍將，願爲軍者報名，送發龍猛、虎威二營收操，關給賞賜馬軍守備；願爲民者，關請銀兩，各各還鄉，爲民當差。部下偏將，亦各請受恩賜，聽除管軍管民，護境爲官，關領誥命，各人赴任，與國安民。

宋江分派已了，與衆暫別，自引兄弟宋清，帶領隨行軍健一、二百人，挑擔御物、行李、衣裝、賞賜，離了東京，望山東進發。宋江、宋清在馬上，衣錦還鄉，離了京師，回歸故里。於路無話，自來到山東鄆城縣宋家村。◎37鄉中故舊、父老、親戚，都來迎接宋江，回到莊上。不期宋太公已死，靈柩尚存。宋江、宋清痛哭傷感，不勝哀戚。家眷、莊客，都來拜見宋江。莊院田產、家私什物，宋太公存日，整置得齊備，亦如舊時。宋江在莊上修設好事，請僧命道，修建功果，薦拔亡過父母宗親。州縣官僚，探望不絕。擇日選時，親扶太公靈柩，高原安葬。是日，本州官員、親鄰父老、賓朋眷屬，盡來送葬已了，不在話下。宋江思念玄女娘娘願心未酬，將錢五萬貫，命工匠人等，重建九天玄女娘娘廟宇，兩廊山門，裝飾聖像，彩畫兩廊，俱已完備。不覺在鄉日久，誠恐上皇見責，選日除了孝服，又做了幾日道場，次後設一大會，請當村鄉尊父老，飲宴酌杯，以敘闊別之情。次日，親戚亦皆置筵慶賀，不在話下。宋江將莊院交割與次弟宋清，雖受官爵，只在鄉中務農，奉祀宗親香火。將多餘錢帛，散惠下民。

宋江在鄉中住了數月，辭別鄉老故舊，再回東京，與眾弟兄相見。眾人有搬取老小家眷回京住的，有往任所去的，亦有夫主兄弟歿於王事的，朝廷已自頒降恩賜金帛，令歸鄉里，優恤其家。宋江自到東京，發遣回鄉，都已完足。朝前聽命，辭別省院諸官，收拾赴任。只見神行太保戴宗來探宋江，坐間說出一席話來，有分教：宋公明生爲鄆城縣英雄，死作蓼兒窪土地。正是：凜凜清風生廟宇，堂堂遺像在凌煙。畢竟戴宗對宋江說出甚話來？且聽下回分解。◎38

評點

◎36.此一段便足慰忠義本心，莫更求多，功名之士皆因知悉。（芥眉）
◎37.兩個強盜回來了。（容眉）
◎38.到得功成名遂，已是漏盡鐘鳴，可發清夜深省。（袁評）

第一百二十回 宋公明神聚蓼兒窪 徽宗帝夢遊梁山泊

話說宋江衣錦還鄉，還至東京，與衆弟兄相會，令其各人收拾行裝，前往任所。當有神行太保戴宗來探宋江，二人坐間閑話。只見戴宗起身道：「小弟已蒙聖恩，除授袞州都統制。今情願納下官誥，要去泰安州嶽廟裏，陪堂求閑，過了此生，實爲萬幸。」◎1宋江道：「賢弟何故行此念頭？」戴宗道：「是弟夜夢崔府君※1勾喚，因此發了這片善心。」宋江道：「賢弟生身，既爲神行太保，他日必作嶽府靈聰。」自此相別之後，戴宗納還了官誥，去到泰安州嶽廟裏，陪堂出家，每日殷勤奉祀聖帝香火，虔誠無忽。後數月，一夕無恙，請衆道伴相辭作別，大笑而終。◎2後來在嶽廟裏累次顯靈，州人廟祝，隨塑戴宗神像於廟裏，胎骨※2是他眞身。又有阮小七受了誥命，辭別宋江，已往蓋天軍做都統制職事。未及數月，被大將王稟、趙譚懷挾幫源洞辱罵舊恨，累累於童樞密前訴說阮小七的過失，◎3曾穿著方臘的赭黃袍、龍衣玉帶，雖是一時戲耍，終久懷心不良，亦且蓋天軍地僻人蠻，必致造反。童貫把此事達知蔡京，奏過天子，請降了聖旨，行移公文到彼處，追奪阮小七本身的官誥，復爲庶民。阮小七見了，心中也自歡喜，◎4帶了老母，回還梁山泊石碣村，依舊打魚爲生，奉養老母，以終天年，◎5後來壽至六十而亡。且說小旋風柴進在京師，見戴宗納還官誥，求閑去了，又見說朝廷追奪

評點

◎1.前幾個「只見」掃許多雄心，又留一個，「只見」收場，更使人蕭淡。（芥眉）
◎2.看他敘退步的結果，與留身的結果處，始知執忠義二字亦能誤人。（芥眉）
◎3.王、趙大有見識，用得用得。（容眉）
◎4.有肯歡喜的，有肯畏避的，於本人得自在；有不肯歡喜的，不肯畏避的，於朝廷便不自在。清時亂世有此等人，皆非國之福也。（芥眉）
◎5.如今戴紗帽的，一失官職，性命一併失了，視阮小七何如？（容眉）
◎6.又映破遼關目。（袁夾）
◎7.留一個以功名終。（袁眉）

了阮小七官誥，不合戴了方臘的平天冠、龍衣玉帶，意在學他造反，罰爲庶民，尋思：「我亦曾在方臘處做駙馬，倘或日後奸臣們知得，於天子前讒佞，見責起來，追了誥命，豈不受辱？不如自識時務，免受玷辱。」推稱風疾病患，不時舉發，難以任用，情願納還官誥，求閑爲農。辭別衆官，再回滄州橫海郡爲民，自在過活。忽然一日，無疾而終。李應受中山府都統制，赴任半年，聞知柴進求閑去了，自思也推稱風癱，不能爲官，申達省院，繳納官誥，復還故鄉獨龍岡村中過活。後與杜興一處作富豪，俱得善終。關勝在北京大名府總管兵馬，甚得軍心，衆皆欽伏。一日，操練軍馬回來，因大醉，失腳落馬，得病身亡。呼延灼受御營指揮使，每日隨駕操備。後領大軍，破大金兀朮四太子，出軍殺至淮西，陣亡。◎6只有朱仝在保定府管軍有功，後隨劉光世破了大金，直做到太平軍節度使。◎7花榮帶同妻小妹子，前赴應天府到任。吳用自來單

朱武、樊瑞投奔公孫勝出家。（日版畫，出自《新編水滸畫傳》，葛飾戴斗繪）

註

※1崔府君：名珏，字元靖，樂平（今昔陽）人，唐貞觀進士，爲長子縣令，有功德於潞地，相傳其死後成神。又名顯應王。

※2胎骨：塑像的骨架。

身，只帶了隨行安童※3，去武勝軍到任。李逵亦是獨自帶了兩個僕從，自來潤州到任。話說為何只說這三個到任，別的都說了絕後結果？為這七員正將，都不厮見著，先說了結果。後這五員正將，宋江、盧俊義、花榮、吳用、李逵還有厮會處，以此未說絕了，結果下來便見。

再說宋江、盧俊義在京師，都分派了諸將賞賜，各各令其赴任去訖。歿於王事者，止將家眷人口，關給與恩賞錢帛金銀，仍各送回故鄉，聽從其便。再有現在朝京偏將一十五員，除兄弟宋清還鄉為農外，杜興已自跟隨李應還鄉去了；◎8黃信仍任青州；孫立帶同兄弟孫新、顧大嫂，並妻小，自依舊登州任用；鄒潤不願為官，回登雲山去了；蔡慶跟隨關勝，仍回北京為民；裴宣自與楊林商議了，自回飲馬川，受職求閑去了；蔣敬思念故鄉，願回潭州為民；朱武自來投授樊瑞道法，兩個做了全真先生，雲遊江湖，去投公孫勝出家，以終天年；穆春自回揭陽鎮鄉中，復為良民；凌振炮手非凡，仍受火藥局御營任用。舊在京師偏將五員：安道全欽取回京，就於太醫院做了金紫醫官※4；皇甫端原受御馬監大使；金大堅已在內府御寶監※5為官；蕭讓在蔡太師府中受職，作門館先生※6；樂和在駙馬王都尉府中盡老清閑，終身快樂，不在話下。

且說宋江自與盧俊義分別之後，各自前去赴任。盧俊義亦無家眷，帶了數個隨行伴當，自望廬州去了。宋江謝恩辭朝，別了省院諸官，帶同幾個家人僕從，前往楚州赴任。自此相別，都各分散去了，◎9亦不在話下。

且說宋朝原來自太祖帝位之時，說了誓願，以致朝代奸佞不清。◎10至今徽宗天子，至聖至明，不期致被奸臣當道，讒佞專權，屈害忠良，深可憫念。當此之時，卻是蔡京、童貫、高俅、楊戩四個賊臣，變亂天下，壞國、壞家、壞民。◎11當有殿帥府太尉高俅、楊戩，因見天子重禮厚賜宋江等這夥將校，心內好生不然。兩個自來商議道：「這宋江、盧俊義皆是我等仇人，今日倒吃他做了有功之臣，受朝廷這等恩賜，卻教他上馬管軍，下馬管民。我等省院官僚，如何不惹人恥笑？自古道：『恨小非君子，無毒不丈夫！』」◎12楊戩道：「我有一計，先對付了盧俊義，便是絕了宋江一隻臂膊。這人十分英勇，若先對付了宋江，他若得知，必變了事，倒惹出一場不好。」高俅道：「願聞你的妙計如何？」楊戩道：「排出幾個廬州軍漢，來省院首告盧安撫招軍買馬，積草屯糧，意在造反，便與他申呈去太師府啓奏，和這蔡太師都瞞了。等太師奏過天子，請旨定奪，卻令人賺他來京師。待上皇賜御食與他，於內下了些水銀，卻墜了那人腰腎，做用不得，便成不得大事。再差天使卻賜御酒與宋江吃，酒裏也與他下了慢藥，只消半月之間，一定沒救。」高俅道：「此計大妙！」◎13有詩堪笑：

自古權奸害善良，不容忠義立家邦。
皇天若肯明昭報，男作俳優女作娼。◎14

註

※3安童：年齡幼小的童僕。
※4金紫醫官：品位高的醫官。宋代四品以上官服用紫色，佩戴金魚，後用金紫來泛稱高官。
※5御寶監：掌管天子信符的內廷機構。
※6門館先生：教書先生。

評點

◎8.此數人又綴在後，文局不死。（袁眉）
◎9.亦甚傷心。（袁夾）
◎10.不說明更妙。（芥夾）
追根究源，旨意玄遠，看官不可不知。（芥眉）
◎11.大海歸瀾，到頭結穴。（袁眉）
◎12.好漢們恐惹人恥笑，小人卻如此用。（袁夾）
◎13.果然妙。（容夾）
◎14.罵得好，快活，快活！（容評）

兩個賊臣計議定了，著心腹人出來尋覓兩個廬州土人，寫與他狀子，叫他去樞密院首告盧安撫在廬州即日招軍買馬，積草屯糧，意欲造反，使人常往楚州，結連安撫宋江，通情起義。樞密院卻是童貫，亦與宋江等有仇，當即收了原告狀子，逕呈來太師府啓奏。蔡京見了申文，便會官計議。此時高俅、楊戩俱各在彼，四個奸臣定了計策，引領原告人，入內啓奏天子。上皇曰：「朕想宋江、盧俊義征討四方虜寇，掌握十萬兵權，尚且不生歹念。今已去邪歸正，焉肯背反？寡人不曾虧負他，如何敢叛逆朝廷？其中有詐，未審虛的，難以准信。」◎15當有高俅、楊戩在旁奏道：「聖上道理雖然，人心難忖。想必是盧俊義嫌官卑職小，不滿其心，復懷反意，不幸被人知覺。」上皇曰：「可喚來寡人親問，自取實招。」蔡京、童貫又奏道：「盧俊義是一猛獸，未保其心。倘若驚動了他，必致走透，深爲未便，今後難以收捕。只可賺來京師，陛下親賜御膳御酒，將聖言撫諭之，窺其虛實動靜。若無，不必究問，亦顯陛下不負功臣之念。」◎16上皇准奏，隨即降下聖旨，差一使命逕往廬州，宣取盧俊義還朝，有委用的事。天使奉命來到廬州，大小官員，出郭迎接，直至州衙，開讀已罷。話休絮煩。盧俊義聽了聖旨，宣取回朝，便同使命離了廬州，一齊上了鋪馬來京。於路無話，早至東京皇城司前歇了。次日，早到東華門外，伺候早朝。時有太師蔡京、樞密院童貫、太尉高俅、楊戩，引盧俊義於偏殿，朝見上皇。拜舞已罷，天子道：「寡人欲見卿一面。」又問：「廬州可容身否？」盧俊義再拜奏道：「托賴聖上洪福齊天，彼處軍民，亦皆安泰。」上皇又

評點

◎15.明見萬里。（容眉）
◎16.奸人最善言語，只一句信人了。（芥眉）
◎17.應繳天罡星合當聚會之可。（袁眉）
◎18.水銀活殮，亦是一奇。（袁夾）

問了些閑話，俄延至午，尚膳廚官奏道：「進呈御膳在此，未敢擅便，乞取聖旨。」此時高俅、楊戩已把水銀暗地著放在裏面，供呈在御案上。天子當面將膳賜與盧俊義，盧俊義拜受而食。上皇撫諭道：「卿去廬州，務要盡心，安養軍士，勿生非意。」盧俊義頓首謝恩，出朝回還廬州，全然不知四個賊臣設計相害。高俅、楊戩相謂曰：「此後大事定矣！」再說盧俊義是夜便回廬州來，覺道腰腎疼痛，動舉不得，不能乘馬，坐船回來。行至泗州淮河，天數將盡，自然生出事來。◎17其夜因醉，要立在船頭上消遣，不想水銀墜下腰胯並骨髓裏去，冊立※7不牢，亦且酒後失腳，落於淮河深處而死。◎18可憐河北玉麒麟，屈作水中冤抑鬼。從人打撈起屍首，具棺槨殯於泗州高原深處。本州官員動文書申覆省院，不在話下。

且說蔡京、童貫、高俅、楊戩四個賊臣，計較定了，將齎泗州申達文書，早朝

註

※7冊立：站立。

盧俊義中毒後月夜落水而死。（朱寶榮繪）

奏聞天子說：「泗州申覆盧安撫行至淮河，因酒醉墜水而死。臣等省院，不敢不奏。今盧俊義已死，只恐宋江心內設疑，別生他事。乞陛下聖鑑，可差天使，齎御酒往楚州賞賜，以安其心。」◎19上皇沉吟良久，欲道不准，未知其心，意欲准行，誠恐有弊。上皇無奈，終被奸臣讒佞所惑，◎20片口張舌，花言巧語，緩裏取事，無不納受。遂降御酒二樽，差天使一人，齎往楚州，限目下便行。眼見得這使臣亦是高俅、楊戩二賊手下心腹之輩，天數只注宋公明合當命盡，不期被這奸臣們將御酒內放了慢藥在裏面，卻教天使齎擎了，逕往楚州來。

且說宋公明自從到楚州為安撫，兼管總領兵馬。到任之後，惜軍愛民，百姓敬之如父母，軍校仰之若神明，◎21訟庭肅然，六事俱備，人心既服，軍民欽敬。宋江公事之暇，時常出郭遊頑。原來楚州南門外，有個去處，地名喚做蓼兒窪。其山四面都是水港，中有高山一座。其山秀麗，松柏森然，甚有風水。雖然是個小去處，其內山峰環繞，龍虎踞盤，曲折峰巒，陂階臺砌。四圍港汊，前後湖蕩，儼然是梁山泊水滸寨一般。◎22宋江看了，心中甚喜，自己想道：「我若死於此處，堪為陰宅。◎23但若身閑，常去遊頑，樂情消遣。」◎24

話休絮煩。自此宋江到任以來，將及半載，時是宣和六年首夏初旬，忽聽得朝廷降賜御酒到來，與眾出郭迎接。入到公廨，開讀聖旨已罷，天使捧過御酒，教宋安撫飲畢。宋江亦將御酒回勸天使，天使推稱自來不會飲酒。◎25御酒宴罷，天使回京。宋江備

評點

◎19.好計好計，一毫不露痕跡，當是殺人妙手。（容眉）
◎20.出脫上皇，有分寸，更可憐。（袁眉）
◎21.楚州又被他哄了。（容夾）
◎22.像梁泊了，何不造反？（容夾）
◎23.又貪風水來。（容夾）
◎24.有情興，有歸結，是個有頭有尾的人。（袁眉）

禮，饋送天使，天使不受而去。宋江自飲御酒之後，覺道肚腹疼痛，心中疑慮，想被下藥在酒裏。卻自急令從人打聽那來使時，於路館驛，卻又飲酒。宋江已知中了奸計，必是賊臣們下了藥酒，乃嘆曰：「我自幼學儒，長而通吏，不幸失身於罪人，並不曾行半點異心之事。今日天子輕聽讒佞，賜我藥酒，得罪何辜。我死不爭，只有李逵現在潤州都統制，他若聞知朝廷行此奸弊，必然再去嘯聚山林，把我等一世清名忠義之事壞了。◎26只除是如此行方可。」連夜使人往潤州喚取李逵星夜到楚州，別有商議。且說李逵自到潤州爲都統制，只是心中悶倦，與衆終日飲酒，只愛貪杯。聽得宋江差人到來有請，李逵道：「哥哥取我，必有話說。」便同幹人下了船，直到楚州，逕入州治，拜見宋江罷。宋江道：「兄弟，自從分散之後，日夜只是想念衆人。吳用軍師，武勝軍又遠，花知寨在應天府，又不知消耗，只有兄弟在潤州鎮江較近，特請你來商量一件大事。」李逵道：「哥哥，甚麼大事？」宋江道：「你且飲酒！」宋江請進後廳，現成杯盤，隨即管待李逵，吃了半晌酒食。將至半酣，宋江便道：「賢弟不知，我聽得朝廷差人賫藥酒來，賜與我吃。如死，卻是怎地好？」李逵大叫一聲：「哥哥，反了罷！」◎27宋江道：「兄弟，軍馬盡都沒了，兄弟們又各分散，如何反得成？」李逵道：「我鎮江有三千軍馬，哥哥這裏楚州軍馬，盡點起來，並這百姓，都盡數起去，併氣力招軍買馬殺將去！只是再上梁山泊倒快活！強似在這奸臣們手下受氣！」宋江道：「兄弟且慢著，再有計較。」原來那接風酒內，已下了慢藥。當夜李逵飲酒了，次日，具舟相送。李逵道：

評點

◎25.此人也知道的。（容夾）
◎26.到底爲自家。（容眉）
◎27.痴子，做不來了。（容眉）

「哥哥幾時起義兵，我那裏也起軍來接應。」宋江道：「兄弟，你休怪我！前日朝廷差天使，賜藥酒與我服了，死在旦夕。我為人一世，只主張『忠義』二字，不肯半點欺心。今日朝廷賜死無辜，寧可朝廷負我，我忠心不負朝廷。我死之後，恐怕你造反，壞了我梁山泊替天行道忠義之名。因此，請將你來，相見一面。昨日酒中，已與了你慢藥服了，回至潤州必死。你死之後，可來此處楚州南門外，有個蓼兒窪，風景盡與梁山泊無異，和你陰魂相聚。我死之後，屍首定葬於此處，我已看定了也！」言訖，墮淚如雨。李逵見說，亦垂淚道：「罷，罷，罷！生時伏侍哥哥，死了也只是哥哥部下一個小鬼！」◎28言訖淚下，便覺道身體有些沉重。當時灑淚，拜別了宋江下船。回到潤州，果然藥發身死。李逵臨死之時，囑咐從人：「我死了，可千萬將我靈柩去楚州南門外蓼兒窪和哥哥一處埋葬。」囑罷而死。從人置備棺槨盛貯，不負其言，

宋江設計讓李逵喝了藥酒。（朱寶榮繪）

扶柩而往。再說宋江自從與李逵別後，心中傷感，思念吳用、花榮，不得會面。是夜藥發臨危，囑咐從人親隨之輩：「可依我言，將我靈柩安葬此間南門外蓼兒窪高原深處，必報你衆人之德。乞依我囑！」言訖而逝。宋江從人置備棺槨，依禮殯葬。楚州官吏聽從其言，不負遺囑，當與親隨人從、本州吏胥老幼，扶宋公明靈柩，葬於蓼兒窪。數日之後，李逵靈柩，亦從潤州到來，葬於宋江墓側，不在話下。且說宋清在家患病，聞知家人回來，報說哥哥宋江已故在楚州，病在鄆城，不能前來津送。後又聞說葬於本州南門外蓼兒窪，只令得家人到來祭祀，看視墳塋，修築完備，回覆宋清，不在話下。

　　卻說武勝軍承宣使軍師吳用，自到任之後，常常心中不樂，每每思念宋公明相愛之心。忽一日，心情恍惚，寢寐不安。至夜，夢見宋江、李逵二人，扯住衣服，說道：「軍師，我等以忠義爲主，替天行道，於心不曾負了天子。今朝廷賜飲藥酒，我死無辜。身亡之後，現已葬於楚州南門外蓼兒窪深處。軍師若想舊日之交情，可到墳塋，親來看視一遭。」◎29吳用要問備細，撒然覺來，乃是南柯一夢。吳用淚如雨下，坐而待旦。得了此夢，寢食不安。次日，便收拾行李，逕往楚州來。不帶從人，獨自奔來。前至楚州，果然宋江已死，只聞彼處人民無不嗟嘆。◎30吳用安排祭儀，直至南門外蓼兒窪，尋到墳塋，置祭宋公明、李逵，就於墓前，以手摑其墳塚，哭道：「仁兄英靈不昧，乞爲昭鑑。吳用是一村中學究，始隨晁蓋，後遇仁兄，救護一命，坐享榮華。到今數十餘載，皆賴兄之德。今日既爲國家而死，托夢顯靈與我，兄弟無以報答，願得將此

評點

◎28.以死相贈，能使受之者不以爲怪，眞兄弟，眞忠義，可敬可哀。（袁眉）
◎29.李逵之死不關朝廷，見宋公明直是這般冤枉。（容眉）
◎30.人民嗟嘆於此處出更驚動，與用在宋江死時不同，作文者須知安頓之法。（芥眉）

良夢，與仁兄同會於九泉之下。」言罷痛哭。正欲自縊，◎31只見花榮從船上飛奔到於墓前，見了吳用，各吃一驚。吳學究便問道：「賢弟在應天府爲官，緣何得知宋兄已喪？」花榮道：「兄弟自從分散到任之後，無日身心得安，常想念衆兄之情。因夜得一異夢，夢見宋公明哥哥和李逵前來，扯住小弟，訴說朝廷賜飲藥酒鴆死，現葬於楚州南門外蓼兒窪高原之上。兄弟如不棄舊，可到墳前，看望一遭。因此，小弟擲了家間，不避驅馳，星夜到此。」吳用道：「我得異夢，亦是如此，與賢弟無異，因此而來。今得賢弟到此最好，吳某心中想念宋公明恩義難捨，交情難報，正欲就此處自縊而死，魂魄與仁兄同聚一處。身後之事，托與賢弟。」花榮道：「軍師既有此心，小弟便當隨從，亦與仁兄同歸一處。」似此眞乃死生契合者也。有詩爲證：

紅蓼窪中托夢長，花榮吳用各悲傷。
一腔義血元同有，豈忍田橫獨喪亡？

吳用道：「我指望賢弟看見我死之後，葬我於此，你如何也行此事？」花榮道：「小弟尋思宋兄長仁義難捨，恩念難忘。我等在梁山泊時，已是大罪之人，幸然不死。感得天子赦罪招安，北討南征，建立功勳。今已姓揚名顯，天下皆聞。朝廷既已生疑，必然來尋風流罪過※8。倘若被他奸謀所施，誤受刑戮，那時悔之無及。◎32如今隨仁兄同死於黃泉，也留得個清名於世，屍必歸墳矣！」吳用道：「賢弟，你聽我說，我已單身，又無家眷，死卻何妨？你今現有幼子嬌妻，使其何依？」花榮道：「此事不妨，自有囊篋足以餬口。妻室之家，亦自有人料理。」兩個大哭一場，雙雙懸於樹上，自縊而死。船上從人久等，不見本官出來，都到墳前看時，只見吳用、花榮自縊身死。慌忙報與本州官僚，置備棺椁，葬於蓼兒窪宋江墓側，宛然東西四坵※9。楚州百姓，感念宋江仁德，忠義兩全，建立祠堂，四時享祭，里人祈禱，無不感應。

且不說宋江在蓼兒窪累累顯靈，所求立應。卻說道君皇帝，在東京內院，自從賜御酒與宋江之後，聖意累累設疑，又不知宋江消息，常只掛念於懷。每日被高俅、楊戩議論奢華受用所惑，只要閉塞賢路，謀害忠良。忽然一日，上皇在內宮閑玩，猛然思想起李師師，◎33就從地道中，和兩個小黃門，逕來到他後園中，拽動鈴索。李師師慌忙迎接聖駕，到於臥房內坐定。上皇便叫前後關閉了門戶。李師師盛妝向前起居已罷，天子道：「寡人近感微疾，現令神醫安道全看治，有數十日不曾來與愛卿相會，思慕之甚！今一見卿，朕懷不勝悅樂！」李師師奏道：「深蒙陛下眷愛之心，賤人愧感莫盡！」房內鋪設酒餚，與上皇飲酌取樂。纔飲過數杯，只見上皇神思困倦。點的燈燭熒煌，忽然就房裏起一陣冷風，上皇見個穿黃衫的立在面前。◎34上皇驚起問道：「你是甚人，直來到這裏？」那穿黃衫的人奏道：「臣乃是梁山泊宋江部下神行太保戴宗。」上皇道：「你緣何到此？」戴宗奏道：「臣兄宋江，只在左右，啓請陛下車駕同行。」上皇曰：

註

※8風流罪過：風流，原爲封建士大夫所謂的風雅。原指因爲風雅而致的過錯，後也指因搞男女關係而犯下的罪。這裏指因爲小事情而致罪。

※9坵：同丘。

評點

◎31.生死交情。（容眉）
◎32.以死避死，情深識高。（袁眉）
◎33.這時李師師也老了。（容眉）
◎34.莫非李大哥又在外面發作起來？（容眉）

「輕屈寡人車駕何往？」戴宗道：「自有清秀好去處，請陛下遊頑。」上皇聽罷此語，便起身隨戴宗出得後院來，見馬車足備，戴宗請上皇乘馬而行。但見如雲似霧，耳聞風雨之聲，到一個去處。但見：

漫漫煙水，隱隱雲山。不觀日月光明，只見水天一色。紅瑟瑟滿目蓼花，綠依依一洲蘆葉。雙雙鴻雁，哀鳴在沙渚磯頭；對對鶺鴒※10，倦宿在敗荷汀畔。霜楓簇簇，似離人點染淚波；風柳疏疏，如怨婦蹙顰眉黛。淡月寒星長夜景，涼風冷露九秋天。

當下上皇在馬上觀之不足，問戴宗道：「此是何處，要寡人到此？」戴宗指著山上關路道：「請陛下行去，到彼便知。」上皇縱馬登山，行過三重關道，至第三座關前，見有上百人，俯伏在地，盡是披袍掛鎧，戎裝革帶，金盔金甲之將。上皇大驚，連問道：「卿等皆是何人？」只見爲頭一個，鳳翅金盔，錦袍金甲，向前奏道：「臣乃梁山泊宋江是也。」上皇曰：「寡人已教卿在楚州爲安撫使，卻緣何在此？」宋江奏道：「臣等謹請陛下到忠義堂上，容臣細訴衷

河南省開封市龍亭大殿，為宋代皇宮後御苑舊址的一部分。拍攝時間2007年5月16日。（Photobase／fotoe提供）

曲枉死之冤。」上皇到忠義堂前下馬，上堂坐定，看堂下時，煙霧中拜伏著許多人。上皇猶豫不定。只見爲首的宋江上階，跪膝向前，垂淚啓奏。上皇道：「卿何故淚下？」宋江奏道：「臣等雖曾抗拒天兵，素秉忠義，並無分毫異心。自從奉陛下敕命招安之後，先退遼兵，次平三寇，弟兄手足，十損其八。臣蒙陛下命守楚州，到任已來，與軍民水米無交，天地共知。今陛下賜臣藥酒，與臣服吃，臣死無憾。但恐李逵懷恨，輒起異心。臣特令人去潤州喚李逵到來，親與藥酒鴆死。吳用、花榮，亦爲忠義而來，在臣塚上，俱皆自縊而亡。臣等四人，同葬於楚州南門外蓼兒窪。里人憐憫，建立祠堂於墓前。今臣等陰魂不散，俱聚於此，伸告陛下，訴平生衷曲，始終無異。乞陛下聖鑑。」上皇聽了，大驚曰：「寡人親差天使，親賜黃封御酒，不知是何人換了藥酒賜卿？」宋江奏道：「陛下可問來使，便知奸弊所出。」上皇看見三關寨柵雄壯，慘然問曰：「此是何所，卿等聚會於此？」宋江奏曰：「此是臣等舊日聚義梁山泊也。」上皇又曰：「卿等已死，當往受生，何故相聚於此？」宋江奏道：「天帝哀憐臣等忠義，蒙玉帝符牒敕命，封爲梁山泊都土地。衆將已會於此，有屈難伸，特令戴宗屈萬乘之主，親臨水泊，懇告平日衷曲。」上皇曰：「卿等何不詣九重深院，顯告寡人？」宋江奏道：「臣乃幽陰魂魄，怎得到鳳闕龍樓？今者陛下出離宮禁，屈邀至此。」上皇曰：「寡人可

註

※10 鶺鴒：音即玲。亦作「脊鴒」。水鳥名。《詩．小雅．常棣》：「脊令在原，兄弟急難。」毛傳：「脊令，雍渠也，飛則鳴，行則搖，不能自舍耳。」鄭玄箋：「雍渠，三鳥，而今在原，失其常處，則飛則鳴，求其類，天性也，猶兄弟之於急難。」後因以喻兄弟友愛，急難相顧。

以觀玩否？」宋江等再拜謝恩。上皇下堂，回首觀看堂上牌額，大書「忠義堂」三字，上皇點頭下階。忽見宋江背後轉過李逵，手掿雙斧，厲聲高叫道：「皇帝，皇帝！你怎地聽信四個賊臣挑撥，屈壞了我們性命？今日既見，正好報仇！」黑旋風說罷，掄起雙斧，逕奔上皇。◎35天子吃這一驚，撒然覺來，乃是南柯一夢，渾身冷汗。閃開雙眼，見燈燭熒煌，李師師猶然未寢。上皇問曰：「寡人恰在何處去來？」李師師奏道：「陛下適間伏枕而臥。」上皇卻把夢中神異之事，對李師師一一說知。李師師又奏曰：「凡人正直者，必然爲神。莫非宋江端的已死，是他故顯神靈，托夢與陛下？」上皇曰：「寡人來日，必當舉問此事。若是如果死了，必須與他建立廟宇，敕封烈侯。」李師師奏曰：「若聖上果然加封，顯陛下不負功臣之德。」上皇當夜嗟嘆不已。

次日臨朝，傳聖旨，會群臣於偏殿。當有蔡京、童貫、高俅、楊戩等，只慮恐聖上問宋江之事，已出宮去了。只有宿太尉等幾位大臣，在彼侍側，上皇便問宿元景曰：「卿知楚州安撫宋江消息否？」宿太尉奏道：「臣雖一向不知宋安撫消息，臣昨夜得一異夢，甚是奇怪。」上皇曰：「卿得異夢，可奏與寡人知道。」宿太尉奏曰：「臣夢見宋江，親到私宅，戎裝慣帶，頂盔明甲，見臣訴說，陛下以藥酒見賜而亡。楚人憐其忠義，葬在楚州南門外蓼兒窪內，建立祠堂，四時享祭。」上皇聽罷，便顛頭※11道：「此誠異事，與朕夢一般。」又分付宿元景道：「卿可差心腹之人，往楚州體察此事有無，急來回報。」宿太尉道：「是。」便領了聖旨，自出宮禁。歸到私宅，便差心腹之人，

前去楚州探聽宋江消息，不在話下。次日，上皇駕坐文德殿，見高俅、楊戩在側，聖旨問道：「汝等省院，近日知楚州宋江消息否？」二人不敢啓奏，各言不知。上皇輾轉心疑，龍體不樂。且說宿太尉幹人，已到楚州打探回來，備說宋江蒙御賜飲藥酒而死。已喪之後，楚人感其忠義，今葬於楚州蓼兒窪高山之上。更有吳用、花榮、李逵三人，一處埋葬。百姓哀憐，蓋造祠堂於墓前，春秋祭賽，虔誠奉祀，士庶祈禱，極有靈驗。宿太尉聽了，慌忙引領幹人入內，備將此事，回奏天子。上皇見說，不勝傷感。次日早朝，天子大怒，當百官前，責罵高俅、楊戩：「敗國奸臣，壞寡人天下！」二人俯伏在地，叩頭謝罪。蔡京、童貫亦向前奏道：「人之生死，皆由注定。省院未有來文，不敢妄奏。昨夜楚州纔有申文到院，臣等正欲啓奏。」上皇終被四賊曲爲掩飾，不加其罪，當即喝退高俅、楊戩，便教追要原齎御酒使臣。不期天使自離楚州回還，已死於路。宿太尉次日見上皇於偏殿，再以宋江忠義顯靈之事，奏聞天子。上皇准宣宋江親弟宋清，承襲宋江名爵。不期宋清已感風疾在身，不能爲官，上表辭謝，只願鄆城爲農。上皇憐其孝道，賜錢十萬貫、田三千畝，以贍其家。待有子嗣，朝廷錄用。後來宋清生一子宋安平，應過科舉，官至秘書學士，這是後話。

再說上皇具宿太尉所奏，親書聖旨，敕封宋江爲忠烈義濟靈應侯，仍敕賜錢於梁山泊，起蓋廟宇，大建祠堂，妝塑宋江等歿於王事諸多將佐神像。敕賜殿宇牌額，御筆親

註

※11顚頭：點頭。

評點

◎35.李大哥做鬼也是爽利的。（容眉）

書「靖忠之廟」。濟州奉敕，於梁山泊起造廟宇。但見：

金釘朱户，玉柱銀門。畫棟雕梁，朱檐碧瓦。綠欄干低繞軒窗，繡簾幕高懸寶檻。五間大殿，中懸敕額金書；兩廡長廊，彩畫出朝入相。綠槐影裏，櫺※12星門高接青雲；翠柳陰中，靖忠廟直侵霄漢。黃金殿上，塑宋公明等三十六員天罡正將；兩廊之內，列朱武爲頭七十二座地煞將軍。門前侍從猙獰，部下神兵勇猛。紙爐巧匠砌樓臺，四季焚燒楮帛。桅竿高豎掛長旛，二社※13鄉人祭賽。庶民恭禮正神祇，祀典朝參忠烈帝。萬年香火享無窮，千載功勛表史記。

又有絕句一首，詩曰：

天罡盡已歸天界，地煞還應入地中。
千古爲神皆廟食，萬年青史播英雄。

後來宋公明累累顯靈，百姓四時享祭不絕。梁山

在蓼兒窪為梁山好漢建造了靖忠廟。（日版畫，出自《新編水滸畫傳》，葛飾戴斗繪）

泊內祈風得風，禱雨得雨。楚州蓼兒窪亦顯靈驗。彼處人民，重建大殿，添設兩廊，奏請賜額。粧塑神像三十六員於正殿，兩廊仍塑七十二將。年年享祭，萬民頂禮，至今古蹟尚存。史官有唐律二首哀輓，詩曰：

莫把行藏怨老天，韓彭赤族※14已堪憐。
一心報國摧鋒日，百戰擒遼破臘年。
煞曜罡星今已矣，讒臣賊子尚依然！
早知鴆毒埋黃壤，學取鴟夷范蠡※15船。

又詩：

生當鼎食死封侯，男子生平志已酬。
鐵馬夜嘶山月曉，玄猿秋嘯暮雲稠。
不須出處求眞跡，卻喜忠良作話頭。
千古蓼窪埋玉地，落花啼鳥總關愁。◎36

註

※12 櫺：音靈，同「欞」。
※13 二社：春社和秋社。立春之後祭祀土神，祈禱豐收，稱爲春社。立秋之後設祭，酬謝土神，稱爲秋社。
※14 韓彭赤族：韓，韓信；彭，彭越；赤族，滅族。韓信和彭越都被滅族。
※15 鴟夷范蠡：鴟夷即鴟夷子皮，范蠡的化名：范蠡，字少伯，春秋楚人。幫助越王句踐滅吳，因認爲在越王之下難以久居，便去齊國，變姓名爲鴟夷子皮。成爲巨富，自號陶朱公。民間有尊陶朱公爲財神。

評點

◎36.李卓吾曰：施羅二公眞是妙手，臨了以夢結局，極有深意。見得從前種種都是說夢。不然，天下那有強盜生封侯而死廟食之理？只是借此以發洩不平耳。讀者認眞，便是痴人說夢。（容評）

參考書目

1.《水滸傳》，施耐庵、羅貫中撰，底本：容與堂本，人民文學出版社，一九九七年出版。

2.《水滸全傳》，底本：袁無涯本，嶽麓書社，二〇〇五年出版。

3.《金聖歎批評本水滸傳》，嶽麓書社，二〇〇六年出版。

4.《貫華堂第五才子書水滸傳》，（清）金聖歎評點，魏平、文博校點，黑龍江人民出版社，一九九七年出版。

5.《繡像水滸全傳》，（明）施耐庵著，山東畫報出版社，二〇〇七年出版。

6.《評論出像水滸傳》二十卷／（明）施耐庵撰，清（一六四四—一九一一年）刻本。

7.《明容與堂刻水滸傳》，（明）施耐庵撰，羅貫中纂修影印本，上海人民出版社，一九七五年出版。

8.《水滸志傳評林》，（明）余象斗評，文學古籍刊行社，一九五六年出版。

9.《名家評點四大名著》，江天編校，中國文聯出版公司，一九九八年出版。

10.《水滸全傳》，董淑明校注，繡像本，河南文藝出版社，一九九八年出版。

11.《古本水滸傳》，蔣祖鋼校勘，中央民族大學出版社，一九九六年出版。
12.《水滸傳》會評本，北京大學出版社，中國古典小說戲曲研究資料叢書，一九八七年出版。
13.《美籍華人學者夏志清評中國古典長篇小說》，夏志清評點，海南國際新聞出版中心，一九九六年出版。
14.《水滸傳資料彙編》，朱一玄、劉毓忱整編，南開大學出版社，二〇〇二年出版。
15.《周思源新解〈水滸傳〉》，中華書局，二〇〇七年出版。
16.《正說水滸傳——義與忠的變奏》，團結出版社，二〇〇七年出版。
17.《水滸戲與中國俠義文化》，中國藝術研究院，二〇〇六年出版。
18.《水滸文化解讀》，貴州民族出版社，二〇〇六年出版。
19.《水滸傳與中國社會》，薩孟武著，北京出版社，二〇〇五年出版。
20.《水滸傳》圖文版四大名著，上海辭書出版社，二〇〇一年出版。

▲備註：本書以通行的清代金聖歎評本、袁無涯評本爲底本（後五十回），參酌容與堂評本，凡底本可通之處，一般沿用；明顯錯誤則參照他本訂正，不出校記。

圖片來源

1. 《新編水滸畫傳》，葛飾戴斗（即葛飾北齋）繪，上海書店出版社，二〇〇四年出版。
2. 《水滸傳版刻圖錄》，江蘇廣陵古籍刻印社，一九九九年出版。
3. 《水滸葉子　水滸畫傳》，河南美術出版社，一九九六年出版。

◆特別感謝本書內頁圖片授權人及授權單位◆

4. 《水滸一百零八將》，葉雄繪，季永桂文，百家出版社，二〇〇一年出版。

⊙葉雄，上海崇明人，一九五〇年出生。畢業於上海大學美術學院國畫系，現是中國美術家協會會員、中國美術家協會連環畫藝術委員會委員、上海美術家協會理事……等。他於一九七六年開始從事連環畫、插圖、中國水墨畫創作，其作品在全國藝術大展中連續獲獎。他的水墨畫作品還在日本、韓國、加拿大、臺灣等地參加聯展。上海美術館、上海圖書館及中外收藏家收藏了他的中國水墨畫作品。其藝術成就被收入中國美術家大辭典、中國文藝傳集、當代中國美術家光碟、世界華人文學藝術界名人錄、世界名人錄……等。重要作品包括：

二○○三年出版《三國演義人物畫傳》
二○○三年出版《西遊記神怪、人物畫傳》
二○○四年出版《紅樓夢人物畫傳》。

個人信箱：yexiong96@163.com

5. 朱寶榮授權使用內頁繪圖共一百八十張。

⊙朱寶榮，從小酷愛美術，因家庭情況無緣於高等學府深造，引爲憾事。二○○四年與兩位志趣相投的好友組成心境插畫工作室至今，能夠從事自己喜愛的工作，覺得是一件很幸福的事！

6. 廣州集成圖像有限公司「FOTOE」授權使用部分內頁圖片。（fotoe.com）
7. 北方崑曲劇院（北京）授權使用《水滸傳》劇照共一張。
8. 富爾特科技股份有限公司影像提供。
9. 美工圖書社：「中國圖片大系」影像提供。

國家圖書館出版品預行編目資料

水滸傳(六)──捨身成仁／施耐庵原著；張鵬高編撰.
— 初版. —臺中市 : 好讀，2009.03
冊 ； 公分. —（圖說經典：18）

ISBN 978-986-178-113-6（平裝）

857.46 97022707

好讀出版

圖說經典 18

水滸傳(六)
【捨身成仁】

原　　著／施耐庵
編　　撰／張鵬高
總 編 輯／鄧茵茵
責任編輯／莊銘桓
執行編輯／林碧瑩、莊銘桓
美術編輯／陳麗蕙
封面設計／山今伴頁工作室
發 行 所／好讀出版有限公司
http://howdo.morningstar.com.tw
台中市407西屯區何厝里19鄰大有街13號
TEL:04-23157795　FAX:04-23144188
（如對本書編輯或內容有意見，請來電或上網告訴我們）
法律顧問／陳思成律師

戶名：知己圖書股份有限公司
劃撥專線：15062393
服務專線：04-23595819轉230
傳眞專線：04-23597123
E-mail：service@morningstar.com.tw
如需詳細出版書目、訂書、歡迎洽詢
晨星網路書店 http://www.morningstar.com.tw

印　　刷／上好印刷股份有限公司 TEL:04-23150280
初　　版／西元2009年3月1日
初版二刷／西元2016年8月20日
定　　價／299元

Published by How Do Publishing Co., Ltd.
2009 Printed in Taiwan
ISBN 978-986-178-113-6

本書內頁部分圖片由廣州集成圖像有限公司「FOTOE」授權使用，
其他授權來源於參考書目之後詳列

讀者回函

只要寄回本回函，就能不定時收到晨星出版集團最新電子報及相關優惠活動訊息，並有機會參加抽獎，獲得贈書。因此有電子信箱的讀者，千萬別吝於寫上你的信箱地址

書名：水滸傳（六）——捨身成仁

姓名：______________ 性別：□男 □女 生日：____年____月____日

教育程度：________________________

職業：□學生 □教師 □一般職員 □企業主管

□家庭主婦 □自由業 □醫護 □軍警 □其他______________

電子郵件信箱（e-mail）：______________________ 電話：______________

聯絡地址：□□□ ______________________________________

你怎麼發現這本書的？

□書店 □網路書店（哪一個？）______________ □朋友推薦 □學校選書

□報章雜誌報導 □其他______________________________

買這本書的原因是：______________________________________

□內容題材深得我心 □價格便宜 □封面與內頁設計很優 □其他__________

你對這本書還有其他意見嗎？請通通告訴我們：

____

你買過幾本好讀的書？（不包括現在這一本）

□沒買過 □ 1 ～ 5 本 □ 6 ～ 10 本 □ 11 ～ 20 本 □太多了

你希望能如何得到更多好讀的出版訊息？

□常寄電子報 □網站常常更新 □常在報章雜誌上看到好讀新書消息

□我有更棒的想法______________________________________

最後請推薦五個閱讀同好的姓名與 E-mail ，讓他們也能收到好讀的近期書訊：

1. ____

2. ____

3. ____

4. ____

5. ____

我們確實接收到你對好讀的心意了，再次感謝你抽空填寫這份回函

請有空時上網或來信與我們交換意見，好讀出版有限公司編輯部同仁感謝你！

好讀的部落格： http://howdo.morningstar.com.tw/

請填妥後對折黏貼，直接投郵即可，無須貼郵票。

廣告回函
臺灣中區郵政管理局
登記證第 3877 號
免貼郵票

好讀出版有限公司　編輯部收

407 台中市西屯區何厝里大有街 13 號

電話：04-23157795-6　傳眞：04-23144188

沿虛線對折

購買好讀出版書籍的方法：

一、先請你上晨星網路書店 http://www.morningstar.com.tw 檢索書目或直接在網上購買

二、以郵政劃撥購書：帳號 15060393 戶名：知己圖書股份有限公司並在通信欄中註明你想買的書名與數量

三、大量訂購者可直接以客服專線洽詢，有專人爲您服務：
客服專線：04-23595819 轉 230 傳眞：04-23597123

四、客服信箱：service@morningstar.com.tw